大智 47

西遊記

白話本

原著◎吳承恩

下

高寶書版集團

大智系列47

白話本西遊記 【下】

作　　者：吳承恩
改　　寫：甘向紅
總 編 輯：林秀禎
編　　輯：李國祥
出 版 者：英屬維京群島商高寶國際有限公司台灣分公司
Global Group Holdings, Ltd.
地　　址：台北市內湖區洲子街88號3樓
網　　址：gobooks.com.tw
E-mail　：readers@gobooks.com.tw（讀者服務部）
pr@gobooks.com.tw（公關諮詢部）
電　　話：(02) 27992788
電　　傳：出版部　(02) 2799-0909
行銷部　(02) 2799-3088
郵政劃撥：19394552
戶　　名：英屬維京群島商高寶國際有限公司台灣分公司
初版日期：2007年7月
發　　行：希代多媒體書版股份有限公司　Printed in Taiwan

國家圖書館出版品預行編目資料

白話本西遊記(下)／吳承恩著. -- 初版. -- 臺北市：
高寶國際出版社：希代多媒體發行. 2007[民96]
冊；　公分. --(大智；BI047)

ISBN 978-986-185-081-8(下冊：平裝).

857.47　　　　96010997

目錄【下】

目錄【下】

如意真仙持如意鉤與行者相鬥

六耳獮猴化身行者，教人真假辨

行者借來芭蕉扇，滅了火焰山大火

行者被金鐃收去

手持狼牙棒的黃眉大王

行者呼來龍王行雲布雨

行者被寶瓶收去

騎著青獅的文殊菩薩

騎著白象的普賢菩薩

妖精摟著唐僧，使出妖媚功夫

行者叫來眾神，剃去滅法國眾人的頭髮

三藏和沙僧在晒經石晒經

第三十一回　心猿空用千般計　水火無功難煉魔

話說齊天大聖，空著手逃去，坐在金山後，嗟嘆好長一段時間，心想：「那個妖精如此好手段，這樣看來，他不是凡間怪物，一定是天上的凶星。想必是思凡下界，不知是哪裡降下來的魔頭，只有到上界去查勘查勘。」

行者翻身縱起祥雲，一直來到南天門，要找玉帝問一個明白。到了靈霄宮，玉皇天尊聽奏，忙降旨可韓司：「就按悟空所奏，前去查一查諸天星斗、各宿神王，有沒有思凡下界的，然後再回奏。」可韓丈人真君領旨，當時就同大聖前去查勘。查了一遍，只是滿天星斗，並沒有思凡下界的。玉帝聽奏，便說：「那就叫孫悟空挑選幾員天將，下界擒魔去吧。」行者說：「只叫托塔李天王和哪吒太子，他還有幾件降妖兵器，先下界和那怪打一仗。如果能擒得他，是老孫的福氣；如果不能，那時再想辦法。」玉帝命令李天王父子，率領眾部天兵，和行者一起前去擒妖。行者又要了兩個雷公使用，準備等天王戰鬥時，讓雷公在雲端裡打個雷擊，照頂門上擊死那個妖魔。

孫行者、李天王、哪吒太子及二位雷公一齊離了南天門前往，很快就到了，天王停下雲頭，紮住天兵在金山南坡下，說：「小兒哪吒，曾經降伏九十六洞妖魔，隨身有降妖兵器，就讓他先去出陣。」那太子抖擻雄威，和大聖來到洞口，見那個洞門緊閉。行者上前高叫：「潑魔！快開門！還我師父來！」魔王持槍在手，走到門外觀看，見到那小童男，魔王笑著說：「你是李天王的第三個孩子，名叫哪吒太子，怎麼到我門前來了？」太子用斬妖劍，上前殺來。他們兩個交手，正在打鬥，大聖急轉山坡，叫：「雷公在哪裡？快快，給妖魔頭上發個雷擊，幫助太子降妖！」鄧張二公，踏著雲光，正想下手，只見太子使出法來，身體一變，變作三頭六臂，手持六樣兵器，照妖魔砍來，魔王也變作三頭六臂，用三柄長槍頂住。這太子又弄出降妖法力，把六樣兵器拋起去，你知道是哪六樣兵器?卻是那砍妖劍、斬妖刀、縛妖索、降魔杵、繡球、火輪兒，大叫一聲：「變！」一變十，十變百，百變千，千變萬，都是一樣的兵器，如同驟雨冰雹，紛紛密密，朝妖魔打去。魔王毫不畏懼，一隻手取出那白森森的圈子，望空中拋起，叫聲：「著！」呼喇一下，把六樣兵器套下來，慌得哪吒太子赤手逃生，魔王得勝回洞。

鄧張二位雷公，在空中暗笑：「幸虧早點看出了苗頭，沒有放了雷，使出雷擊，如果被他套去，卻怎麼回見天尊?」二公按落雲頭，和太子來山南坡下見李天王。悟空說：「那壞蛋的圈子厲害。不知道是什麼寶貝，能套任何東西。」天王說：「這可怎麼辦才好啊?」行者說：「不管怎麼說，只要是圈子套不去的，就可拿住他了。」天王說：「套不去的，只有水火。常言說，水火無情。」行者聽了，說：「說得有理！等老孫再上天到南天門裡上彤華宮，請熒惑火德星君來這裡放火，燒那怪物。」太子大喜，說：「不必遲疑，請大聖早去早來，我們在這裡恭候。」

行者縱祥光，又到南天門，見那南方三火德星君，告知來這裡的緣由。火德星君便命本部神兵隨同，同行者到金山南坡下，和天王、雷公等相見了。天王說：「孫大聖，你再去把那壞蛋叫出來，等我和他交戰，等他拿動圈子，我再閃到一邊，叫火德率眾燒他。」

大聖到金洞口，叫聲：「開門！快還我師父來！」那魔率眾出了洞，見了行者，說：「你這潑猴，又請了什麼救兵來了？」這邊托塔天王出現，大喝：「潑魔頭！認得我嗎？」魔王笑著說：「李天王，想必是要給你令郎報仇，討回兵器，對嗎？」天王說：「一是為了報仇要兵器，二是拿你救唐僧！不要走！吃我一刀！」怪物躲過，挺著長槍，隨手相迎。他兩個在洞前，殺得難分難解。

孫大聖見他們兩個交戰，轉身跳上高峰，對火德星君說：「準備用火！」你看那個妖魔和天王正鬥到好處，卻又取出圈子，天王看見，立即撥轉祥光，敗陣逃走。這高峰上的火德星君，忙傳號令，讓眾部火神一齊放火。這一場火真是厲害。經上說：「南方者，火之精也。」雖然是星星之火，能燒萬頃之田。妖魔見火來，全無恐懼，把圈子望空中拋起，呼喇一聲，把這火龍火馬、火鴉火鼠、火槍火刀、火弓火箭，一圈子又套下去，轉回本洞，得勝收兵。

火德星君，手持著一桿空旗，招回眾將，會合天王等，坐在金山南坡下，對行者說：

「大聖啊，這個凶魔，真是罕見！我今天折了火具，怎麼好？」行者笑著說：「不必抱怨，列位先請寬心坐坐，等老孫再去找救兵。」天王問：「你又到哪裡去？」行者說：「那怪物既然不怕火，一定怕水。常言說，水能剋火。等老孫去北天門裡，請水德星君施展水勢，往他洞裡一灌，把那魔王淹死，好取東西還給你們。」天王說：「這一條計雖妙，但是恐怕連你師父都淹死了。」行者說：「沒事！淹死我師父，我自然有辦法讓他活過來。」

大聖又駕觔斗雲，來到北天門外，一直到烏浩宮，見了水德星君，備說前事。水德聽了，便叫黃河水伯神王：「一同去幫助大聖。」水伯從衣袖中取出一個白玉瓶，說：「我用這個東西盛水。」行者問：「這瓶子能盛多少水？妖魔怎麼能淹得了？」水伯說：「不瞞大聖，我這瓶子，能盛黃河水。半瓶就是半河，一瓶就是一河。」行者大喜，說：「只需半瓶就夠了。」於是辭別水德，和黃河神急忙離開天闕。

水伯把瓶子從黃河裡舀了半瓶，跟著大聖到了金山，在南坡下見了天王、太子、雷公、火德，說起前事。行者說：「不用再講了，先叫水伯跟我去。等我叫開他的門，不要等他出來，就把水往門裡倒，那怪物一窩子淹死掉，我再去撈師父的屍首，救活師父不遲。」水伯遵命，緊隨著行者，轉過山坡，來到洞口，叫：「妖怪開門！」妖魔聽到，帶了寶貝，持槍就走，開了石門。水伯便把白玉瓶向門裡一傾，妖魔見水進來，扔了長槍，忙取出圈子，撐住二門。只見那股水都往外流出，慌得孫大聖急縱觔斗，和水伯跳在高峰。那天王等都駕雲停在高峰前觀看，那水波濤起伏，十分壯觀。

行者心慌，說：「不好啊！水漫四野，淹了民田，沒有灌在他的洞裡，怎麼辦才好？」叫水伯急忙收水。水伯說：「小神只會放水，卻不會收水，常言說潑水難收。」那座山卻也高峻，這水只奔向低處。

行者忍不住心中怒火，雙手掄拳，闖到妖魔門前，魔王挺著長槍，迎出門，看行者揮拳，妖魔笑了，說：「這個猴子！我先把槍放下，也和你使一路拳看看！」妖魔丟了個架子，舉起兩個拳頭，這大聖擺開招數，在那洞門前，和魔王拳來拳往。兩個相鬥了數十回合，孫大聖見打不倒魔王，於是從身上把毫毛拔下一把，望空中撒起，叫：「變！」變作三、五十隻小猴，一擁上前，把妖魔纏住，妖魔慌了手腳，急忙把圈子拿出來，圈子往上拋起，呼喇一聲，又把那三、五十個毫毛變的小猴收了，重回洞中。

行者對李天王等眾神說：「魔王好降，只是套子難降。」火德和水伯說：「如果想取勝，除非得了他那個寶貝，然後可擒。」行者說：「好說！你們先坐著，等老孫打探打探。」好大聖，跳下峰頭，悄悄來到洞口，搖身一變，變作一隻蒼蠅。輕輕地飛在門上，爬到門縫邊，鑽進去，只見大小群妖，在裡面舞的舞，唱的唱，正在飲宴。行者落在小妖群裡，變作一個獾頭精，轉到臺後，見那後廳上高吊著火龍、火馬。一抬頭，只見他那金箍棒靠在東面牆上，喜得他心癢難忍，忘記了變像，走上前拿了鐵棒，現出原身，使出招數，一路棒打出去。慌得那群妖怪膽戰心驚，老魔王也是措手不及，他打開一條血路，出了洞門。

孫大聖重新得到金箍棒，打出門，跳上高峰，對眾神說：「我有了這根鐵棒，不管怎麼樣，也要打敗他，把寶貝還給你們。」

正說著，兕大王率著精靈們前來。大聖舉起鐵棒迎住，怪物掄槍就刺。戰了三個多鐘頭，不分勝敗，天快黑了，怪物虛晃一槍，逃了性命，率領群妖進入洞中，把門緊緊關閉了。

大聖也回到天神身邊。好大聖，把鐵棒藏起來，跳下高峰，又到洞口，搖身一變，變作一隻促織兒，從門縫裡鑽進去，只見大小群妖，都在吃東西呢。過了一會兒，又都去睡覺。大聖又來到後邊房裡，只見魔王脫了衣服，左胳膊上，白森森地套著那個圈子。他把圈子往上繞了兩繞，緊緊地勒在胳膊上，這才放心睡下。行者見了，身體一變，變作一個黃皮跳蚤，跳上石床，鑽入被裡，爬在魔王的胳膊上，狠狠地咬了一口，魔王翻過身，罵了一句，又把圈子捋上兩捋，照舊睡下。行者見了，估計偷他的圈子不易，於是還變作促織兒，出了房門，來到後面，聽見龍吟馬嘶，原來那層門緊鎖，火龍火馬都吊在裡面。行者現了原身，走近門前，使出一個解鎖法，念動咒語，推開門，闖了進去查看，裡面被火器照得明晃晃，如同白天。東西兩邊斜靠著幾件兵器，都是太子的砍妖刀等物，以及那火德的火弓火箭等物。行者借著火光，往周圍看了一遍，又見那個門背後一張石桌子上有一個篾絲盤兒，放著一把毫毛。大聖滿心歡喜，把毫毛拿起來，呵了兩口熱氣，叫聲：

「變！」變作三五十個小猴，讓他們拿了刀、劍、杵、索、球、輪以及弓、箭、槍、車、葫蘆、火鴉、火鼠、火馬等被套去的東西，騎了火龍，縱火從裡邊往外燒過來。慌得那些大小妖精，喊的喊，哭的哭，被這火燒死大半。美猴王得勝回來，才三更時候。

高峰上，李天王眾神忽然見到火光，一擁前來，只見行者騎著火龍，喝喝呼呼，指揮著小猴，上了峰頭，厲聲高叫：「來收兵器！來收兵器！」火德和哪吒答應一聲，行者把身子一抖，那把毫毛又回到身上。哪吒太子收了他的六件兵器，火德星君叫眾火部收了火龍等物。

卻說金洞裡到處火焰，嚇得兕大王魂不附體，急忙起身開了房門，雙手拿著圈子，往東推，東邊的火滅；往西推，西邊的火消，空中冒著濃煙，持著寶貝到處跑了一遍，煙火都熄滅了。怪物懊惱好久，天也亮了。

太子得了六件兵器，對行者說：「大聖，天色已亮，不要遲延。我們趁那個妖魔挫了銳氣，和火部一起幫你再去捉那妖怪。」大家來到洞口。兕大王挺著長槍，帶了寶貝，走出門，大聖使棒來迎。兩個正打著，這邊哪吒太子、火德星君把那六件神兵、火部等物，朝妖魔身上拋來，孫大聖攻擊更猛。雷公又使出雷，天王舉著刀，一齊擁來。魔頭冷笑，從袖子中暗暗把寶貝取出，撒手拋到空中，叫聲：「著！」呼喇一下，把六件神兵、火部等物、雷公、天王刀、行者棒，都一一撈去。妖魔又得勝回洞。

行者無奈，對眾神笑著說：「各位不用煩惱，等老孫再去查查他的底細。我想起來了，佛法無邊，現在上西天去問我佛如來，讓他慧眼觀看這大地四部洲，看看這怪是哪裡生長，圈子是件什麼寶貝。一定要拿他，讓你們歡歡喜喜回天。」

行者縱觔斗雲，到雷音寺山門下，如來傳旨令入，行者告知備細。如來聽說，用慧眼遙觀，早已明瞭，對行者說：「我雖然知道那怪物是什麼，但不能和你說。你這猴兒嘴不嚴，一說是我告訴你的，他就不和你鬥了，一定會嚷到靈山，反而遺禍給我了。我這裡使法力幫助你擒他去吧。」如來令十八尊羅漢打開寶庫，取出十八粒「金丹砂」。行者問：「金丹砂做什麼用？」如來說：「你去洞外，叫妖魔出來比試。等他出來，讓羅漢們放砂，陷住他，他動不得身，拔不出腳，任你打就是了。」羅漢們不敢遲延，取出金丹砂出門，駕起祥雲，隨行者前去。

過了沒多長時間，到了金山界。大聖拈著拳頭，來到洞口，破口大罵。魔王又帶了寶貝，持槍在手，叫小妖搬開石塊，跳出門。行者左跳右跳，哄那妖魔。妖魔不知是計，追趕行者，一直往南來。行者招呼羅漢，羅漢們便把金丹砂朝妖魔拋下，妖魔見飛砂迷眼，把頭低了低，腳下已經有三尺多深，慌得他把身子一跳，跳在浮上一層，還沒站穩，又有二尺多深。妖魔急了，拔出腳來，忙取圈子，往上一撇，叫聲：「著！」呼喇一下，把十八粒金丹砂又都套了去，又回本洞。

羅漢一個個空手停雲。其中有降龍、伏虎二羅漢對行者說：「悟空，如來吩咐我兩個說，那妖魔神通廣大，如果失去了金丹砂，就叫孫悟空上離恨天兜率宮太上老君那裡去找出他的蹤跡，這樣就可以擒獲他。」

行者聽了，縱觔斗雲，一直來到南天門，又到離恨天兜率宮前，往裡走，見太上老君出宮，撞了個滿懷。老君笑著說：「這猴子不去取經，來我這裡做什麼？」行者說：「取經取經，晝夜不停；有些阻礙，到此行行。」老君問：「西天路阻，和我有什麼關係？」行者說：「西天西天，你先休言；尋著蹤跡，和你纏纏。」老君說：「我這裡是無上仙宮，有什麼蹤跡可尋？」行者進去，目不轉睛，東張西望，走過幾層廊宇，忽然見那牛欄邊有一個童兒睡覺，青牛不在欄裡。行者喊：「老官，牛跑了！牛跑了！」老君大驚，說：「這孽畜什麼時候走的？」正嚷叫間，那童兒才醒，跪下，說：「爺爺，弟子睡著，不知是什麼時候跑的。」老君罵他：「你這個混蛋，怎麼能夠在這裡睡覺？」童兒叩頭，說：「弟子在丹房裡拾得一粒丹，當時吃了，就在這裡睡著了。」

究竟老君如何降魔，請聽下回分解。

第三十二回　禪主吞餐懷鬼孕　黃婆運水解邪胎

話說當時老君說：「想必是前天煉的七返火丹掉了一粒，被這混蛋拾來吃了。那丹吃一粒，該睡七天呢，那孽畜看你睡著，無人看管，於是乘機走下界去，今天已經是七天了。」行者接著說：「他有一個圈子，十分厲害。」老君急忙查看，各樣寶貝都在，只是不見了金剛琢。老君說：「是這孽畜偷了我的金剛琢去了！那金剛琢，是我過函關化胡之器，自幼煉成寶貝。任你什麼兵器、水火，都不能接近他。如果再偷去我的芭蕉扇，連我也不能治服他了。」

大聖歡歡喜喜，跟著老君。老君拿了芭蕉扇，駕著祥雲前行，來到金山界，老君對行者說：「你去引誘他出來，我好收伏他。」行者跳下峰頭，又高聲大罵。妖魔持槍舉寶，迎出門。只聽得高峰上叫：「牛兒還不歸家，等什麼時候？」妖魔一抬頭，見是太上老君。老君念個咒語，把扇子扇了一下，那怪把圈子扔過來，被老君一把接住；又一下，扇得那怪物力軟筋麻，現了原身，原來是一隻青牛。老君在金鋼琢上吹口仙氣，穿了那怪的鼻子，解下勒袍帶，繫在琢上，牽在手裡。至今留下個拴牛鼻的圈子，又叫賓郎，緣由便在這裡。

太上老君告別了眾神，跨在青牛背上，駕起彩雲，回兜率宮。孫大聖同天王等眾神打入洞裡，把那些小妖都打死了，各取了兵器，行者謝了眾神。天王父子回到上天，雷公入府，火德歸宮，水伯回河，羅漢向西歸去。行者這才解放唐僧、八戒、沙僧，拿了鐵棒。師徒們離開洞，找大路繼續前行。正走著，只聽得路邊叫：「唐聖僧，吃了齋飯再走。」長老心驚。

大路邊叫者是誰？正是那金山山神土地，捧著紫金缽盂，說：「聖僧啊，這缽盂飯是孫大聖化來的。因為你們不聽大聖話，誤入妖魔手裡，使大聖勞苦，今天才得以救出。先吃了飯，再走路，不要辜負了孫大聖一片恭孝之心啊。」三藏說：「徒弟，多虧你！感謝不盡！今天經過這番磨難，下次一定聽你的吩咐。」於是四人吃了那飯。收拾了缽盂，別了土地山神繼續西行。三藏攀鞍上馬，過了高山。又是早春天氣，正走著，忽然遇到一道小河，唐長老勒住馬觀看，遠遠望見河那邊有柳枝低垂，微微露著茅屋。行者指著那邊說：「那裡有人家，一定是擺渡的。」只見那柳蔭裡面咿咿啞啞的，撐出一隻船。沒多長時間，那船已經靠岸，有一個婦人叫：「過河的，這裡來。」行者走近船邊，問：「你是擺渡的？」那個婦人回答：「是。」行者問：「梢公怎麼不在，卻讓梢婆撐船？」婦人微笑不答，大家上了船。那婦人撐開船，搖著槳，過了河。

登上西岸，長老讓沙僧解開包裹，拿出幾文錢給那個婦人。三藏一時口渴，看著眼前清澈的河水，便叫八戒：「取鉢盂，舀些水給我喝。」呆子從河裡舀了一鉢水，遞給師父。師父喝了一小半，呆子接過來，一口氣飲得乾乾淨淨，服侍三藏上馬。半個鐘頭後，長老和八戒都覺得腹痛。路邊正好有村莊，行者說：「師父，好了，那邊有人家。我們先去討些熱水給你，壓壓腹痛。」來到人家門口，門外有一個老婆婆，坐在草墩上織麻。行者上前，問了好，說：「婆婆，我師父剛才在前邊喝了河水，肚子疼。」婆婆哈哈笑著說：「是喝了東邊那條河的水？」行者說：「是在東邊清水河喝的。」婆子說：「爺爺呀，肚子疼可是治不好了。」行者問是什麼原因，婆子說：「這裡是西梁女國。一國都是女人，沒有男子。你師父喝的那水不好，那條河稱作子母河，在王城外，還有一座迎陽館驛，驛門外有一個照胎泉。我們這裡人，只有年紀達到二十歲以上，才敢去喝那河裡的水。喝水後，就覺腹痛有胎。你師父喝了子母河水，有了胎氣，用不了多久要生孩子呢。」三藏一聽，大驚失色，說：「徒弟啊！這可怎麼好？你們這裡可有醫生？讓我徒弟去買一服墮胎藥吃了，把胎打下來吧。」婆子說：「吃藥也不管用。只有我們這裡正南方向不遠，有一座解陽山，山中有一個破兒洞，洞裡有一眼落胎泉。只有喝那井裡水，才能解了胎氣。但現在取不到水了，去年來了一個道人，叫如意真仙，把破兒洞改稱聚仙庵，占住落胎泉水，不肯賜給常人。你們這樣的行腳和尚，身上又沒多少錢，想得到那井水，難啊！」行者聽了，滿心歡喜，說：「婆婆，從你這裡到解陽山有多遠？」婆婆回答：「有三十里。」行者說：「好了！好了！師父放心，老孫去取些水來給你喝。」婆子聽了，便從屋子裡端出一個大瓦缽，遞給行者，說：「拿這缽去，如果可能，多取些水來，給我們留著急用。」行者接了瓦缽，縱雲去了。

孫大聖觔斗雲起，很快來到那座山山頭，看到一所莊院，有犬吠聲。大聖下山，走到莊院前。有一個老道人，正盤坐在綠草地上，大聖放下瓦缽，向前問好，說明來意。道人聽了，進去通報，那真仙正在撫琴彈奏，等了一會兒，曲終，道人才敢稟報：「師父，外面有一個和尚，說是唐三藏大徒弟孫悟空，想取些落胎泉水，救他師父。」真仙一聽說悟空，大怒，急忙起身，下了琴床，取一把如意鉤子，跳出庵門，叫：「孫悟空何在？」行者見了，合掌作禮，說：「貧僧便是孫悟空。」真仙笑著說：「你認得我嗎？」行者說：「我因為皈依佛門，這些時日一直登山涉水，把我幼時的朋友也都疏失了，認不得你了。」

真仙說：「你走你的路，我修我的仙，你來我這裡要怎麼著？」行者說：「我師父誤飲了子母河水，腹疼成胎，特來仙府，拜求一碗落胎泉水，救救我師父。」真仙怒目視之，說：「你師父可是唐三藏嗎？」行者回答：「正是，正是。」真仙咬牙切齒，說：「你們有沒有遇著一個聖嬰大王？」行者說：「這是號山枯松澗火雲洞紅孩兒當妖怪時的綽號，真仙問他做什麼？」真仙說：「他是我姪子，我是牛魔王的兄弟。前些日子家兄來信，說唐三藏的大徒弟孫悟空把聖嬰大王害了。我正尋思著找你報仇，你倒來找我，還想要什麼水！」行者賠著笑，說：「先生言之差矣，你哥哥也曾經是我的朋友，幼年間拜過七弟兄，只是不知先生尊府，那時有失拜望。現在令侄得了好處，追隨著觀音菩薩，做了善財童子，我們都沒有這樣的好福氣，你怎麼反而怪我呢？」真仙大喝一聲：「你這猢猻！花言巧語！我侄子是自在為王好，還是給人家當奴好？你不得無禮！先吃我這一鉤！」大聖聽了，也破口大罵：「你這不識抬舉的孽障！既然要打，走上來看棍！」真仙便用如意鉤來戰大聖，戰了十多回合，真仙沒有力氣，倒拖著如意鉤，往山上走。大聖也不去追趕他，只是來到庵裡尋水，才找出吊桶，正在打水，又被真仙趕到前邊，用如意鉤子把大聖鉤了一跤，摔了個嘴啃泥。大聖爬起來，用鐵棒打過去，真仙閃到一邊，持著鉤子，說：「你休想取水去！」大聖於是左手掄著鐵棒，右手持著吊桶，把索子放到井下。真仙又過來鉤大聖。大聖一隻手把持不住，又被他一鉤鉤著腳，摔了個觔斗，井索落到井下去了。大聖說：「這混蛋十分無禮！」爬起來，雙手掄棒，沒頭沒臉地打過去。真仙走開了。大聖又要去取水，沒有了吊桶，又怕來鉤扯，心想：「先去叫一個幫手來！」好大聖，撥轉雲頭，回到莊院，進門，對唐僧說了前事，喚沙僧一同去取水。三藏說：「你兩個沒病的都去了，丟下我兩個有病的，讓誰照顧？」那個老婆婆在一邊說：「不用多想，快取水去。」行者問：「你家有吊桶嗎？借來使使。」婆子便到後邊取出一個吊桶，又團了一條繩索，遞給沙僧。沙僧說：「帶兩條繩索去，恐怕井深要用。」沙僧接了繩索，隨大聖一同駕雲前去。不到半個鐘頭，來到解陽山界，按下雲頭，走到庵外。

孫大聖拿著鐵棒，近門高叫：「開門！開門！」真仙大怒，挺著如意鉤子，走出門，大聖不容分說，照頭便打。真仙側身躲過，用鉤子來鉤大聖。兩個在庵門外交手，一直打鬥到山坡下。沙和尚利用這個機會，提著吊桶，闖進門去，從井中滿滿地打了一吊桶水，走出庵門，駕起雲霧，望著行者大喊：「大哥，我取了水去了！饒了他吧！」大聖聽了，這才用鐵棒支住鉤子，奪過如意鉤來，折作兩段，扔到地上。真仙戰戰兢兢，不敢再說話，大聖大笑，駕雲起去。趕上沙僧，回到莊院，三藏忍著痛欠起身，說：「徒弟啊，辛苦你們了！」那婆婆也歡喜不禁，說：「菩薩呀，真是難得！難得！」忙取了一個花瓷盞子，舀了半盞，遞給三藏，說：「老師父，慢慢地喝下去，只需要一口，就能解了胎氣。」不到吃一頓飯的功夫，三藏和八戒兩個腹中一陣絞痛，接著就是腸鳴，呆子忍受不住，大小便一齊流，唐僧也忍不住要出外解手。那婆婆取了兩個淨桶，短短一會兒，各解了幾遍，這才覺止住了疼痛，腫脹也漸漸地消了，血團肉塊也化了。那婆婆家又煮了一些白米粥給他們補補虛，唐僧吃了兩碗粥，八戒已經吃了十多碗，還一個勁地只要添。

老婆婆對唐僧說：「老師父，把這剩下的井水賜給我吧。」行者說：「既然他們兩個都好了，水就送給你家吧。」婆婆謝了行者，把剩下的水，裝在瓦罐裡，埋在後邊地下，對家中老小說：「這罐水，夠我的棺材本了！」家人無不歡喜，整頓齋飯，請唐僧們吃齋。又過了一晚，第二天天亮，唐三藏攀鞍上馬，沙和尚挑著行囊，孫大聖前邊帶路，豬八戒攏了韁繩，西行而去。

三藏師徒告別了那戶人家，繼續西進，不到三、四十里，來到西梁國界。走到東關廂街口。那裡的人都是長裙短褸，不分老少，都是婦女，在兩街上買賣，忽然看見他四人走來，一齊鼓掌，齊聲說：「人種來了！人種來了！」八戒嘴裡亂嚷：「我是一隻種豬！我是一隻種豬！」行者說：「呆子，不要多講，把舊嘴臉拿出來就是。」八戒把頭搖上兩搖，豎起一雙蒲扇耳，扭動蓮蓬吊搭脣，大叫一聲，那些婦女嚇得四處奔逃。

來到館驛，見到一個女官站立在街下，高聲叫：「遠來的使客，不可以擅入城門，請投館驛登記，等下官持名奏駕，方能放行。」三藏於是上前向那個女官行禮。女官帶路，請他們進了驛內，在正廳坐下，給他們上了茶。行者說：「我們是東土大唐王駕下欽差上西天拜佛求經者。隨身有通關文牒，請照驗放行。」那個女官說：「下官是迎陽驛驛丞，爺爺們先放心在這裡坐一會兒，等下官進城啟奏我王，倒換關文。」

驛丞來到城中五鳳樓前，向女王啟奏完畢，女王滿心歡喜，對眾位文武說：「寡人夜裡夢見金屏生彩豔，原來是今天這個喜兆啊。」眾位女官齊問：「主公，怎麼見得是今天的喜兆？」女王說：「東土男人，是唐朝御弟。我國自創建以來，歷代帝王從沒有見到一個男人到過這裡。今天唐王御弟光臨我國，想必是上天賜來的。寡人願用一國之富，招御弟為王，我情願為后，卻不是今天的喜兆？」驛丞又奏：「主公所說，確實是大好事。只是御弟的三徒長相兇惡。」女王說：「既然如此，讓他徒弟替他倒換關文，前往西天，只留下御弟，好不好？」眾官拜奏，說：「婚姻大事，需要有人作媒才合道理。」女王說：「准奏，就叫當駕太師作媒，迎陽驛丞主婚，先到驛中向御弟求親。等他同意，寡人再擺駕出城迎接。」

這時，三藏師徒正在驛廳上吃齋飯，外面人報：「當駕太師和我們本官老姆來了。」話音未落，二位女官已經進到驛廳裡，見了長老，一起下拜，說：「御弟爺爺，大喜了！」三藏問：「我一個出家人，喜從哪裡來？」太師把招夫之事說了一遍。三藏聽了，低頭不語。八戒在一邊，叫：「太師，你去報告國王：我師父是得道的羅漢，決不會愛你國中的財富，也不會愛你傾國的女容，快點倒換關文，打發他往西去，留我在這裡入贅，好不好？」三藏說：「徒弟，我們在這裡貪圖富貴，怎麼去西天取經？豈不壞了我大唐帝主的好事？」太師說：「御弟在上，微臣不敢說謊。我王旨意，只求御弟為親，讓你三位徒弟吃過喜宴，倒換關文，往西天取經去呢。」行者說：「太師說得有理，我們也不必作難，情願留下師父和你主成親，快換關文，打發我們西去，等取經回來，好到這裡討得路費回大唐。」驛丞和太師聽了，歡天喜地，回奏女王去了。

唐長老一把扯住行者，罵著說：「你這個猴頭，氣死我了！」行者說：「師父放心，老孫知道你的想法，只是到了這裡，不得不將計就計！」三藏問：「怎麼叫將計就計？」行者說：「今天先答應親事，她一定以皇帝之禮接待你。你不要推卻，讓女王取出御寶印信，把通關文牒蓋了印，再請女王畫個花押，交給我們。一邊赴宴，只當給女王賀喜，也算是給我們送行。等宴席一散，你只說要送我們三人出城，然後再回來和女王成親，哄得她們高興，不起阻擋心思。等到了城外，你下了龍車鳳輦，老孫使了一個定身法，讓她們君臣不能動，我們順大路只管西行。等走上一晚，我再念個咒，解了術法，讓她們君臣甦醒回城。這叫做假親脫網計，豈非一舉兩全？」三藏如醉方醒。

究竟此事如何，且聽下回分解。

第三十三回　女國有心招夫婿　色邪淫戲唐三藏

話說女王聞奏，傳旨，讓光祿寺排下宴席，大駕出城，來到迎陽館驛。三藏於是和三個徒弟整衣出廳迎駕。只見女王走過來，一把拉住三藏，俏語嬌聲，叫：「御弟哥哥，請上龍車，和我同上金鑾寶殿，做夫婦去。」長老無奈，只得和女王一同坐上龍車，進到城中。來到東閣，太師啟奏：「請赴東閣會宴，今夜吉日良辰，就可和御弟爺爺成親，明天天開黃道，請御弟爺爺登寶殿，面南改年號即皇帝位。」左邊擺著素席，右邊擺著葷席。八戒不管好歹，放開肚子，專心吃起來。也不管什麼米飯、蒸餅、糖糕、蘑菇、香蕈、筍芽、木耳、黃花菜、石花菜、紫菜、蔓菁、芋頭、蘿蔔、山藥、黃精，把眼前的食物吃了個精光，喝了五六杯酒，嘴裡嚷著：「快添菜飯來！拿大觥來！再吃幾觥，各人幹事去。」女王聽說，命取大杯來。近侍官連忙取了幾個鸚鵡杯、鸕鶿杓、金叵羅、銀鑿落、玻璃盞、水晶盆、蓬萊碗、琥珀盅，滿斟玉液，連注瓊漿，又都飲了一巡。

這時，三藏欠身而起，對女王合掌，說：「陛下，多蒙招待，酒已夠了。請登寶殿，倒換關文，趁著天早，送他們三人出城吧。」女王答應，攙著長老，散了宴席，上了金鑾寶殿，讓長老即位。三藏說：「不可以！不可以！剛才太師說過，明天天開黃道，貧僧才敢即位稱孤。今天請印關文，打發他們去吧。」女王同意，仍坐在龍床上，取金交椅一張，放在龍床左邊，請唐僧坐了，唐僧叫徒弟們拿上通關文牒。女王細看一番，上有大唐皇帝寶印九顆，下有寶象國印、烏雞國印、車遲國印。

女王看了，嬌滴滴地笑著說：「御弟哥哥又姓陳？」三藏回答：「俗家姓陳，法名玄奘。由於蒙我唐王聖恩，認為御弟，賜姓我為唐。」女王說：「關文上怎麼沒有高徒的名字？」三藏說：「三個頑徒，不是我唐朝人物。」女王問：「既然不是你唐朝人物，為什麼肯隨你前來？」三藏說：「大徒弟，祖貫東勝神洲傲來國人氏；第二個是西牛賀洲烏斯莊人氏；第三個是流沙河人氏。他們三人都因罪犯天條，南海觀世音菩薩叫他們秉善皈依，將功折罪，情願保護我上西天取經。都是途中收下的，所以沒有把法名注在牒上。」女王說：「我幫你添注法名，好不好？」三藏說：「陛下隨意。」女王令取筆硯來，牒文後面，寫上孫悟空、豬悟能、沙悟淨三人名諱，這才取出御印，端端正正地印了，又畫了個手字花押，傳下去。孫大聖接了，讓沙僧收了起來。

三藏說：「煩陛下和貧僧一起，送他們三人出城，等我囑咐他們幾句，讓他們好好西去，我再和陛下回來，永享榮華，無牽無掛。」女王不知是計，便傳旨擺駕，和三藏並肩，同登鳳輦，出西城去了。沒多久，大駕出城，到了西關，行者、八戒、沙僧，迎著鑾輿，長老慢慢下了龍車，對女王拱手說：「陛下請回，讓貧僧取經去吧。」女王聽了，大驚失色，跌入輦駕中。沙僧把三藏搶出人群，服侍上馬。只見路邊閃出一個女子，大喝：「唐御弟，哪裡走！我和你恩恩愛愛去吧！」沙僧大罵：「賊輩無知！」拿寶杖就打。那女子弄起一陣旋風，嗚的一聲，把唐僧攝去了，無影無蹤，不知下落。

孫大聖和豬八戒正要用法定住那些婦女，忽然聽得風聲，沙僧叫嚷，急忙回頭，不見了唐僧。行者跳在雲端，用手搭起涼篷，往周圍查看，只見一陣灰塵，狂風滾滾，往西北方向去了，急忙回頭，叫：「兄弟們，快駕雲和我趕師父去！」八戒和沙僧，把行囊捎在馬上，都跳在半空中。慌得西梁國君臣女輩，跪在塵埃裡，都說：「是白日飛昇的羅漢，我主不必驚慌。唐御弟也是一個有道的神僧，我們有眼無珠，錯認了中華男子，枉費了這場神思。請主公上輦回朝去吧。」女王自覺慚愧，和眾臣一齊回國了。

卻說孫大聖兄弟三人騰空駕霧，望著那陣旋風，一直趕去，來到一座高山，只見灰塵消失，見一個地方，青石光明，好像一道石屏。三人牽著馬轉過石屏，石屏後面有兩扇石門，門上有六個大字：「毒敵山琵琶洞」。孫大聖拈著訣，念個咒語，變作一隻蜜蜂，從門縫裡鑽了進去，飛過第二道門裡，只見正當中花亭子上坐著一個女怪，身邊站著幾個女童，一個個歡天喜地，正不知議論著什麼。行者輕輕地飛上去，釘在花亭格子上，側耳偷聽，又見兩個女子，捧著兩盤熱騰騰的麵食，到亭上來，說：「奶奶，一盤是人肉餡的葷饃饃，一盤是豆沙餡的素饃饃。」女怪笑著說：「小的們，攙出唐御弟來。」

幾個穿著綵衣繡服的女童，走到後房，把唐僧扶出。師父面黃唇白，眼紅淚滴，行者暗中嗟嘆：「師父中毒了！」

那女怪走下亭子，露出春蔥般十個手指，拉住長老，說：「御弟請放寬心思，我這裡雖然不是西梁女國的宮殿，不比那裡富貴奢華，倒也清閒自在，正適合念佛看經。我和你做個伴，相親相愛。」三藏不說話，女怪又說：「別這樣煩惱。我知道你在女國中剛赴過宴，所以只備下這簡單的葷素兩盤麵飯，請你享用，也壓壓驚。」

三藏心想：「我不理她，不吃東西，如果她要害我，可怎麼辦啊？」想到這裡，只得強打起精神，說：「葷素有什麼區別？」女怪說：「葷的是人肉餡饃饃，素的是豆沙餡饃饃。」三藏說：「貧僧吃素。」女怪把一個素饃饃拿給三藏。三藏也把一個葷饃饃遞給女怪。行者在格子眼裡聽著聽著，恐怕師父亂了真性，忍不住現了原身，拿著鐵棒大喝：「孽畜無禮！」女怪見了，嘴裡噴出一道煙光，把花亭子罩住，說：「小的們，看住御弟！」說完，拿著一柄三股鋼叉，跳出亭門，大聖用鐵棒架住，邊戰邊退。

二人打出洞外，八戒、沙僧正在石屏前等候，見他們兩人爭持前來，慌得八戒把白馬牽過來，說：「沙僧，你只管看守行李馬匹，等老豬去協助師兄。」女怪見八戒前來，又使出一個手段，從鼻子裡出火，口內生煙，把身子抖了一抖，持三股叉飛舞過來。女怪也不知有幾隻手，沒頭沒臉地衝過來。行者和八戒兩邊圍攻。女怪說：「孫悟空，你好不識相！我認得你，你不認得我。你那如來佛，也還怕我呢，量你這兩個毛人，能把我怎麼樣！你們都上來，一個個地挨打！」三個鬥了好長時間，不分勝負。女怪身子一縱，使出一個倒馬毒樁，在大聖頭皮上紮了一下。行者叫：「苦啊！」忍耐不了，負痛逃走。八戒見了，拖著釘鈀後退。女怪得勝，收了鋼叉，也不來追。

行者抱著頭，皺著眉，苦著面，叫：「厲害！厲害！」八戒到跟前，問：「哥哥，你怎麼一下子就叫苦連天地轉身走了？」行者說：「我這頭自從修煉成真，盜食了蟠桃仙酒和老君金丹，大鬧天宮時，又被玉帝叫大力鬼王、二十八宿，押赴斗牛宮處斬，那些神將使刀斧錘劍，雷打火燒，包括老君把我放在八卦爐，鍛煉四十九天，都沒能傷害我這個頭。今天不知道這個婦人用的是什麼兵器，把老孫的頭弄傷了！」沙僧在一邊說：「現在天晚了，大哥傷了頭，師父又不知死活，怎麼才好！」

卻說女怪回去後，收起兇惡，重新現出高興的樣子，叫：「小的們，把前後門關緊了。」又叫兩個值班，防守行者。又叫：「女童，把臥房收拾齊整，掌燭焚香，請唐御弟過來，我和他交歡。」長老被從後邊攙出，走進香房，女怪解開衣服，賣弄香膩肌膚，唐僧只是不依。一直糾纏到後半夜，女怪氣了，叫：「小的們，拿繩子來！」叫把唐僧綁了，拖到房廊下，自己卻吹滅了銀燈，一邊睡覺去了。

一夜無話。天亮後，躺在山坡下的孫大聖欠起身，說：「我這頭疼了這一會兒，現在不疼不麻，只是有點發癢。」行者又對沙僧說：「兄弟，你在這裡看守馬匹，不要離開。豬八戒跟我去。」大聖和八戒跳上山崖，來到石屏下。行者對八戒說：「你先站在這裡，等我進去偵察偵察。」說完，還變成一隻蜜蜂，飛進門裡，見門裡邊有兩個丫鬟，頭枕著梆鈴，正睡著呢。又到花亭子，一點動靜也沒有。那妖精纏了半夜，累壞了，一個個都不知天亮，還睡著呢。行者飛到後面，見廊下捆著師父。行者輕輕地釘在唐僧頭上，叫：「師父。」唐僧認得聲音，說：「悟空來了？快救救我！」正說著，卻驚醒了那個妖精。妖精雖然生氣，對唐僧還有不捨之意，一覺翻身，聽到動靜，她就滾下床來。行者慌了，拋下師父，急忙展翅，飛了出去，現出原身，叫：「八戒。」呆子從石屏後面轉出來，問：「師父和女妖的事成沒成啊？」行者笑著說：「沒成！沒成！」八戒笑著說：「好！好！好！還是一個真和尚！我們救他去！」

呆子粗魯，不容分說，舉起釘鈀，在那石門上盡力氣打了一鈀，石門碎成幾塊。女怪走出來，抖擻身軀，仍是鼻口內噴煙冒火，舉鋼叉來刺八戒。八戒一側身躲過，舉鈀就打，孫大聖用鐵棒相幫。女怪又擺弄神通，也不知是幾隻手，左右遮攔，打了三四個回合，不知是什麼兵器，在八戒嘴脣上，也扎了一下。呆子拖著鈀，捂著嘴，負痛逃走。行者也虛晃一棒，往後就走。妖精得勝，叫小的們搬石塊把前門堵上了。

這時，沙和尚正在坡前放馬，只聽得豬哼，一抬頭，見八戒捂著嘴，哼哼地跑來。隨後，大聖又到，三個徒弟愁眉苦臉，無計可施，忽見有一個老媽媽，左手提著一個青竹籃子，從南山路上挑菜前來。行者一看，只見老媽媽頭上有祥雲蓋頂，左右有香霧圍繞。行者認出，即叫：「兄弟們，快過來叩頭！是菩薩來了。」慌得豬八戒忍著疼下拜，沙和尚牽著馬躬身，孫大聖合掌跪下。菩薩見他們認得元光，於是踏祥雲，起在半空，現了真相，原來是魚籃之像。行者趕到空中，拜告：「菩薩，恕弟子失迎！我們努力搭救師父，不知菩薩降臨，今天遇到妖魔難收伏，還請菩薩搭救搭救！」

菩薩說：「這妖精十分厲害，她那三股叉是生成的兩隻鉗腳。扎人的東西，是尾上的一個鉤子，叫倒馬毒。她本身是一個蠍子精。只因為以前在雷音寺聽佛談經，如來見了，沒小心用手推了她一把，她就轉過鉤子，在如來左手中拇指上扎了一下，如來也疼痛難禁，金剛去捉拿她，沒想到她卻在這裡。如果要救出唐僧，你只有去東天門裡光明宮請求昴日星官，才能降伏。」說過，化作一道金光，回南海去了。

行者急忙駕觔斗雲，到東天門外，找到昴日星官。星官聽了行者介紹，和大聖一同出了東天門，來到西梁國。距離毒敵山不遠，行者指著說：「這座山就是。」星官按下雲頭，同行者到石屏前山坡下面，和八戒、沙僧見了面。

行者帶著八戒，跳上山坡，又到門前大罵，女怪正讓手下放了唐僧，給他素茶飯吃呢，聽說又來了，就跳出花亭子，掄叉來刺八戒。八戒用釘鈀招架，行者在一邊，掄動鐵棒來打。那女怪又要下毒手，他們兩個眼看不妙，回頭就走。那女怪趕過石屏後，行者叫：「昴宿在哪裡？」只見星官站在山坡上，現出本相，原來是一隻雙冠子大公雞，昂起頭來，約有六、七尺高，對著妖精叫了一聲，那女怪馬上就現了本相，原來是一個蠍子精。星官再叫一聲，那怪物渾身酥軟，死在坡前。八戒上前，一頓釘鈀，搗作一團爛醬。星官復聚金光，駕雲去了。三人謝過，都進洞裡，見那些大小丫鬟，在兩邊跪下，說：「爺爺，我們不是妖邪，都是西梁國女人，是被這妖精抓來的。你師父在後邊香房裡坐著哭呢。」行者聽了，仔細觀看，果然不見妖氣，於是走到後邊，見了師父。又找了些素米、素麵，做成飯，吃了一頓，把那些女子趕下山，指給她們回家的路。然後點上一把火，把幾間房子，都燒燬了。唐僧上馬，徒弟相隨，繼續西行。

唐三藏師徒觀賞著端陽景色，一路無話，走著走著，又來到一座高山前。四人進到山裡，又過了山頭，下了西坡，卻是一段平坦的路。豬八戒讓沙和尚挑著擔子，他雙手舉起鈀，上前趕馬。那馬不怕他。行者說：「兄弟，你趕馬做什麼？慢慢走吧。」八戒說：「天快黑了，在山裡走了快一天了，肚子餓了，大家走快點，好找個人家化些齋吃。」行者聽了，便說：「既然如此，等我讓馬快走。」說完，把金箍棒晃了一晃，大喝一聲，那馬頓時向前飛跑，一直往前去了。為什麼馬不怕八戒，只怕行者？只因為行者五百年前曾經受玉帝封在大羅天御馬監養馬，官名弼馬溫，所以，是馬都怕猴子。長老挽不住馬韁，只好扳緊馬鞍，向前跑了二十里，才慢了下來。回頭一看，徒弟三人被甩在後面，還沒見身影。

正走著，忽然聽見一聲鑼響，大路兩邊閃出三十多人，一個個手持槍刀棍棒，攔住唐僧，索要錢物。長老剛一說沒有錢物，那些賊就不容分說，舉著棒，沒頭沒臉地打來。長老一生不會說謊，遇到這樣的窘境，沒辦法，只得騙他們說：「大王，先不要動手，我有個小徒弟，在後面，一會兒就到。他身上有幾兩銀子，他過來時，讓他給你們吧。」那些賊聽說，便把長老用一條繩捆了，吊在樹上。

三個闖禍精隨後趕來，見到長老吊在樹上，大聖登高坡查看，認得是一夥強盜，於是變成一個小和尚，前來和唐僧說話。那些賊見行者和他師父講話，圍了上來，說：「小和尚，你師父說你身上有錢物，趁早拿出來，饒了你們性命！」行者放下包袱，說：「各位長官，請不要嚷。有些錢物在這個包袱裡，只希望放下我師父，我就給你們。」那些賊聽了，說：「放下來。」長老得了性命，跳上馬，顧不得行者，甩著鞭，往回跑去。

究竟行者如何處置群賊，且聽下回分解。

第三十四回　真行者落伽山訴苦　假猴王水簾洞謄文

話說行者忙叫：「走錯路了。」提著包袱，就要追去。那些賊攔住，說：「哪裡走？將錢物留下，免得挨打！」行者笑著說：「我哪裡有什麼錢物？」那些賊大怒，其中一位，掄起一條籐棍，照行者光頭上打了七、八下。行者只當不知，那些賊大驚，說：「這和尚頭好硬！」大聖從耳中摸了一摸，拔出一個繡花針，說：「各位，我是出家人，真沒有帶錢物，只有這個針送給你們吧。」那些賊互相說：「真倒霉啊！把一個富貴和尚放了，卻拿住這麼一個窮禿驢！我們要針做什麼？」行者聽說不要，就拈在手裡，晃了一晃，變作碗口粗細的一條棍子。那些賊害怕了，說：「這和尚生得小巧，倒會弄法術。」行者把棍子插在地下，說：「各位拿得動，就送你們吧。」兩個賊上前搶奪，有如蜻蜓撼石柱，根本動不得半毫。大聖走上前，輕輕地拿起，指著強盜，說：「你們運氣不好，遇著我老孫了！」那些賊上前，又打了行者五、六十下。行者笑著說：「你們也打得累了，讓老孫打一棒吧。」你看他展開棍子，晃一晃，有井欄粗細，七、八丈長短，一棍打倒一個在地，再不作聲。再打倒一個，嚇得那些賊撇槍棄棍，四處逃竄。

唐僧騎著馬，正往東跑，八戒、沙僧迎頭攔住，說：「師父往哪裡去？走錯路了。」長老兜住馬，說：「徒弟啊，趁早去向你師兄說，讓他棍下留情，不要打死那些強盜。」等大家趕過來，三藏和沙僧、八戒來到死人前，見血淋淋一團，倒臥在山坡下。長老心中不忍，叫八戒：「快用釘鈀，挖個坑埋了，我給他念卷倒頭經。」做完事，又重新上路。沒過多久，見大路北邊有一座莊院。三藏用鞭指著說：「我們到那裡借宿去。」來到門口，莊院門裡走出一個老人，前來相見。隨後又見後面走出一個婆婆，攙著一個五、六歲的小孩。大家都到草堂上坐下。那老媽媽賢惠，領著小孩子，吩咐下人煮飯，安排素齋，給他師徒吃了。漸漸天晚，又點起燈，在草堂上聊天說話。長老才問：「施主高姓？」老人說：「姓楊。」又問年紀，老人說：「七十四歲。」又問：「幾位令郎？」老人說：「只有一個，剛才老媽媽領著的是小孫。」長老說：「請令郎出來相見。」老人說：「老夫命苦，養不住他，現在不在家裡。」三藏問：「做什麼事？」老者嘆氣，說：「可憐！可憐！如果做事，是我的福氣！他不務正業，專好打家截道，殺人放火！結交的都是些狐群狗黨！五天前出去，現在還沒回來。」三藏聽說，不敢再說話，心想：「悟空打死的也許就是呢。」長老神思不安，沙僧和八戒笑著說：「施主，可安排我們一個地方打鋪睡覺，天明好走路。」老人起身，叫沙僧到後園裡拿了兩捆稻草，讓他們在園中一側的房中安歇。行者牽了馬，八戒挑了行李，同長老都去安歇了。

卻說那些賊裡真有老楊的兒子。他們四散逃生後，大約四更時分，又結成一夥，在門前敲門。老者聽門響，披衣起來，說：「媽媽，那混小子回來了。」媽媽說：「你去開門，讓他進來吧。」老人前去打開門，只見那一夥賊嚷著：「餓了！餓了！」老楊的兒子走到裡面，叫他妻子起來，要下米煮飯。正巧廚下沒了柴草，到後園裡拿柴草回到了廚房，問他妻子，說：「後園裡那匹白馬是哪裡的？」其妻說：「是東土取經的和尚，昨晚到這裡借宿，公公婆婆款待他們一頓晚齋，讓他們在後園房裡睡呢。」老楊的兒子聽了，走出草堂，拍手笑著說：「兄弟們，造化！造化！冤家在我家裡呢！」那些賊問：「哪個冤家？」老楊的兒子說：「卻是打死我們頭兒的和尚，到我家借宿，現在睡在後園房裡。」那些賊說：「好！好！拿住這些禿驢，把他們一個個剁成肉醬，得了那行囊和白馬，也為我們頭兒報仇！」老楊的兒子說：「先別忙，你們先去磨刀。等我把飯煮熟了，大家吃飽了，一齊下手。」那些賊於是磨刀的磨刀，磨槍的磨槍。那老人聽得這些話，悄悄地走到後園，叫起唐僧四位，說：「我兒子領人來了，知道你們在這裡，想害你們，我老夫念你們遠來，不忍傷害，你們快點收拾了行李，我送你們從後門出去吧！」三藏聽說，戰戰兢兢，謝了老人，叫八戒牽馬，沙僧挑擔，行者拿了九環錫杖。老人開了後門，放他們去了，然後悄悄地到前面房中睡下。

卻說那些強盜磨快了刀槍，吃飽了飯食，已經是五更天氣，一齊來到園中看，見後門開著，一聲喊，一個個如飛似箭，一直趕到東方日出，才望見唐僧。長老聽得喊聲，回頭勒住馬，說：「悟空，不要傷人，嚇退他們就行了。」行者哪裡肯聽，把金箍棒晃了一晃，碗口粗細，把那些強盜打得星落雲散，三藏在馬上，見打倒許多人，慌忙放馬奔西。豬八戒和沙和尚，緊隨去了。行者問受傷的賊人：「哪一個是楊老漢的兒子？」那個賊哼哼地說：「爺爺，那穿黃衣的就是！」行者上前，奪過刀來，把那個穿黃衣的強盜割下頭，血淋淋地提在手中，收了鐵棒，趕到唐僧馬前，提著頭說：「師父，這是楊老漢的逆子，被老孫把頭割了。」三藏見了，大驚失色，氣呼呼的，幾乎跌下馬來，下了馬，在地下定了定神，心中便念起緊箍咒，把行者勒得耳紅面赤，眼脹頭昏，在地下打滾，不住地說：「不要念！不要念！」長老念了十多遍，還不住嘴。行者翻觔斗，豎蜻蜓，疼痛難禁，只叫：「師父饒了我吧！有話便說，不要念！不要念！」三藏這才住口，說：「沒什麼話說，我不要你了，你回去吧！」行者忍著疼，不斷地磕頭，說：「師父，怎麼就趕我去了？」三藏說：「你這潑猴太兇惡，不是一個取經的人。壞了多少生命，多次勸你，你仍是沒有一絲善念，要你有什麼用！快走！快走！否則我又念真言！」行者害怕，只好說：「不要念，不要念！我去了！」說聲去，一路觔斗雲，無影無蹤，不見了。

孫大聖心中鬱悶，起在空中，想回花果山水簾洞，思前想後，忽然醒悟，心想：「這和尚辜負了我的好心，我到普陀崖告訴觀音菩薩去。」

大聖撥轉觔斗，不到半個時辰，早來到南洋大海，按下祥光，到了落伽山寶蓮臺下。行者望見菩薩，倒身下拜，垂著淚，把打死強盜前後始終，細說了一遍。菩薩說：「唐三藏奉旨投西，一心要秉善為僧，決不肯輕易傷害性命。說句公道話，還是你的不好。」行者噙淚叩頭，說：「即使是弟子不好，也應當將功折罪，不該這樣驅逐我。請菩薩大發慈悲，褪下金箍，交還給你，放我到水簾洞去吧！」菩薩笑了，說：「緊箍咒，是如來傳授我的，鬆不下來。」行者說：「既然如此，我上西天，拜告如來，求念鬆箍咒去。」菩薩說：「你先別忙，我先給你看看運氣怎麼樣。」行者說：「不用看，我現在的運氣差極了。」菩薩說：「我不看你，我要看唐僧的運氣。」菩薩端坐蓮臺，運心三界，慧眼遙觀，開口說：「悟空，你師父馬上就有難，不久就會來找你。你只管在這裡待著，等我跟唐僧說，讓他仍舊和你去取經，讓你成正果。」孫大聖只得皈依，不敢多說，侍立在寶蓮臺下。

卻說長老趕走行者，叫八戒牽馬，沙僧挑擔，往西走不到五十里，三藏勒住馬，說：「徒弟，從五更出來走路，這大半天又飢又渴，你們哪個去化些齋給我吃？」八戒說：「師父先請下馬，等我去化齋。」呆子縱起雲頭，半空中放眼望去，面前盡是山嶺，沒看到一個人家。三藏聽呆子回來這樣講，便說：「既然沒有化齋的地方，先取些水來解渴也好。」八戒說：「等我去南山澗下取些水來。」駕起雲霧去了。長老坐在路邊，等候好久，不見回來。沙僧在一邊，見三藏飢渴難忍，八戒又取水不來，只得把行囊放好，拴牢了白馬，然後對長老說：「師父，你先待在這裡，等我去催水來。」長老點頭。

師父獨自一人，正在惶恐時，忽然聽得一聲響亮，原來是孫行者跪在路邊，雙手捧著一個杯子，說：「師父，沒有老孫，你連水也不能夠喝上呢。這一杯好涼水，你先喝了解渴，等我再去化齋。」長老說：「我不喝你的水！就是渴死，我也認命！不要你了！你去吧！」那行者翻了臉，喝罵長老，說：「你這個狠心的潑禿，這麼欺負我！」掄著鐵棒，丟了杯子，照長老脊背上敲了一下，長老昏死在地，兩個青氈包袱被他提在手裡，駕觔斗雲逃走了。

卻說八戒托著缽盂，奔到山南坡下，忽然見山腰間有一座草屋。原來被山擋著，沒有看見。呆子暗想：「我如果是這麼個醜嘴臉，人家一定害怕我，白費力氣，也難以化來齋飯。」於是呆子拈著訣、念個咒，身子搖了七、八下，變作一個病歪歪的黃胖和尚，挨近門前，叫：「施主，貧僧是東土來往西天取經的，我師父在路上餓了，你家中可有鍋巴冷飯，千萬要化些給我。」那家的男人不在，都去插秧種穀去了，只有兩個女人在家，正煮好了午飯，盛起兩盆，待收拾了送下田裡去，鍋裡還有些飯和鍋巴，還沒盛起來。那女人見他一臉病容，便把這些剩飯鍋巴，滿滿地裝了一缽。呆子謝了，轉回來，現了本相，正走著，聽得有人叫：「師兄。」八戒抬頭看時，卻是沙僧站在山崖上，喊：「這裡來！這裡來！」下了崖，迎到面前，說：「這澗裡有清水不舀，你到哪裡去了？」八戒笑著說：「我到這裡，見山腰有個人家，我去化了這一缽乾飯來了。」沙僧說：「飯也用著，只是師父渴得急，怎麼能盛得水去？」八戒說：「要水也容易，你用衣襟來兜著這飯，等我用缽盂去舀水。」

二人歡歡喜喜，回到路上，只見三藏身子伏在塵埃裡，白馬撒了韁繩，在路邊長嘶，行李擔子不見蹤影。慌得八戒跺腳捶胸，大呼小叫。沙僧把唐僧扳過身體，用臉溫著臉，哭了一聲：「苦命的師父！」只見長老口鼻中呼出熱氣，呆子近前扶起。長老甦醒，呻吟一會兒，大罵：「好潑猢猻，打死我了！」沙僧、八戒問：「是哪個猢猻？」長老不說話，只是嘆息，討水喝了幾口，說：「徒弟，你們剛去，那悟空來纏著我。我堅決不肯再收留他，他就打了我一棒，青氈包袱都被搶去了。」八戒聽了，咬牙切齒，捺不住心頭火，說：「這潑猴子，怎麼敢這麼無禮！」對沙僧說：「你服侍著師父，我到他家討包袱去！」沙僧說：「你先不要發怒，我們扶師父到那山腰人家化些熱茶水，把化來的飯熱熱，把師父安頓好，再去找他理論。」八戒應承了，三人來到山腰，討得熱茶水，沙僧把冷飯泡了，遞給師父。師父吃了幾口，心情平靜了許多，說：「沙僧去討行李吧。」沙僧應承了，說：「我去，我去。」長老又吩咐沙僧：「你到他那裡，先看看情況再說。他如果肯給你包袱，你就假裝謝謝，然後拿來；如果不肯給你，你千萬不要和他爭執，等到南海菩薩那裡，把這事告訴菩薩，讓菩薩去問他要。」沙僧一一聽從，拈了訣，駕起雲光，直奔東方來。

沙僧在半空裡，行了三天三夜，才到了東洋大海，又來到花果山界。乘著海風，踏著水勢，又過好一陣子，按雲找路下山，找到水簾洞。走到跟前，只聽得一派喧譁，見那座山裡無數的猴精，正在亂嚷。沙僧又靠近一些，仔細查看，見孫行者高坐在石台上面，雙手扯著一張紙，正念著通關文牒。沙僧控制不住自己情緒，走向前厲聲高叫：「師兄，你念師父的關文做什麼？」

那行者聽到這句話，急忙抬頭，不認得是沙僧，叫：「把他拿下！拿下！」眾猴一齊圍上去，把沙僧拖拖扯扯，拿到跟前來，那行者大喝：「你是什麼人，敢擅自走到我這仙洞來？」沙僧見他翻臉不認人，只得朝上行禮，說：「上告師兄，以前確實是師父性子急了，錯怪了師兄，還請師兄念往日解脫大恩，和小弟一起，帶著行李回見師父，一同上西天去，了結這一正果。如果你不肯去，就把包袱還給小弟。」

行者聽了，呵呵冷笑，說：「賢弟，你這話可是不合我意。我打唐僧，搶行李，不是因為我不上西方，也不是因為我愛居住在這裡。我今天熟讀了牒文，好讓自己上西方拜佛求經，送上東土，我獨自成功，叫那南贍部洲人立我為祖，萬代傳名。」說著，那行者掄著金箍棒，率著眾猴，把沙僧包圍。沙僧東衝西撞，打出路口，縱雲霧逃生，留下話：「潑猴，你這麼無禮，我告菩薩去！」

沙僧駕雲離了東海，行了一天一夜，到了南海。正行著，見落伽山已經不遠，只見木叉行者當面迎來，問：「沙悟淨，你不保護唐僧取經，來這裡有什麼事？」

沙僧作禮，說：「有一事特來朝見菩薩，麻煩引見引見。」木叉心知沙僧這一來是關於行者的事，也不提起，先進去對菩薩說：「外面有唐僧的小徒弟沙悟淨朝拜。」孫行者在臺下聽見，笑著說：「這一定是唐僧有難，沙僧來請菩薩的。」菩薩讓木叉放沙僧進來。沙僧倒身下拜，拜後抬頭，正想告訴前事，忽然見孫行者站在旁邊，等不及說話，就拿著降妖杖朝行者打來。行者也不還手，身子一側，躲過了。菩薩大喝：「悟淨不要動手，有什麼事先和我說。」沙僧收了寶杖，氣沖沖地把發生過的事情說了。菩薩說：「悟淨，不要誣蔑人，悟空到這裡，已經有四天了，我沒有放他回去，他哪裡有自去取經意思？」沙僧說：「我怎麼敢誣蔑撒謊？現在水簾洞確有一個孫行者。」

菩薩說：「既然如此，你也不要著急，我讓悟空和你同去花果山看看。是真難滅，是假易除，到那裡就知道了。」大聖聽了，和沙僧辭了菩薩去了。

究竟如何分辨，且聽下回分解。

第三十五回　假大聖攪亂大乾坤　唐三藏路阻火焰山

話說行者和沙僧拜辭了菩薩，縱起兩道祥光，離了南海。沒多長時間，來到花果山。二人從洞外查看，果然見有一個行者，高坐在石臺上，和群猴飲酒作樂，模樣和大聖無異。大聖心中大怒，撇了沙和尚，拿鐵棒上前大罵：「你是什麼妖邪，敢變我的相貌，敢占我的兒孫，敢擅居我的仙洞，敢這樣擅作威福！」那個行者見了，不答話，也用鐵棒來迎。二行者打在一處，不分真假，沙僧在旁邊，不敢下手，忍耐多時，先縱身跳下山崖，使降妖寶杖，打到水簾洞外，驚散群妖，去尋找他的青氈包袱，周圍都找不到。原來水簾洞本是一股瀑布飛泉，遮掛洞門，遠看像一條白布簾，近看是一股水脈，所以叫水簾洞。沙僧不知來歷，所以難以找尋。又縱起雲，趕到九霄雲裡，掄著寶杖，又不好下手。大聖說：「沙僧，你既然幫助不得，先回報師父，說我如此這般，等老孫和這個妖精打到南海落伽山菩薩前辨個真假。」說完，另外一個行者也是這樣說。沙僧見兩個人相貌、聲音沒有一點差別，只得聽從，撥轉雲頭，回覆唐僧。

兩個行者一邊行一邊鬥，一直嚷到南海，打打罵罵，喊聲不絕。早驚動了護法諸天，菩薩和木叉行者、善財童子、龍女出門大喝：「孽畜哪裡走！」這兩個互相揪住，都說：「菩薩，這傢伙果然像弟子模樣。從水簾洞打起，鬥了多時，不分勝負。沙悟淨肉眼愚蒙，不能分辨，是弟子讓他回西路去回覆師父，我和這傢伙打到寶山，借菩薩慧眼，給弟子認個真假，辨明邪正。」說完，那個行者也是這樣說了一遍。眾諸天和菩薩查看良久，不能分清。

菩薩讓木叉和善財童子上前，悄悄吩咐：「你們一個幫住一個，等我暗念緊箍咒，看哪個頭疼便是真的，不疼的便是假的。」他們二人果然各幫住一個。菩薩暗念真言，兩個行者一齊喊疼，都抱著頭，在地下打滾，只叫：「不要念！不要念！」菩薩不念，他們兩個又一齊揪住，照舊嚷鬥。菩薩無可奈何，說：「你當年官拜弼馬溫，大鬧天宮時，神將都認得你，你先到上界去分辨。」大聖謝恩，那行者也謝恩。

二人拉拉扯扯，嘴裡不住地嚷鬥，打到南天門外，慌得廣目天王率領馬趙溫關四大天將，以及把門大小眾神，各用兵器擋住，聽二人如此這般說了一遍。眾天神看了多時，也不能分辨，他兩個吆喝：「你們既然不能認，讓開路，等我們去見玉帝！」兩個一直嚷著走進來，嚇得玉帝降立寶殿，聽說了一遍，玉帝傳旨宣托塔李天王，說：「用照妖鏡來照這傢伙誰真誰假，叫他假滅真存。」天王取來鏡子照住，請玉帝和眾神觀看。鏡中是兩個孫悟空的影子，金箍衣服，毫髮不差。玉帝也分辨不出，趕出殿外。這大聖呵呵冷笑，那行者也哈哈歡喜，揪頭抹頸，又打出天門，墜落西方路上，說：「我和你見師父去！我和你見師父去！」

卻說沙僧自花果山回來，行了三天三夜，回到本莊，把前事對唐僧說了一遍。三藏聽了，大驚失色。正說著，只聽半空中有人嚷叫，慌得都出來看，卻是兩個行者打過來。三藏見了，就念緊箍咒，二人一齊叫苦，卻也不認得真假。他們兩個掙脫手，依然又打。這大聖說：「兄弟們，保著師父，等我和他打到閻王面前分辨去！」那行者也是這樣說，二人很快又不見了身影。八戒說：「沙僧，你既然到了水簾洞，怎麼不把行李找出來？」沙僧說：「只看見一股瀑布，不知洞門開在什麼地方，找不著行李，所以空手回覆師命來了。」八戒說：「原來你不知道。我前年去請他時，先在洞門外相見，後被我說服了他，他就跳下，去洞裡換了衣服，我看見他把身子往水裡一鑽，那瀑布後面，就是洞門。想必那怪把我們包袱收在那裡面了。」八戒又說：「我去看看吧。」急忙出門，縱著雲霧，去花果山尋取行李。

卻說兩個行者又打又嚷到了陰山背後，嚇得滿山的鬼戰戰兢兢、藏藏躲躲。有先跑的，撞入陰司門裡，一時間，十王會齊，又叫人飛報給地藏王。查了陰司簿，仍然不見有名字出現。眾王也難以辨認。只聽得地藏王菩薩說：「先打住！等我叫諦聽給你斷個真假。」原來諦聽是地藏菩薩經案下的一個異獸。他如果伏在地下，瞬間就能把四大部洲山川社稷、洞天福地之間的蠃蟲鱗蟲毛蟲羽蟲昆蟲、天仙地仙神仙人仙鬼仙鑒別出善惡，能察聽賢愚。那獸奉著地藏鈞旨，就在森羅庭院裡，俯伏在地，然後抬起頭，對地藏說：

「怪名雖然有，但不可以當面說破，又不能幫助擒拿他。」地藏問：「當面說出會怎麼樣？」諦聽說：「當面說出，恐怕妖精騷擾寶殿，使陰府不寧。」又問：「為什麼不能擒拿？」諦聽說：「妖精神通，和孫大聖一樣。幽冥間的神，能有多少法力？所以不能擒拿。」地藏問：「照這樣卻怎麼是好？」諦聽說：「佛法無邊。」地藏頓時醒悟，便對行者說：「你們兩個形容一樣，神通無二，如果需要辨明，只好到雷音寺釋迦如來那裡，才得分辨明白。」兩個一齊嚷著：「說得是！說得是！我和你到西天佛祖前分辨去！」十殿陰君送出二個行者，謝了地藏，回到翠雲宮，叫鬼使關閉了幽冥關隘。

你看兩個行者，飛雲奔霧，打上西天。一直嚷到大西天靈鷲仙山雷音寶剎外面。早就見到那四大菩薩、八大金剛、五百阿羅漢、三千揭諦、比丘尼、比丘、優婆塞、優婆夷各位大聖眾，都到七寶蓮臺下面聽如來說法。那如來正講著，忽然離開寶座，對大眾說：「你們都是一心，先看二心競鬥前來。」大眾舉目看，果然是兩個行者，吆天喝地，打到雷音勝境。慌得八大金剛上前擋住，說：「你們想到哪裡去？」

大聖說：「妖精變作我的模樣，想到寶蓮臺下，麻煩如來為我分辨虛實。」眾位金剛抵擋不住，二位大聖一直嚷到臺下，跪在佛祖面前拜告。大眾也難以分辨，只有如來心中明白。正想說破，忽然見南下彩雲間，觀音前來，參拜了如來佛。

如來合掌，問：「觀音尊者，你看這裡兩個行者，誰真誰假？」菩薩說：「前天在弟子荒境，也確實難以分辨。」如來笑著說：「你們法力廣大，只能普閱周天中間的事，不能全識周天事物，也不能了解所有的周天種類。」菩薩又請問周天種類當怎麼講，如來說：「周天之內有五仙，是天地神人鬼；有五蟲，是蠃鱗毛羽昆。有四猴混世，不入十類之中。」菩薩問：「敢問是哪四猴？」如來說：「第一是靈明石猴，通變化，識天時，知地利，移星換鬥。第二是赤尻馬猴，曉陰陽，會人事，善出入，避死延生。第三是通臂猿猴，拿日月，縮千山，辨休咎，乾坤摩弄。第四是六耳獼猴，善聆音，能察理，知前後，萬物皆明。這四猴，不入十類之中。我看這假悟空是六耳獼猴。這隻猴子如果待在一處，能知千里外的事，凡人說話，也能知道，所以說善聆音，能察理，知前後，萬物皆明。」那獼猴聽得如來說出他的本相，膽戰心驚，急忙縱身，跳起來就要走。如來見他要走，令大眾下手，早有四菩薩、八金剛、五百阿羅漢、三千揭諦、比丘、比丘尼、優婆塞、優婆夷，一齊擁上。孫大聖也要上前，如來說：「悟空不必動手，等我幫你擒拿他。」那獼猴毛骨悚然，心知難以逃脫，搖身一變，變作一隻蜜蜂，向上飛。如來把金鉢盂撇去，正蓋著那蜂，落了下來。大眾不知，以為走了，如來笑著說：「大眾不要講，妖精沒有走脫，現在我這鉢盂下面。」大眾一齊上前，把鉢盂揭起，果然現了本相，是一隻六耳獼猴。孫大聖忍不住，掄起鐵棒，一棒打死。如來心中不忍，連說：「善哉！善哉！」

隨後，觀音菩薩領著悟空，駕雲前去，木叉行者、白鸚哥，一同趕上。只一會兒，到了草屋人家，沙和尚看見，急忙請師父出門迎接。菩薩說：「唐僧，前天打你的，是假行者六耳獼猴，幸虧如來看破他，現在已被悟空打死。你今天還是要收留悟空，一路上魔障多端，只有他能保護你，你才能到靈山見佛取經，再也不要嗔怪悟空了。」三藏叩頭，說：「謹遵教旨。」正拜謝時，只聽得正東方向狂風滾滾，眾人往上一看，只見豬八戒背著兩個包袱，駕風來到。師徒們拜謝了，菩薩回海，又謝了那草屋人家，繼續西行。

三藏遵照菩薩教旨，收了行者，奔往西天。光陰似箭，日月如梭，經歷了炎炎夏天，卻又到了三秋霜景。師徒四人，正走著，漸漸感覺熱氣蒸人。三藏勒住馬，問：「現在正是秋天，怎麼這裡越來越熱？」正說著，只見路邊有座莊院，三藏下馬，說：「悟空，你去那戶人家問問，為什麼炎熱？」

大聖收起金箍棒，來到門前。門裡走出一個老人，大聖說明來意，老人請師徒進到房子裡。三藏問：「敢問公公，現在入秋，這裡為什麼還這麼炎熱？」老人說：「敝地叫火焰山，無春無秋，四季都熱。」三藏說：「火焰山在哪邊？是不是在西去的路上？」老人說：「西方去不了。那座山離這裡有六十里，是西方必經之路，有八百里火焰，四周圍寸草不生。沒辦法過得去。」三藏大驚失色，不敢再問。

這時，門外來了一個少年，推著一輛紅車，停在門口，叫：「賣糕！」大聖拔根毫毛，變作一個銅錢，買了糕。少年接了錢，揭開車蓋，裡面熱氣騰騰，拿出一塊糕遞給行者。行者托在手裡，如同火盆裡的炭。他左手倒在右手，右手換在左手，只說：「熱熱熱！難吃難吃！」少年笑了，說：「怕熱就不要來這裡，這裡就是這麼熱。」行者說：「常言說得好，不冷不熱，五穀不結。這裡這麼熱，你這糕粉從哪裡來的？」少年說：

「想知糕粉米，敬求鐵扇仙。」行者問：「什麼是鐵扇仙？」少年回答：「鐵扇仙有柄芭蕉扇。如果能求得來，扇一下能滅火，扇二下能生風，扇三下會下雨，我們就可以布種，及時收割，換得五穀養生。否則，確實寸草不生。」行者聽了，忙走到裡面，把糕遞給三藏，便問老人：「老人家，我問你，鐵扇仙住在哪裡？」老人說：「在那西南方的翠雲山上。山裡有個仙洞，叫芭蕉洞。我們往返需要走上一個月，來回有一千四百五六十里。」行者笑著說：「沒關係，去去就來。」說了一聲，忽然不見。老人慌張地說：「爺爺呀！原來是騰雲駕霧的神人啊！」

先不說這一家加倍小心地供奉唐僧，卻說行者來到翠雲山，按住祥光，正在找那洞口，忽然聽得砍樹的聲音，原來是山林裡有一個樵夫伐木。行者走到跟前，行了禮，樵夫撇了斧頭，答禮，問：「長老去哪裡？」行者說：「敢問樵哥，這裡可是翠雲山？」樵夫說：「正是。」行者問：「有個鐵扇仙的芭蕉洞，在什麼地方？」樵夫笑著說：「這芭蕉洞雖然有，只是沒有鐵扇仙，只有個鐵扇公主，又叫羅剎女。」行者問：「人們說她有一柄芭蕉扇，能熄滅火焰山，是她嗎？」樵夫說：「正是，這聖賢有這件寶貝，善能熄火，保護那邊的人家，所以被稱作鐵扇仙。我這裡人家用不著她，只知她叫羅剎女，是牛魔王的妻子。」行者聽說，大驚失色，心想：「又是冤家了！當年降伏了紅孩兒，說是她養的。前些時候在解陽山破兒洞遇到他的叔叔，不但不肯給井水，還要報什麼仇，今天遇他父母，怎麼才能借得這扇子啊？」告別了樵夫，來到芭蕉洞，見那兩扇門緊閉，洞外風光秀麗。行者上前叫：「牛大哥，我是孫悟空，開門！開門！」羅剎女聽見孫悟空三字，嘴裡罵著：「這個潑猴！到這裡來了！」拿著兩口青鋒寶劍，走到門前。行者在洞外躲過，羅剎女出了門，高叫：「孫悟空在哪裡？」行者上前施禮，說：「嫂嫂，老孫在這裡拜揖。」羅剎女不容分說，雙手掄劍，衝向行者，行者掄棒相迎。羅剎女和行者相鬥到晚，取出芭蕉扇，晃一晃，一扇陰風，把行者扇得無影無形，根本停不住腳。羅剎女得勝回洞。

大聖飄飄蕩蕩，左沉不能落地，右墜不得存身，滾了一夜，一直到天明，才落在一座山上，大聖雙手抱住一塊峰石。靜心良久，仔細查看，認得是小須彌山。大聖長嘆一聲，說：「好厲害的婦人！怎麼把老孫送到這裡來了？我當年曾經記得，在這裡告求靈吉菩薩去降黃風怪，救我師父。那個黃風嶺到這裡有三千多里，今從西路轉過來，不知有幾萬里。等我下去問問靈吉菩薩，再回去不遲。」急忙走下山坡，來到禪院。菩薩知道悟空來了，問：「你既然還沒有到雷音，為什麼來到這裡？」行者把前面發生的事說了一遍。靈吉笑著說：「那婦人叫羅剎女，又叫鐵扇公主。她的芭蕉扇是崑崙山後，天地產下的一個靈寶，是太陽的精葉，所以能滅火氣。如果扇著人，要飄八萬四千里，才能停了這陰風。我這山到火焰山，只有五萬多里，這還是因為大聖有留雲的本事，所以停住了。如果是凡人，還要繼續往前吹呢。」行者說：「厲害！厲害！我師父怎麼才能過得火焰山啊？」

靈吉說：「大聖放心，我當年受如來教旨，賜我一粒定風丹、一柄飛龍杖。飛龍杖已經降了風魔，這定風丹還沒有使用，今天送給大聖，一定讓她扇你不動，然後你要了扇子，把火扇滅，好不好？」行者低頭行禮，感謝不盡。菩薩從衣袖裡取出一個錦袋，把那一粒定風丹安在行者的衣領裡邊，用針線緊緊地縫了，送行者出門，說：「不留你了，往西北去就是羅剎的山場。」

究竟行者如何降服羅剎女，且聽下回分解。

第三十六回　羅剎女喝茶中計　牛魔王赴宴罷戰

行者告別了靈吉，駕觔斗雲返回翠雲山，又使鐵棒打著洞門，叫：「開門！開門！老孫來借扇子使使呢！」羅剎女聽到叫喊，心中畏懼，想：「這潑猴真有本事！我的寶貝扇著人，要去八萬四千里才能停止，他怎麼才吹去就回來了？這一次等我一連扇他兩三下，讓他找不著歸路！」於是，雙手提劍，和行者又戰了五六回合，羅剎女手軟難敵，眼見情況不妙，取了扇子，朝著行者扇了一下，行者巍然不動，收了鐵棒，笑吟吟地說：「這次不比上次！任你怎麼扇，老孫如果動一動，就不算好漢！」羅剎女又扇了兩下。果然不動。羅剎女慌了，急忙收起寶貝，走進洞裡，把門緊緊關上。

行者見門關閉了，拆開衣領，把定風丹噙在嘴中，變作一個小飛蟲，從門縫裡鑽了進去。只聽羅剎女叫：「渴了！渴了！快快拿茶來！」近侍女童，用香茶一壺，滿滿地斟了一碗，衝起茶沫。行者見了，振翅一飛，飛在茶沫下面。羅剎女渴極了，接過茶，兩三下就都喝了。行者到了她的肚子裡，現出原身厲聲高叫：「嫂嫂，借扇子給我使使！」羅剎女大驚失色，說：「孫行者，你在哪裡弄法術呢？」行者說：「老孫一生不會弄法術，都是用些真手段、實本事，我正在尊嫂腹內玩呢，能見到妳的肺肝。我知道妳也渴了，我先送妳一個坐碗解渴！」把腳往下一蹬，羅剎女小腹頓時疼痛難禁，坐在地下叫苦，只叫：「孫叔叔饒命！」行者這才收了手腳，說：「妳現在認得叔叔了嗎？我看在牛大哥面子上，先饒了妳的性命，快把扇子拿來給我使使。」羅剎女說：「叔叔，有扇！有扇！你出來拿吧！」行者探到喉嚨上面，說：「嫂嫂，我既然饒了妳的性命，就不在腰肋下搠個窟窿出來了，還從嘴裡出來。妳把嘴張張。」羅剎女張開嘴。行者仍化成為一個小飛蟲，先飛出來，釘在芭蕉扇上。羅剎女不知道，連續張了三次，叫：「叔叔出來吧。」行者現出原身，拿了扇子，叫：「我在這裡不是？謝了！謝了！」說完，拿著扇子，往前便走，小的們連忙開了門，放他出洞。

大聖撥轉雲頭，又很快按落雲頭，師徒們都前來告別了老人，一路西去，大約走了四十里，漸漸酷熱蒸人。沙僧只叫：「腳底烙得慌！」八戒又說：「爪子燙得痛！」馬比平常跑得快多了，只因地熱難以停下腳。行者離開三藏，前去舉扇，來到火邊，盡力一扇，那山上火光烘烘騰起，再一扇，更加百倍，又一扇，那火足有千丈高，漸漸燒著身體。行者急忙跑回來，兩股毫毛已經被燒淨，行者跑到唐僧面前叫：「快回去，快回去！火來了，火來了！」師父爬上馬，和八戒、沙僧，又往東回來二十多里，這才停下休息。三藏說：「悟空，怎麼回事啊？」行者扔了扇子，說：「不管用！被那傢伙騙了！」八戒笑著說：「你平常說雷打不傷，火燒不損，現在怎麼怕起火來了？」行者說：「你這個呆子，真不懂事！那時是用心防備，所以不傷；今天只以為能扇滅火光，沒有拈避火訣，也沒使護身法，所以把兩股毫毛燒了。」師徒們進退兩難，這時聽得有人叫：「大聖不必煩惱，先來吃些齋飯再說。」四人回頭一看，見有一個老人，手持龍頭杖，腳踏鐵靴，身後帶著一個雕嘴魚腮鬼，鬼頭上頂著一個銅盆，盆裡有一些蒸餅糕糜、黃糧米飯，在前邊躬身說：「我是火焰山土地，知道大聖保護聖僧，不能前進，特意前來獻上一齋。」行者說：「吃齋小事，這火光什麼時候滅得，讓我師父過去？」土地說：「要滅火光，還需求羅剎女借得芭蕉扇。」行者去路邊拾起扇子，說：「這不是？那火光越扇越著，怎麼回事？」土地看了，笑著說：「這把扇子不是真的，被她騙了。」行者問：「怎麼才是真的？」土地又躬身微微笑著說：「如果還要借真蕉扇，必須先找到大力王。」

土地又說：「大力王就是牛魔王。」行者問：「這山原是牛魔王放的火，所以稱作火焰山？」土地說：「不是不是，大聖如果肯赦小神無罪，才敢說真話。」行者說：「你有什麼罪？有話直說沒有關係。」土地說：「這火原是大聖放的。」行者大怒，說：「我在哪裡，你竟敢這麼亂說！我難道是放火之輩？」土地說：「這裡以前沒有這座山，只因大聖五百年前大鬧天宮，被顯聖擒捉了，押赴到老君那裡，把大聖安於八卦爐內，鍛煉之後開鼎，被你蹬倒丹爐，當時落了幾塊磚下來，裡面有餘火，到這裡化為火焰山。我原是兜率宮守爐的道人，老君怪我失守，降到這裡，做了火焰山土地。」行者半信不信，問：「你先說，找到大力王是什麼原由？」土地說：「大力王是羅剎女的丈夫。他現在撇下羅剎女，在積雷山摩雲洞住著。有個萬歲狐王死後，遺下一個女兒，叫玉面公主。那公主有百萬家私，沒人掌管，二年前，得知牛魔王神通廣大，所以情願倒賠家財，招贅為夫。牛魔王棄了羅剎女，長久不回。如果大聖能找著牛魔王，拜求他來到這裡，才能借到真扇。也只有這樣，才能滅了火焰，保師父前進；也可以永除火患，保地方生靈；同時，我也會被赦免回歸上天，到老君那裡。」

行者問：「積雷山坐落在哪裡？到那裡有多遠？」土地說：「在正南方。距離大概有三千多里。」行者聽了，吩咐沙僧、八戒保護好師父，又讓土地陪伴，隨即去了。不用半個鐘點，早見到一座高山。在密林裡尋找路徑，正是沒路可走。忽然見到那松蔭下有一個女子，手裡折了一枝香蘭，裊裊娜娜前來。那個女子漸漸走近石邊，大聖躬身施禮，說：「我是翠雲山來的，初次到貴處，不知路徑。敢問菩薩，這裡可是積雷山？」那個女子回答：「正是。」大聖問：「有個摩雲洞，坐落在什麼地方？」那個女子問：「你找那個洞做什麼？」大聖說：「我是翠雲山芭蕉洞鐵扇公主央來請牛魔王的。」那個女子一聽鐵扇公主請牛魔王，大怒，滿臉通紅，潑口大罵：「這個賤婢，牛王自到我家還沒有二年，也不知送了她多少珠翠金銀、綾羅緞匹，讓她自自在在受用，還不識羞，又來請他做什麼！」大聖聽了，知道遇到了玉面公主，故意拿出鐵棒，大喝一聲：「你這潑賤，用家財買住牛王，賠錢嫁漢！妳倒不羞，敢來罵誰！」

那個女子見了，戰戰兢兢回頭便走，大聖吆吆喝喝，隨後相跟。原來穿過松蔭，就是摩雲洞口，女子跑進去，把門關了，來到書房裡面，牛魔王正在那裡靜玩丹書，這個女子沒好氣地倒在懷裡，抓耳撓腮，放聲大哭。牛王滿面賠笑，說：「美人，不要煩惱。有什麼話要說？」那個女子嘴裡大罵。牛魔王問得清楚，說：「我那妻自幼修持，也是一個得了道的女仙，家門嚴謹，哪裡會央求什麼男子前來，這想必是哪裡來的怪妖，以這個名義到這裡來找我，等我出去看看。」好魔王，拿了一條混鐵棍，出門高叫：「是誰在我這裡胡鬧？」大聖整衣上前，深深地行個大禮，說：「長兄，還認得小弟嗎？」牛魔王答禮，說：「你是齊天大聖孫悟空嗎？」大聖說：「正是，一向久別沒能見面。剛才到這裡問到一個女子，才得以見到兄長，還是那麼年輕，真可賀啊！」牛魔王喝住，說：「先別說嘴！你剛才欺我愛妾，打到我門上是什麼意思？」大聖笑著說：「我因為拜謁長兄不見，向那個女子拜問，不知就是二嫂嫂；被她罵了我幾句，是小弟一時粗魯，驚了嫂嫂。望長兄寬恕！」牛魔王說：「既然如此說，我看故舊之情，饒你去吧。」大聖說：「既然蒙兄長寬恩，感謝不盡。還有一事相求，小弟因保唐僧西進，在火焰山被阻住，不能前進，知尊嫂羅剎女有一柄芭蕉扇，想借用借用。」牛魔王聽了，心裡冒火，咬牙切齒地罵：「你說你沒有無禮，原來是借扇的緣故！一定是先欺負我的山妻，山妻想必不肯借給你，所以你來找我，又辱我愛妾！你真是大膽？上來先吃我一棍！」大聖說：「兄長要說打，弟也不害怕，但求寶貝是我真心，千萬借我使使！」牛魔王說：「你如果三合敵得過我，我叫山妻借給你；如果敵不過，就打死你，讓我雪恨！」牛魔王不容分說，拿著混鐵棍就打。

大聖持金箍棒，隨手相迎。大聖和牛魔王鬥了百十回合，不分勝負。正在難解難分，只聽到山峰上有人叫：「牛爺爺，我大王多多拜上，盼您早早光臨。」牛魔王聽說，用混鐵棍支住金箍棒，叫：「猢猻，你先停住，等我去一個朋友家赴會後再來！」說完，一直向西北方去了。

大聖在高峰上看著，心想：「這老牛不知又結交了什麼朋友，往哪裡去赴會，等老孫跟他走走。」沒多長時間，到了一座山裡，牛魔王不見了。大聖入山找，見那座山裡有一面清水深潭，潭邊有一座石碣，碣上有六個大字：「亂石山碧波潭」。大聖暗想：「老牛一定下水去了。水底下的精，如果不是蛟精，必是龍精、魚精，或者是龜、鱉、黿、鼉精，等老孫下去看看。」

大聖掐著訣，念個咒語，變作一個螃蟹，不大不小的，有三十六斤重，跳到水中，沉到潭底，只見一座玲瓏剔透的牌樓，樓下拴著牛魔王騎的那個辟水金睛獸，進到牌樓裡面，卻沒有了水。大聖爬進去，裡面一片音樂聲，上面坐的是牛魔王，左右有三四個蛟精，前面坐著一個老龍精，兩邊是龍子、龍孫、龍婆、龍女。正在那裡觥籌交錯地飲酒，孫大聖一直走上去，被老龍看見，叫：「拿下那個野蟹來！」龍子、龍孫一擁上前，把大聖拿住。大聖忽然說起人話，只叫：「饒命!饒命！」老龍問：「你是哪裡來的野蟹？怎麼敢上廳堂！」大聖編造謊言，說：「生自湖裡，靠著崖窩生活。沒有習過行儀，請尊慈恕罪！」座上眾精聽了，都拱身對老龍說：「蟹介士初入瑤宮，不知王禮，望尊公饒他去吧。」老龍准了。大聖往外逃命，回到牌樓下面，心想：「這牛魔王在這裡貪杯，得等到他什麼時候才散？就是散了，他也不肯借扇給我。不如偷了他的金睛獸，變作牛魔王，去哄那羅刹女，騙到扇子，送我師父過山為妙。」

大聖即現原身，把金睛獸的韁繩解了，跨上雕鞍，騎出水底。到了潭外，把身子變作牛魔王模樣，騎著獸，縱著雲，很快來到翠雲山芭蕉洞，叫聲：「開門！」羅刹女聽說，忙整雲鬟，急移蓮步，出門迎接。大聖下了雕鞍，牽進金睛獸。羅刹女肉眼認不出他，於是攜手同入。「牛魔王」說：「夫人久別了。」

羅刹女說：「大王萬福。」又說：「大王寵幸新婚，拋撇奴家，今天是哪陣風把你吹來了？」大聖笑著說：「並不敢拋撇，只因玉面公主那裡家事繁冗，朋友多要照顧，所以才久久未歸。」又說：「近來聽說悟空保著唐僧，快來到火焰山界，恐怕他問妳借扇子。我恨那傢伙害我兒子，如果他來時，妳可叫人報告我，等我擒拿住他，分屍萬段，以雪我夫妻之恨。」羅刹女聽到這樣說，滴淚相告：「那傢伙已經把扇子拿去了！」大聖假裝惱怒，說：「氣死我了！」羅刹女又笑著說：「大王息怒，給他的是假扇子。」大聖問：「真扇現在什麼地方？」羅刹女說：「放心吧！我收著呢。」叫丫鬟整酒接風賀喜，兩人謙謙讓讓，這才坐下喝酒。大聖不敢破葷，只吃了幾個果子。

酒至數巡，羅刹女半醉，色情微動，就和孫大聖挨挨擦擦，攜著手，俏語溫存，大聖見她這麼投入，暗自留心，挑逗說：「夫人，真扇子妳收在哪裡？要早晚仔細。但恐怕孫行者變化多端，又來騙去。」羅剎女笑嘻嘻地從口中吐出，只有一個杏葉大小，遞給大聖，說：「這個不是寶貝？」大聖接在手裡，卻又不信，暗想：「這麼小，怎麼能扇得火滅？恐怕又是假的。」羅剎女見他看著寶貝沉思，忍不住上前，把粉面貼在行者臉上，叫：「親親，你收了寶貝喝酒吧，只管出神想什麼呢？」大聖接著問她一句：「這麼小的東西，怎麼能扇得八百里火焰？」羅剎子酒多露出真性，就說出方法：「大王，和你分別了這二年，你想必是晝夜貪歡，被那玉面公主弄傷了神思，怎麼自家的寶貝也都忘了？只須把左手大指頭拈著那柄上第七縷紅絲，念一聲「噓呵吸嘻吹呼」，即長一丈二尺長短。這寶貝變化無窮！哪怕他八萬里火焰，可一扇即消。」大聖聽了，切切記在心上，把扇子噙在嘴裡，臉抹一抹，現了原身，厲聲高叫：「羅剎女！你看看我可是你親老公！不羞！不羞！」那個女子一見是孫行者，慌得推倒桌席，跌倒在塵埃，羞愧無比，只叫：「氣死我了！」

這大聖，不管她死活，捽脫手，出了芭蕉洞，踏祥雲，跳上高山，把扇子吐出來，演示方法。把左手大指頭拈著那柄上第七縷紅絲，念了一聲「噓呵吸嘻吹呼」，果然長了一丈二尺。拿在手裡，看了又看，比上一次假的不同，只見瑞氣紛紛，上有三十六縷紅絲，穿經度絡，表裡相聯。行者只討了一個長的方法，沒有討得小的口訣，沒辦法之下，只得扛在肩上，順舊路去找師父。

卻說牛魔王在碧波潭底和眾精散了宴席，出了門，不見辟水金睛獸。老龍王聚集眾精，問：「是誰偷放了牛爺的金睛獸？」龍子龍孫說：「剛才有個蟹精到過這裡。」牛魔王聽了，頓然醒悟，說：「不用講了！早些時候，賢友叫人邀我時，有個孫悟空曾經向我求借芭蕉扇，我沒有答應他，他和我打了一場，未分勝負。那猴子千般伶俐，一定是猴子變作蟹精，來這裡打探消息，偷了我的獸，去山妻那裡騙芭蕉扇去了！」眾精見說，一個個膽戰心驚，老龍說：「這樣說來，大王的駿騎怎麼是好？」牛魔王笑著說：「沒關係，大家各散，等我去追趕他。」分開水路，跳出潭底，駕黃雲，來到翠雲山芭蕉洞，只聽得羅剎女頓足捶胸，大呼小叫，推開門，又見辟水金睛獸拴在下邊。牛魔王拿起兩把青鋒寶劍，走出芭蕉洞，奔向火焰山方向前來。

究竟這一去吉凶如何，且聽下回分解。

第三十七回　行者三調芭蕉扇　眾神齊鬥牛魔王

話說牛魔王趕上孫大聖，見他肩膀上扛著芭蕉扇，怡顏悅色前行。魔王大驚，心想：「猢猻居然把運用的方法也會了。我如果當面找他要，他一定不給。如果再扇我一下，要去十萬八千里，正好中他的意。我聽說唐僧就在那邊大路上等候。他的二徒弟和三徒弟，我當年做妖怪時，都曾經見過面，我現在先變作那個豬精，騙騙這猴子。」好魔王，他也有七十二變，武藝也和大聖一般。把寶劍藏起，念個咒語，變作八戒嘴臉，抄到下路，當面迎著大聖，叫：「師兄，我來了！」大聖得意之際，絲毫不注意來人的真假，見是八戒，便叫：「兄弟，你到哪裡去？」牛魔王說：「師父見你好久不回，恐怕牛魔王手段高，你鬥不過他，難以得到他的寶貝，讓我來幫你。」行者笑著說：「不必費心，我已經得手了。」牛魔王說：「辛苦了，讓我幫你拿扇子吧。」大聖沒有多想，把扇子遞給了他。

牛魔王懂得扇子收放的竅門，接過來，不知拈了一個什麼訣，扇子依然小似一片杏葉，牛魔王現出本相，開口大罵：「潑猢猻！認得我嗎？」行者見了，心中後悔：「是我的不是了！」跌足高呼：「唉！經常化身騙人，今日換我被騙。」拿起鐵棒，劈頭便打，那魔王用扇子扇他，大聖的定風丹早在去洞裡取扇子時，就已經不知不覺地嚥在肚子裡了，任他怎麼扇也絲毫不動。牛魔王慌了，把寶貝放到嘴中，雙手掄劍就砍。

先不說他們兩個相鬥得難解難分，卻說唐僧坐在路邊，火氣蒸人，心焦口渴，便對火焰山土地說：「請問尊神，那牛魔王法力如何？」土地回答：「牛魔王神通不小，法力無邊，正是孫大聖的對手。」三藏說：「悟空平時二千里路，片刻便回，怎麼現在去了一天？一定是和牛魔王打起來了。」叫：「悟能，悟淨！你們兩個，哪個去迎迎你師兄？如果遇敵，可以相助，求得扇子來，早早過了這座山趕路去。」八戒說：「今天天晚了，我想著要去接他，只是不認得去積雷山的路。」土地說：「小神認得。先讓捲簾將軍和你師父做伴，我和你同去。」

八戒抖擻精神，和土地一起縱起雲霧，往東方前去。行著，忽然見到孫行者正和牛魔王廝殺。呆子舉起釘鈀，厲聲高叫：「師兄，我來了！」上來就沒頭沒臉地亂打，牛魔王和行者鬥了一天，力倦神疲，又見八戒的釘鈀兇猛，便想逃去。只見火焰山土地率領陰兵當面擋住，說：「大力王，先住手，唐三藏西天取經，無神不保，快把芭蕉扇拿出來，扇滅火焰。」牛魔王說：「你這土地！那潑猴奪我子、欺我妾、騙我妻，我恨不得吞了他！怎麼能把寶貝借他！」正說著，八戒趕上，牛魔王只得回過頭，又戰八戒，孫大聖舉棒相幫。又鬥了一夜，不分上下，早又天明。不知不覺來到積雷山摩雲洞上空，驚動了玉面公主，洞裡大小頭目，各持槍刀相助。上百口妖魔，一個個拈槍弄棒，上前亂砍。八戒措手不及，敗陣而走，大聖縱觔斗雲跳出重圍，眾陰兵也四散奔走。老牛得勝歸洞，緊閉了洞門。大聖和八戒領著土地陰兵一齊上前，乒乒乓乓，把摩雲洞前門打得粉碎。牛魔王剛想和玉面公主說起經過，一看這動靜，十分發怒，又出來相鬥，鬥了一百多回合。八戒發威，仗著行者神通，舉鈀亂打。牛王招架不住，敗陣逃向洞門，被土地陰兵攔住洞門，大喝：「大力王，哪裡走！」那老牛進不得洞，一回身，又見八戒、行者趕來，慌得卸了盔甲，扔掉鐵棍，搖身一變，變作一隻天鵝，望空飛去。行者看見，笑了，說：「八戒！老牛去了。」呆子茫然不知，土地也沒看出來，一個個東張西望。行者指著上面說：「那空中飛的不是？」八戒說：「那是一隻天鵝。」行者說：「正是老牛變的。」土地問：「怎麼辦啊？」行者說：「你們兩個打進門去，把群妖消滅，拆了他窩，絕他歸路，等老孫和他比比變化去。」

大聖收起金箍棒，拈訣念咒，變作一個海東青，颼地一展翅，鑽在雲間，倒飛下來，落在天鵝身上，抱住脖子眼。牛魔王也知是孫行者變化，急忙抖抖翅，變作一隻黃鷹，反過來抱海東青。行者又變作一個烏鳳，專趕黃鷹。牛王馬上變作一隻白鶴，長唳一聲，向南飛去。行者抖抖翎毛，又變作一隻丹鳳，高鳴一聲。白鶴見丹鳳是鳥王，不敢妄動，一下子摔到山崖下，又一變，變作一隻香獐，行者認識，也落下來，變作一隻餓虎。魔王慌了手腳，又變作一隻金錢花斑的大豹。行者見了，迎著風把頭一晃，變作一隻金眼狻猊，轉身要吃大豹。牛魔王著了急，又變作一隻人熊，來擒猴猊。行者打了一個滾，變做一隻大象，撒開鼻子，要去捲人熊。牛魔王現出原身，一隻大白牛，頭如峻嶺，眼中閃光，兩隻角好像兩座鐵塔，牙排利刃。連頭到尾，有上千丈長，從蹄到背，有八百丈高，行者也現了原身，抽出金箍棒，把腰一躬，喝叫：「長！」長得身高萬丈，頭如泰山，眼如日月，口似血池，牙似門扇，手持一條鐵棒，照頭就打。牛魔王硬著頭，用角來觸。真是驚天動地！驚動許多神眾和金頭揭諦、六甲六丁、一十八位護教伽藍都來圍困魔王。魔王毫不畏懼，他東一頭，西一頭，直挺挺兩隻鐵角，往來牴觸。孫大聖當面迎擊，眾神四面圍打，牛魔王急了，就地一滾，恢復本相，投芭蕉洞去了。行者也收了法相，和眾多神隨後追襲。牛魔王闖到洞裡，關門不出。

正要上門攻打，八戒和土地陰兵又到。行者見了，問：「摩雲洞怎麼樣了？」八戒笑著說：「那老牛的娘子被我一鈀打死，原來是一個玉面狐狸精。那夥群妖，也都打死了。又把他的洞府房廊放火燒了。土地說他還有一個家，就在這座山，所以前來。」行者說：「賢弟有功，可喜！可喜！」八戒問：「這可是芭蕉洞嗎？」行者說：「正是！羅剎女就在這裡。」八戒發著狠說：「既然這樣，怎麼不打進去？」呆子抖擻威風，舉鈀照門一打，把石崖連門打倒了一邊。牛魔王大怒，從嘴裡吐出扇子，遞給羅剎女，重整披掛，又選了兩口寶劍，走出門來，也不說話，舉劍便砍。八戒迎著，向後倒退幾步，早有大聖掄棒打來。牛魔王駕狂風，跳離洞府，又在翠雲山上相持。眾神四面圍繞，土地兵左右攻擊。鬥了五十多回合，牛魔王抵擋不住，敗了陣，往北就走。早有五臺山祕魔巖神通廣大潑法金剛擋住，說：「牛魔，你往哪裡去！我們是釋迦牟尼佛祖派來的，現在布下天羅地網，一定要捉住你！」正說著，大聖、八戒、眾神趕來。牛魔王慌忙轉身向南走，又撞著峨眉山清涼洞法力無量勝至金剛擋住，大喝：「我奉佛旨，正要拿你呢！」牛魔王心慌腿軟，又往東走，卻逢著須彌山摩耳崖毗盧沙門大力金剛，當面迎住，說：「你老牛站住！我蒙如來密令，來這裡抓你！」牛魔王又退，向西就走，遇著崑崙山金霞嶺不壞尊王永住金剛敵住，喝叫：「慢走！我領西天大雷音寺佛老口諭，在這裡截你，不要跑！」老牛心驚膽戰，悔之不及。見四面八方都是佛兵天將，正在驚慌，行者又率眾趕來，他就駕雲頭，望上便走。上有托塔李天王和哪吒太子，領魚肚藥叉、巨靈神將，幔住空中，叫：「慢來！慢來！奉玉帝旨意，特意來這裡剿除你！」牛魔王急了，搖身一變，又變作一隻大白牛，用兩隻鐵角去牴觸天王，天王用刀來砍。隨後孫行者又到，哪吒太子厲聲高叫：「大聖，衣甲在身，不能行禮。我父子昨天見佛如來，發檄奏聞玉帝，玉帝傳旨，叫我父王領眾協助。」

行者說：「這傢伙神通不小！又變作這樣的身軀，怎麼是好？」太子笑著說：「大聖不要擔心，你看我擒他。」太子大喝一聲：「變！」變作三頭六臂，飛身跳在牛魔王背上，用斬妖劍照脖子上一揮，把牛頭斬下。天王收刀，這才來和行者相見。牛魔王腔子裡這時又鑽出一個頭來，口吐黑氣，眼放金光。被哪吒又砍一劍，頭落，又鑽出一個頭來。

一連砍了十多劍，長出十多個頭。哪吒取出火輪兒掛在老牛的角上，吹起真火，把牛魔王燒得張狂哮吼，搖頭擺尾。才要變化脫身，又被托塔天王用照妖鏡照住本相，無計逃生，只得叫：「饒命！我願歸順佛家！」哪吒說：「既然惜命，快拿扇子出來！」牛魔王說：「扇子在我山妻那裡收著呢。」

哪吒見說，用縛妖索穿在老牛的鼻孔裡，用手牽過來。孫行者會聚了四大金剛、六丁六甲、護教伽藍、托塔天王、巨靈神將以及八戒、土地、陰兵，簇擁著白牛，來到芭蕉洞。老牛叫：「夫人，把扇子拿出來，救我性命！」羅剎女聽叫，雙手捧著那只芭蕉扇子，走出門，跪在地下，磕頭禮拜，說：「望菩薩饒我夫妻性命，願將扇子奉承孫叔叔！」行者走近，接過扇子，同大眾共駕祥雲，前往東路。

卻說三藏和沙僧，站一會，坐一會，見行者好久不回，十分焦急。忽然見祥雲滿空，瑞光滿地，眾神近前，孫大聖持著扇子，到那火焰山山邊，盡力揮了三下，火熄雨落。三藏大喜。師徒四人謝了金剛、六丁六甲、過往神以及天王太子。天王太子牽牛去佛地。眾神散去，只有本山土地押著羅剎女，在一邊伺候。行者說：「羅剎女，你不走路，還站在這裡等什麼？」羅剎女跪下，說：「萬望大聖垂慈，把扇子還給我吧。」八戒喝叫：「潑賤人！饒了你的性命就行了，還要討什麼扇子，我們拿過山去，不會賣了買點心吃？費了這麼多精力，還你做什麼！快回去吧！」羅剎女再拜，說：「我再也不敢胡來了。願賜還本扇，讓我改過自新，修身養命去吧。」土地說：「大聖！羅剎女深知滅火方法，現在斷絕了火根，還是給她扇子吧。」行者說：「我問過這裡的人，說這座山的火扇滅，只能收一年五穀，又要火發！」羅剎女說：「若要斷絕火根，只要連扇四十九下，火永遠著不起來了。」行者一聽，拿著扇子，望山頭連扇四十九下，那山上大雨如注；有火處下雨，無火處天晴。他師徒們站在這無火地方，沒有被雨淋溼。坐了一夜，第二天才收拾馬匹行李，把扇子還給了羅剎女。羅剎女接了扇子，念個咒語，捏作一個杏葉，噙在嘴裡，拜謝了眾聖，隱性修行，後來也得了正果，經藏中萬古流名。羅剎女、土地都感激謝恩，隨後相送。行者、八戒、沙僧保護著三藏繼續前進，這時候，身體清涼，腳下滋潤。

三藏師徒四人，借得純陰寶扇，扇滅山火，在路上走了八百多里，正值秋末冬初，前面又遇到一座城池。行者看了看，說：「師父，那座城池是一個國都。」來到城裡，三藏下馬過橋，只見六街三市，熱鬧非凡。正走著，忽然見到十多個和尚，一個個披枷戴鎖，沿門乞討。三藏嘆了口氣，叫：「悟空，你上前去問問，為什麼這麼遭罪？」行者上前，叫：「那些和尚，你們是哪個寺裡的？為什麼披枷戴鎖？」和尚們跪下，說：「爺爺，我們是金光寺受了冤屈的和尚。」行者把他們帶到唐僧面前，問：「怎麼冤屈，你說給我聽聽。」和尚們說：「爺爺，請到荒山，再具體告訴。」於是，一同來到山門，門上橫寫七個金字：「敕建護國金光寺」。和尚們頂著枷鎖，把正殿推開，請長老上殿拜佛。長老進了殿，轉到後面，只見方丈簷柱上又鎖著六七個小和尚，三藏心中不忍。到了方丈，和尚們都來叩頭，問：「各位老爺可是東土大唐來的？」行者笑了，說：「這些和尚有什麼未卜先知的法子?我們正是。你們怎麼認得?」和尚們說:「爺爺,我們沒有這個本事。只是受了冤屈,想必是驚動了天神,昨天夜間,每個人都得了一夢,說有個東土大唐來的聖僧,能救得我們性命,使冤苦伸張。今天見老爺這般形象,所以知道。」三藏大喜,問:「你們這裡是什麼地方?有什麼冤屈?」和尚們跪告:「爺爺,這裡是祭賽國。被周圍各國拜為上邦。只是三年前一個秋天夜裡下了一場血雨。天明時,家家害怕。這場血雨過後,寺裡黃金寶塔中的寶貝丟了。後來,周圍各國不再來朝貢,大臣們向國王說:『寺裡和尚偷了塔上寶貝,所以外國不再朝貢。』那昏君指示贓官,把我們這些和尚抓了去,反覆拷打。當時我這裡有三代和尚,前兩代被拷打死了,現在又捉我們興師問罪。我們怎麼敢盜取塔中寶貝!」

三藏點頭嘆息,說:「這件事有點奇怪。既然天降血雨,丟了寶塔中的寶貝,那時為什麼不報告國王?」和尚們說:「爺爺,我們是普通人,怎知天意?」三藏說:「悟空,現在是什麼時間了?」

行者回答:「申時前後。」三藏說:「我本想前去倒換關文,只是這些和尚的事不太好辦。我當時離了長安,在法門寺裡許下誓願:上西方逢廟燒香,遇寺拜佛,見塔掃塔。今天到了這裡,你給找一把新笤帚,等我沐浴後,上去掃掃,也順便上塔看看出了什麼事,才好見那國王,把他們的冤屈說個明白。」三藏沐浴後,手裡拿一把新笤帚,對和尚們說:「你們先去睡覺,我去掃塔。」行者說:「塔上既然被血雨所汙,恐生惡物,老孫和你一同上去打掃好不好？」三藏說：「好！好！」兩人各持一把，先到大殿上，點起琉璃燈，燒了香，開了塔門，從下層往上層一層一層地掃。掃到第七層，已經是二更時分。

究竟後事如何，且聽下回分解。

第三十八回　申冤屈唐僧掃寺塔　除妖魔大聖鬥潭邊

話說長老漸覺睏倦，行者說：「行了，你先坐下，讓老孫替你掃吧。」三藏問：「這塔有多少層？」行者說：「恐怕有十三層呢。」長老說：「只有都打掃了，才算了結本願。」又掃了三層，腰疼腿痛，在十層上坐下，說：「悟空，你替我把那三層掃淨，然後下來吧。」行者抖擻精神，登上第十一層，很快又上到第十二層。正掃著，只聽見塔頂上有人說話，行者心想：「奇怪！現在已是三更時分，怎麼會有人在這頂上說話？一定是邪物！先看看去。」

猴王輕輕地挾著笤帚，鑽出前門，踏著雲頭觀看，只見第十三層塔心裡坐著兩個妖精，面前放著一盤飯、一隻碗、一把壺，正在那裡猜拳喝酒呢。行者使個神通，丟了笤帚，拿出金箍棒，攔住塔門大喝：「好怪物！偷塔上寶貝的原來是你們！」兩個怪物慌了，起身拿壺拿碗亂扔，被行者橫著鐵棒攔住，說：「我如果打死你們，沒人招供。」便把棒壓上去。兩個妖精貼在壁上動不得了。行者把這兩個妖精抓過來，拿到第十層塔中。對長老說：「師父，拿住偷寶貝的賊了！」三藏正在打盹，一時驚醒，又驚又喜。兩個妖精戰戰兢兢，只好說：「我們兩個是亂石山碧波潭萬聖龍王叫過來巡塔的。他叫奔波兒灞，我叫灞波兒奔。他是鮎魚怪，我是黑魚精。由於萬聖老龍生了一個女兒，叫萬聖公主。那公主花容月貌，有十二分姿色，招了一個駙馬，叫九頭駙馬，神通廣大。前年和龍王來到這裡，下了一陣血雨，汙了寶塔，偷了塔中的舍利子佛寶。公主又去大羅天上靈霄殿前，偷了王母娘娘的九葉靈芝草，養在潭底下，金光霞彩，晝夜光明。最近聽說有個孫悟空往西天取經，說他神通廣大，沿路上專門找人的不是，所以這些時常叫我們來這裡巡察，如果真有那孫悟空，好提前做準備。」行者聽了，冷笑地說：「那孽畜無禮，難怪前幾天請牛魔王到那裡赴會！原來他結交這夥潑魔，專幹不良事！」

這時，八戒和兩三個小和尚，從塔下提著兩個燈籠上來。行者把情形告訴了八戒。呆子收了鈀，一人一個，都抓下塔來。那些和尚緊緊地守著，讓三藏師徒休息。

天亮後，長老說：「我和悟空倒換關文去。」長老、行者取了關文一同往外走。八戒問：「怎麼不帶這兩個妖賊去？」行者說：「等我們奏過國王，自然有人來提他們。」來到朝門外，國王傳旨進入。長老啟奏：「臣僧是南贍部洲東土大唐國差來拜西方天竺國大雷音寺佛求取真經者，路經貴國，不敢擅自經過，有隨身關文，請查驗放行。」國王聽了大喜。把關文看了一遍，說：「你大唐王有福氣，能選高僧，路途遙遠，拜我佛取經；寡人這裡的和尚，一心只是做賊！」三藏聽了，合掌說：「萬歲，差之毫釐，失之千里。貧僧昨晚已擒獲那偷寶的妖賊了。」如此這般，把昨晚發生的事說了一遍。國王大喜，問：

「妖賊在哪裡？」三藏說：「被小徒鎖在金光寺裡。」

國王急忙降下金牌：「叫錦衣衛快到金光寺提取妖賊來，寡人要親自審問。」三藏又奏：「萬歲，雖然有錦衣衛，還得小徒去才可以。」國王聽了，叫錦衣衛好好服侍大聖去提取妖賊。悟空回去叫上八戒、沙僧。於是，八戒揪著一個妖賊，沙僧揪著另一個妖賊，跟隨大聖把兩個妖怪押到朝門。又來到白玉階下，國王審問清楚，叫錦衣衛收監，又安排了葷素兩樣宴席款待三藏師徒。國王舉酒問：「哪位聖僧願意率眾出師，降妖捕賊？」三藏說：「大徒弟孫悟空去。」大聖拱手應承。八戒忍不住，高聲叫：「趁現在酒足飯飽，我和師兄一同去！」國王聽說，大喜。大聖便說：「酒不喝了，只讓錦衣衛把兩個小妖精帶過來，我們帶了他們去。」國王傳旨提出。大聖、八戒各挾著一個小妖精，駕風頭，使個攝法，奔上東南去了。那國君臣一見騰起風霧，才知道這師徒是聖僧，一個個朝天禮拜，又拜謝三藏、沙僧，說：「寡人肉眼凡胎，只知高徒有力量，拿住妖賊就是了，哪知是騰雲駕霧的上仙啊。」

卻說大聖和八戒駕著狂風，把兩個小妖精帶到亂石山碧波潭，大聖在金箍棒上吹了一口仙氣，叫：「變！」變作一把戒刀，上去把一個黑魚怪耳朵割了，鮭魚精下唇割了，撇在水裡，大喝：「你們進去，說我齊天大聖孫爺爺在這裡，叫他馬上送出祭賽國金光寺塔上的寶貝出來，饒他一家性命！」那兩個小妖精，拖著鎖索，來到龍王宮。萬聖龍王正和九頭駙馬喝酒，那兩個把前後事細說了一遍。老龍聽說是齊天大聖，嚇得魂不附體。駙馬笑著說：「太岳放心，愚婿自幼學了一些武藝，怕他做什麼！等我出去和他戰上三合！」

妖怪手持月牙鏟，分開水道，來到水面，叫：「是什麼齊天大聖！快來送死！」行者大怒，說：「這潑賊怪，有什麼能耐，敢說大話！先吃老爺一棒！」那駙馬把月牙鏟架住鐵棒。你看那怪物，有九個頭顱十八眼，兩個鬥了三十多回合，不分勝負。豬八戒站在山前，舉著釘鈀，從妖精背後打來。那怪九個頭，轉轉都是眼睛，看得明白，又轉身架著釘鈀，用鏟頭抵著鐵棒。然後，他打了一個滾，騰空跳起，現了本相，卻是一個九頭蟲，形象可怖，八戒心驚，說：「哥啊！我還從來沒有見過這樣的惡物！」行者說：「確實稀罕！等我趕上再打！」大聖縱祥雲，跳在空中，用鐵棒照頭便打。那怪物展翅斜飛，颼地打個轉身，掠到山前，半腰裡又伸出一個頭，張開嘴，有血盆大小，把八戒一口咬著，半拖半扯，捉到碧波潭水裡去了。

卻說孫行者見妖精抓了八戒，心想：「這妖怪真是厲害！我如果現在回朝，恐怕那國王笑話我。如果繼續和妖精打，我水面上的事做不好。也好，先等我變化了，進去看看妖怪把呆子怎麼擺布，然後見機行事。」大聖拈著訣，變作一個螃蟹，入水，來到宮闕下面，見老龍王正和九頭蟲興高采烈地喝著酒。大聖輕輕地爬到西廊，呆子正綁在柱子上哼哼呢。行者近前，問：「八戒，認得我嗎？」八戒知是行者，行者看周圍沒人，便用鉗子剪斷了繩索，說：「你先去牌樓下面等我。」八戒逃生，悄悄溜出。行者又爬到宮殿裡，找到八戒的釘鈀，使了一個隱身法，把鈀偷出，來到牌樓下，叫：「八戒！接住兵器！」

呆子得了鈀，便說：「哥哥，你先走，等老豬打進宮殿。如果得勝，就捉住他一家；如果不勝，我跑出來，你在這潭邊接應。」行者應承。

八戒雙手持鈀，一聲大喊，打了進去。老龍和九頭蟲措手不及，藏藏躲躲。這呆子不顧死活，闖上宮殿，打破門扇、桌椅。九頭蟲把公主藏了，取出月牙鏟，趕到前宮，和八戒交鋒。老龍穩了穩神，領著龍子龍孫，各持槍刀，一齊來攻。八戒一看不妙，虛晃一鈀，轉身便走，老龍率眾追來，攛出水中，都到潭面上翻騰。行者站在潭邊等候，見他們追趕八戒，就半踏雲霧，拿著鐵棒，大喝：「不要走！」只打了一下，把老龍頭打得稀爛。九頭駙馬收了龍屍，入水回宮。

行者和八戒沒有追，回到岸邊。兩人正在商量對策，只見狂風滾滾，從東方一直往南去。行者仔細查看，卻是顯聖二郎，領著梅山六兄弟，架著鷹犬，挑著狐兔，抬著獐鹿，縱風霧踴躍經過。行者說：「八戒，那是我七聖兄弟，正好請他們下來，幫我助戰。」那呆子急忙縱雲頭，上山攔住，厲聲高叫：「真君，齊天大聖請你們呢。」二郎聽說，叫住六兄弟，前來和行者相見，了解了情況，約定第二天一早共同去攻打。當晚，眾兄弟在月光下，喝酒聊天。不知不覺東方已經發白。八戒喝得醉醺醺，說：「天快亮了，老豬下水去挑戰。」二郎說：「元帥小心，只要引他出來，我兄弟們就好下手。」

八戒笑著說：「我知道！」使出分水法，跳到水下，打進殿內。那龍子正披麻戴孝看著龍屍哭呢，龍孫和那駙馬則在後面收拾棺材。八戒一邊罵一邊上前，又把龍子打了九個窟窿，那駙馬使月牙鏟，帶著龍孫往外殺來。八戒舉鈀迎敵，邊戰邊退，跳出水面。齊天大聖和七兄弟一擁上前，槍刀亂扎，把龍孫剁成幾截。那駙馬見情勢不妙，在山前打了一個滾，又現出了本相，展開翅，在空中飛騰。二郎取出金弓，安上銀彈，扯滿弓，往上就打。那怪急忙收翅，掠過來，要咬二郎。半腰裡才伸出一個頭，就被那頭犬攛上去，一口把頭血淋淋地咬了下來。那怪負痛逃生，投北海去了。八戒正要趕去，行者叫：「先不用追他，窮寇勿追，他被天犬咬了頭，一定活不長了。等我變成他的模樣，分開水路，進去找到公主，把寶貝騙來。」

八戒分開水路，行者變作怪像在前面走，八戒在後面吆吆喝喝地追。漸漸追到龍宮，萬聖公主問：「駙馬，你怎麼這麼慌張？」行者說：「那八戒得勝，追我到這裡，我打不過他。妳快快把寶貝藏起來！」宮主於是到後殿裡取出一個渾金匣子，遞給行者，說：「這是佛寶。」又取出一個白玉匣子，也遞給行者，說：「這是九葉靈芝。你把這寶貝藏起來，等我和豬八戒鬥上兩三回合，攔住他，你快把寶貝收好，再出來和他鬥。」行者把兩個匣兒收在身邊，臉一抹，現了本相，說：「公主，妳看我是駙馬嗎？」公主慌了，便要搶奪匣子，被八戒跑上去，往背上打了一鈀，倒在地上。行者隨後捧著兩個匣子上了岸，謝別二郎。

行者捧著匣子，和八戒回到國內。那國王隨命排宴謝恩。行者把戰駙馬、打龍王、逢真君、敗妖怪以及變化詐寶貝等等事情，細說了一遍。三藏和國王以及大小文武百官都歡喜不禁。行者說：「請國王前去看我們安塔。」那國王忙同三藏攜手出朝，帶著文武百官，共同來到金光寺。把舍利子安在第十三層塔頂寶瓶中間，行者又用芝草把十三層塔層層掃過，安在瓶內，溫養舍利子。這真是整舊如新，霞光萬道，瑞氣千條，依然八方共睹，四國同瞻。行者說：「陛下，貧僧為你勞碌這一場，可把這個寺改名伏龍寺，好叫你永遠常存。」那國王便命換了字號，懸上新匾，成了「敕建護國伏龍寺」。一邊安排御宴，一邊召丹青寫下四人外形，並在五鳳樓註了名號。國王親自送別唐僧師徒西行。

祭賽國王謝了唐三藏師徒，倒換了通關文牒，送出城外約有二十里方才告別。師徒四人，走上大路一直西去。又逢冬末春初時節，不暖不寒，正好逍遙行路。忽見一條長嶺，到處都是荊棘，無路可行。行者當先開道，讓長老和二位師弟走在後面，又走了近百里路，快到天晚，來到一塊空闊的地方，路上有一石碣，上有三個大字：「荊棘嶺」。又往前走了一天一夜，趕上天晚，前面又出現了一塊空地，中間有一座古廟。三藏下馬，和三個徒弟同看，行者看了說：「這個地方少吉多凶，不宜久停。」正說著，一陣陰風颳起，從廟門後轉出一個老人，頭戴角巾，後面跟著一個青臉獠牙、紅鬚赤身的鬼使，頭頂著一盤麵餅，跪在地，說：「大聖，小神是荊棘嶺土地，得知大聖到這裡，特別準備蒸餅一盤奉上，請用一餐。」八戒歡喜，就要取餅。行者觀察多時，大喝一聲：「慢！你不是什麼土地！看棍！」那老人見他打來，身體一轉，化作一陣陰風，把長老抓去，不知到什麼地方去了。慌得大聖、八戒、沙僧相顧失色。

卻說那老人和鬼使，把長老抬到一座煙霞石屋前，輕輕放下，攜手相攙，說：「聖僧不要怕，我是荊棘嶺十八公。特請你前來會友談詩，消遣情懷。」長老這才靜下心來，只聽得有人說：「十八公請得聖僧來了。」長老一看，面前有三個老人，都來向三藏施禮。長老還禮，問：「弟子有什麼德行，受各位仙翁錯愛？」十八公笑著說：「一直聽說聖僧有道，已經等待多時，今天幸遇。」三藏躬身，問：「仙翁尊號？」十八公逐一指了指旁邊的三位老人，說：「這位霜姿者號孤直公，綠鬢者號凌空子，虛心者號拂雲叟，老拙號勁節。」長老聽了，放下心來，和四老談經論道起來。不久，凌空子打了個哈哈，說：「聖僧請起，我們趁現在月明，可吟哦逍遙，放蕩襟懷。」拂雲叟笑了，指著石屋說：「先進小庵喝杯茶，好不好？」

長老向石屋前看，門上有三個大字：「木仙庵」。進去，那赤身鬼使，捧來一盤茯苓膏，把五盞香湯奉上。四老請唐僧先吃，三藏驚疑，不敢吃。那四老一齊享用，三藏這才吃了兩塊，各飲香湯。三藏留心偷看，只見那裡玲瓏光彩，水自石邊流出，香從花裡飄來，有如仙境。心中十分歡喜。又聊了一會兒，三藏說：「謝謝眾仙老的美意。只是現在夜已深沉，三個小徒還在等我。弟子不能久留，特此告辭，望老仙指示歸路。」四老笑著說：「聖僧不要擔心，我們也是千載奇逢，再放心坐一坐，等天亮自然遠送過嶺，請聖僧和高徒相會。」

正說著話，只見石屋外，有兩個青衣女童，挑著一對絳紗燈籠，引著一個拈著一枝杏花的仙女，笑吟吟地進門相見。

四老問：「杏仙從哪裡來？」那女子對眾老道了萬福，說：「知有佳客在此，特來拜訪。」十八公指著唐僧，說：「佳客就在這裡！」三藏躬身，不敢言語。那女子一見，心裡喜歡。過了一會兒，便挨到唐僧身邊，低聲悄語地說：「佳客，趁今天這一良宵，和我玩玩好不好？人生在世，能有多少這樣的快樂？」十八公說：「杏仙有這樣的美意，聖僧不可推卻。」孤直公說：「聖僧是有道有名之士，決不會苟且行事。如果杏仙有意，可讓拂雲叟和十八公作媒，我和凌空子保親，成就這段姻眷！」

究竟唐僧和杏仙成就這段姻眷沒有，且聽下回分解。

第三十九回　妖邪假設小雷音　彌勒縛妖伸援手

話說三藏聽到這樣的話，臉色大變，跳起來高叫：「你們是什麼邪物，這樣害我！」四老見三藏發怒，不敢再說話。那赤身鬼使卻暴躁如雷，說：「這個和尚真不識抬舉！我這個姐姐哪裡不好？你怎麼能推辭！」三藏大驚失色，只是不從。

三藏忽然聽到叫聲：「師父！師父！你在哪裡？」原來孫大聖和八戒、沙僧，牽著馬，挑著擔，一整夜沒有歇腳，東尋西找，正好半雲半霧，過了八百里荊棘嶺，聽得唐僧高叫，就喊了一聲。長老出門來，叫：「悟空，我在這裡呢，快來救我！」四老和鬼使，包括那女子一晃都不見了。八戒、沙僧過來，問：「師父，你怎麼到了這裡？」三藏扯住行者，說：「徒弟啊，麻煩你們了！」並把晚上的經過告訴了徒弟。

行者說：「你既然和他們說了話，沒問他們姓名？」三藏說：「我問過他們的號，那老人叫十八公，號勁節；第二個號孤直公；第三個號凌空子；第四個號拂雲叟；那個女子，人們稱作杏仙。」行者望見前面有一座石崖，崖上有「木仙庵」三字，仔細觀察，原來後面是一株大檜樹，一株老柏，一株老松，一株老竹，竹後有一株丹楓。再看崖那一邊，還有一株老杏，二株臘梅，二株丹桂。行者笑了，問八戒：「你看見妖怪了嗎？」八戒說：「沒有。」行者說：「你不知，就是這幾株樹木在這裡成精了。」八戒問：「哥哥怎麼知道成精的是樹？」行者說：「十八公是松樹，孤直公是柏樹，凌空子是檜樹，拂雲叟是竹竿，赤身鬼是楓樹，女仙是杏樹，女童就是丹桂、臘梅。」八戒一聽，不論好歹，一頓釘鈀，把臘梅、丹桂、老杏、楓楊都弄倒在地，果然那根下鮮血淋漓。三藏近前扯住八戒，說：「悟能，不可傷了他們！我們找路去吧。」行者說：「師父不要可惜，他們以後成了大怪，會害人不淺的。」呆子索性一頓鈀，把松柏檜竹一齊弄倒，這才請師父上馬，順大路一齊西行。

唐三藏一行西進，在路上走了多日，又到了冬末，遇一座高山，行過嶺頭，正從山上往下走，只見前面有一所樓臺殿閣。三藏問：「徒弟們，看看那是一個什麼地方。」行者抬頭，用手搭在眼上，仔細觀看，然後說：「師父，那裡是座寺院，有些凶氣。我們到那邊，不可擅入。」

長老策馬加鞭到山門前，見「雷音寺」三個大字，慌得滾下馬來，倒在地下，口裡罵著：「潑猢猻！害死我了！這明明是雷音寺嘛！」行者賠著笑，說：「師父不要生氣，你再看看。山門上有四個字，你怎麼只念出三個？」長老戰兢兢地爬起來再看，真是四個字：「小雷音寺」。行者說：「不要進去，如果有禍患，你不要怪我。」三藏說：「就是無佛，也必然有個佛像。我遇佛拜佛，怎麼會怪你。」說完，便舉步前進。只聽得山門裡有人叫：「唐僧，你從東土來拜見我佛，怎麼還這麼怠慢？」慌得長老和八戒、沙僧一步一拜，拜到靈臺，只行者不拜。又聽到蓮臺座上厲聲高叫：「孫悟空，見如來怎麼不拜？」行者見得是假，於是丟下馬匹行囊，拿棒在手，大喝：「你們這夥孽畜，真是膽大！怎麼敢借如來之名！不要走！」雙手掄棒，上前便打。只聽得半空中響了一聲，撇下一副金鐃，把行者連頭帶腳，闔在金鐃裡。八戒、沙和尚連忙使起鈀杖，被那些阿羅漢揭諦、聖僧道者一擁近前圍繞，措手不及，都被拿下，三藏也被捉住。

原來那蓮花座上假裝佛祖的正是一個妖王，眾阿羅漢都是一些小妖怪。這時，都現出妖身，把三藏、八戒、沙和尚抬到後邊，把行者闔在金鐃裡，擱在寶臺上，限三晝夜化為膿血。

卻說行者被闔在金鐃裡，黑洞洞，滿身流汗，急得他用鐵棒亂打，分毫不動。行者身子往外一掙，拈著一個訣，長有千百丈高，那金鐃也隨著他身子長。又拈訣把身子變小，那鐃也隨身小了，仍舊沒有一絲縫。行者急了，拈個訣，念了一聲「藍靜法界，乾元亨利貞」的咒語，拘來五方揭諦、六丁六甲、一十八位護教伽藍，都在金鐃外面幫忙。眾神掀鐃，也無法揭得開。金頭揭諦讓六丁神保護唐僧，六甲神看守金鐃，眾伽藍前後照應，他卻縱起祥光，闖到南天門，不等宣召，一直來到靈霄寶殿下，啟奏玉帝。

玉帝當即傳旨：「派二十八宿星辰，快去釋厄降妖。」二十八星宿隨同揭諦，出了天門，到山門內。二十八星宿都到鐃鈸外說：「大聖，我們是玉帝派來的二十八宿，前來救你。」行者大喜，說：「用兵器打破，老孫就出來了！」眾星宿說：「不敢打，這件東西是渾金做的，打著必響。響時驚動妖魔，倒難救你。等我們用兵器捅它，你那裡看到一些光亮就好走了。」行者說：「正是。」你看這二十八宿，使槍的使槍，使劍的使劍，使刀的使刀，使斧的使斧；扛的扛，抬的抬，掀的掀，弄有大半夜，根本不動。行者在裡邊，東張張，西望望，爬過來，滾過去，看不見一點亮。亢金龍說：「大聖啊，先別著急，這個寶貝想來也能變化。你在那裡面，到那合縫的地方，用手摸著，等我使角尖拱進來，你變化了，順著鬆處脫身。」行者於是就在裡面亂摸。這星宿身體變小，角尖和針尖一樣，順著鈸合縫口上，伸進去，用盡千斤力，才穿透到裡面。把本身和角使出法象，叫：「長！長！長！」角就有碗口粗細。那鈸口好似皮肉長成的，順著亢金龍的角，緊緊噙住，仍是沒有一絲縫。行者摸著他的角，叫：「不中用！沒縫！沒辦法，你忍著點疼，帶我出去。」好大聖，把金箍棒變做一把鋼鑽，把那角尖上鑽了一個孔，把身子變得像芥菜子，拱在鑽眼裡蹲著，叫：「扯出角！扯出角！」這星宿又不知費了多少力，才拔出，使得力盡筋疲，倒在地下。

行者從他角尖鑽眼裡鑽出，現了原身，拿出鐵棒，照鐃鈸打去，如同崩倒銅山，打作千百塊散碎金！老妖王急忙起來擂鼓，聚點群妖，各持器械。這時天快黎明，一擁趕到寶臺下，見孫行者和二十八宿圍在碎破金鐃外邊，大驚失色，令：「小的們！關了前門，不要放人出去！」行者聽說，帶領星眾，駕雲跳在九霄空中。那妖王收了碎金，排開妖卒，列在山門外。妖王用一根短軟狼牙棒，出營高叫：「孫行者！好男子不可遠走高飛！快向前和我交戰三個回合！」行者挺著鐵棒，大喝：「你是一個什麼怪物，擅敢假裝佛祖，侵占山頭，虛設小雷音寺！」那妖王說：「這猴子！你聽著！這裡叫小西天，因我修行得了正果，得到這寶閣珍樓。我是黃眉老佛，這裡人不知，只叫我黃眉大王、黃眉爺爺。很久之前就聽說你有些手段，所以在這裡誘你師父進來，要和你比試比試。你如果鬥得過我，我就饒你師徒，讓你們成個正果；如果不能，便把你們都打死，等我去見如來，前去取經。」行者笑著說：「妖精不必誇下海口，既然要比試，快上來領棒！」那妖王使狼牙棒抵住。兩個鬥了五十回合，不見輸贏。

山門口，眾妖精吶喊搖旗。這邊二十八宿天兵以及五方揭諦眾聖，各背著器械，把魔頭圍在中間。老妖魔一隻手使狼牙棒，架著眾兵，一隻手從腰裡解下一條舊白布搭包，往上一拋，把孫大聖、二十八宿和五方揭諦都裝了進去，挎在肩上，得勝回去。

卻說孫大聖和眾神被妖王拿住，捆了起來。到了半夜，大聖使了一個遁身法，身體縮小，脫下繩來，找到唐僧，叫：「師父。」長老問：「你怎麼到這裡的？」行者悄悄地把經過說了一遍，先解下師父，放了八戒、沙僧，又把二十八宿、五方揭諦一個個解開了繩子，牽過馬，讓師父先走出去。才到門外，想到行李不知在什麼地方，又回來找。亢金龍說：「你好重物輕人！既然救了你師父，還找什麼行李？」行者回答：「人固然要緊，衣缽也是要緊。包袱中有通關文牒、錦袈裟、紫金缽盂，都是佛門寶貝，如何不要！」

大聖輕輕地挪步，走到裡面，一層層門戶關得很緊。爬上高樓看，窗戶都關閉了，想下去，又怕窗戶響，不敢推動。於是，拈著訣，搖身一變，變作仙鼠，順著椽子爬下，鑽了進去，只見第三重樓窗下面，有一道毫光，近前一看，正是包袱放光。妖精把唐僧的袈裟脫下，沒有折起來，隨手塞在包袱裡。那袈裟本是佛寶，上邊有如意珠、摩尼珠、紅瑪瑙、紫珊瑚、舍利子、夜明珠，所以透出光彩。行者心中一喜，現了本相，拿在手裡，也不管擔子的繩是偏是正，抬上肩，往下就走，沒想到一頭脫落，落在樓板上，呼喇一聲響亮。老妖精驚醒，跳起來亂叫：「有人逃了！有人逃了！」行者恐怕再遭他的羅網，包袱也不挑了，縱觔斗跳出樓窗，走了。

妖精找不著唐僧，取了棒，率眾妖來趕，只見二十八宿和五方揭諦等神，雲霧騰騰，正待在山坡下。妖精大喝一聲：「哪裡去！我來了！」二十八宿和五方揭諦等神以及八戒、沙僧一齊上來，混戰一場。正在難解難分之際，只聽得行者大叫：「老孫來了！」那星宿、揭諦、丁甲等神，被群妖圍在垓心廝殺，老妖精掄著棒子前來迎戰。行者、八戒、沙僧抵住。殺了很長時間，老妖精見天色已晚，吹個哨子，讓群妖各各留心，孫行者看得清楚，老妖精又解下褡包，拿在手中。行者大喊：「不好了！走啊！」說完，顧不得眾人，一路觔斗，跳上九霄空中。眾神、八戒、沙僧還沒反應過來，便都被老妖精收了去。

行者跳在九霄，知道眾人遭擒，恨得咬牙切齒，心想：「這妖魔不知用的什麼褡包，能裝下那麼多東西？現在天神天將又都裝進去了，我怕玉帝見怪。記得有個北方真武，號蕩魔天尊，現在南贍部洲武當山上，我去請他來搭救師父。」

孫大聖無計可施，縱一朵祥雲，駕觔斗，來到南贍部洲武當山，輕輕地按落雲頭，來到太和宮外，眾靈官帶路，祖師下殿，迎到太和宮。行者把來意說了。祖師說：「我猜想那西路上即使有妖邪，也不會成為大害。我讓龜、蛇二將和五大神龍幫助你，一定能擒住妖精，救你師父。」行者拜謝了祖師，和龜、蛇、龍神等，回到小雷音寺，按下雲頭，到山門外叫戰。

那黃眉大王出戰，行者率領五龍二將，和妖魔戰了沒多久，那妖精又解下搭包。行者見了，叫：「各位小心！」那龍神蛇龜還沒反應過來，褡包已經拋了出去。大聖忙駕觔斗，跳在九霄。那妖精把龍神、龜、蛇又裝去了。

大聖落下雲頭，站在山巔上，十分懊惱，自言自語：「這怪物真是厲害！」猛聽得有人叫：「大聖，不要懊惱，快再去求救。否則，你師父性命怕是保不住了！」行者急忙跳起來，原來是日值功曹。行者落了淚，說：「我現在無計可施，怎麼辦才好呢？」功曹笑了，說：「大聖不必擔心，小神想起一處精兵，可再去請來。這處精兵在南贍部洲盱眙山城，那裡有個大聖國師王菩薩，神通廣大。他手下有一個徒弟，名叫小張太子，還有四大神將，想當年曾經降伏水母娘娘。你今天如果去請他，一定會捉住那妖怪。」行者聽了，大喜，說：「好！好！你去保護我師父，等老孫去請。」

說完，行者一個觔斗雲，直奔盱眙山。沒用一天時間就到了。大聖過了淮河，進入城，到大聖禪寺山門外，走到二層門下。那國師王菩薩早已知道，和小張太子出門迎接。雙方交談後，國師王菩薩說：「出了這樣的事情，我本應當親自去，但現在正是初夏淮水上漲的時候，剛收伏了水猿大聖，那傢伙一遇到水就難免惹事，只有我能降伏。我看，還是叫小徒領著四將和你去吧。」行者謝了，同小張太子和四將，回到小雷音寺。在寺前大罵後，那個妖王帶著群妖，紛紛跳了出來。小張太子揮槍衝上前去，四大將一齊夾攻，孫大聖使鐵棒上前又打。那妖精掄著他那短軟狼牙棒，左遮右架，直挺橫衝。爭戰多時，那妖精又解搭包。行者又叫：「各位小心！」太子和四將沒容得反應，被妖怪裝了進去，只有行者預先逃了。

行者正不知怎麼才好，忽然見那西南上一朵彩雲墜地，傾盆大雨落下，有人在空中叫：「悟空。」行者抬頭，連忙下拜，說：「東來佛祖，您去哪裡?弟子失迎了，罪過！罪過！」彌勒佛祖說：「我專門為這小雷音妖怪前來。」行者說：「多蒙老爺大恩。請問那妖精是哪裡的怪物，也不知他那搭包是一件什麼寶貝，麻煩老爺告訴我。」佛祖說：「他是我面前敲磬的一個黃眉童子。三月三日，我赴元始會，留他在宮裡看守，他把我這幾件寶貝偷了來，在這裡造孽。那搭包是我的後天袋子，俗名叫人種袋。那條狼牙棒是一個敲磬的槌。」行者聽說，高叫：「好個和尚!你走了這童子，讓他陷害老孫，真是家法不嚴！」彌勒說：「一是我管教不嚴，二是你師徒還須受磨難。我今天來，把他收了去。」行者說：「這個妖精神通廣大，你又沒兵器，怎麼能收他？」

彌勒笑著說：「我在這山坡下，安一個草庵，種一田瓜果，你去和他交戰，只許敗不許勝，引誘他到瓜田里。我這裡別的瓜都是生的，你就變成大熟瓜。他要吃瓜，我把你給他吃。吃下肚裡，任你怎麼擺布他！等我取了他的搭包，裝他回去。」行者說：「這條計策雖然妙，但他怎麼就肯跟我來這裡？」彌勒笑著說：「你把手伸過來。」行者把左手張開，伸了過去。彌勒右手食指蘸著口中神水，在行者掌上寫了一個禁字，叫他捏著拳頭，見妖精時當面張開，他就會跟來。

究竟此妖如何收服，且聽下回分解。

第四十回　七絕山爛柿阻路　豬八戒飽餐開道

話說行者捏拳，來到山門外，高聲叫罵。老妖精帶了寶貝，舉著狼牙棒，走出來，見行者一隻手掄棒，忍不住笑，說：「這猴兒，你看你！怎麼用一隻手使棒和我鬥？」行者說：「兒子！你受不了我這兩隻手打！你如果不用搭包，根本打不過老孫這一隻手！」老妖精便說：「也好！也好！我如今不用寶貝，就和你打，決一勝負。」舉狼牙棒，上前來鬥。孫行者迎著，把拳頭一放，雙手便掄著棒。那妖精身不由已，只顧得拿棒來趕。行者轉身就走，引著妖精趕到西山坡下。

行者見了瓜田，打了一個滾，鑽到裡面，變作一個大熟瓜。那妖精不知行者到哪裡去了，就趕到庵邊，叫：「誰種的瓜？」彌勒變作一個種瓜老人，走出草庵，回答：「大王，瓜是小人種的。」老妖精叫：「摘個熟的來，給我解渴。」彌勒把行者變的那瓜，雙手遞給老妖精。老妖精接過，張嘴便啃。行者乘機鑽到老妖精咽喉裡，一進去就抓腸搗腹，在裡面翻觔斗。老妖精疼得眼淚汪汪，到處打滾。彌勒現了本相，嘻嘻地笑，叫：「孽畜！認得我嗎？」老妖精抬頭看見，慌忙跪倒在地，雙手揉著肚子，連連磕頭，只叫：「主人公！饒了我吧！再不敢了！」彌勒上前一把揪住，解了他的後天袋子，奪了他的敲磬槌子，叫：「孫悟空，看我面上，饒了他吧。」行者還不解恨，又左一拳，右一腳，在裡面亂掏亂搗。老妖精疼痛難忍，倒在地下。彌勒又說：「悟空，好了，好了，你饒了他吧。」行者才叫：「你張大嘴，讓老孫出來。」老妖精聽見，忍著疼，把嘴張開。行者跳出，現出本相，拿起棒還要打，佛祖已經把妖精裝在袋裡，斜挎在腰間，手裡拿著磬槌，罵著說：「孽畜！金鐃放在哪裡了？」

妖精哼哼唧唧地說：「金鐃被孫悟空打破了。」佛祖說：「鐃破了，還我金來。」那妖說：「碎金堆在殿蓮臺上呢。」佛祖和行者來到寺內，收取金渣。那些小妖，已經得知老妖精被擒，正要逃跑，被行者見一個，打一個；見兩個，打兩個，把小妖們都打死了，現出原身，原來都是那些山精樹怪、獸孽禽魔。佛祖把碎金收攢在一處，吹口氣，念聲咒語，又成了金鐃一副，告別行者，去了。

大聖於是解下唐僧、八戒、沙僧。又到後面，打開地窖，把五龍二將、小張太子和四將、二十八宿、揭諦伽藍解了繩索，請出珍樓。三藏披了袈裟，一一拜謝。待大家走後，師徒們卻在這裡安心住了半天，餵飽了白馬，收拾行囊，第二天一早重新上了路。

三藏師徒，離開小西天，高高興興上路。又走了一個月。有一天，看看天快黑了，正好出現一座山莊，裡面走出一位老人，開了門。三藏合掌當胸，躬身施禮，說：「老施主，貧僧是東土派往西天取經者。想到貴地借宿一晚。」老人說：「和尚，你要西行，卻是去不得啊。」三藏問：「怎麼去不得？」老者用手指著說：「我這個莊子往西去三十多里，有一座七絕山。這山有八百里寬，滿山淨是柿果。這裡人少，每年熟爛的柿子落在路上，日久成了汙穢。颳西風時，有一股濃重的穢氣。現在已經進入仲春，正颳東南風，暫時還沒聞到這股穢氣。」行者便說：「我是齊天大聖，沒什麼可怕的。」老人聽說，臉上有了笑意，把師徒請入屋裡安置。不一會兒，又擺上許多麵筋、豆腐、芋苗、蘿蔔、辣芥、蔓菁、香稻米飯、醋燒葵湯，讓師徒們飽餐一頓。

不久，天已黃昏，老人叫人掌了燈，然後起身，對行者說：「我這個地方有一個妖怪，請你替我們捉拿捉拿，自有重謝。」行者說：「你這個地方，地勢平坦，又有許多人家居住，能有什麼妖精敢上你這高門大戶？」老人說：「不瞞你說，我這裡一直康寧。只因三年前，忽然一陣風起，有一個妖精把人家放的牛馬、豬羊雞鵝吃了，還要吃人。從那次開始，這二年常來傷害。長老啊，你如果真有手段，捉拿了他，我一定重謝。」

正說著，只聽得呼呼風響，嚇得老人關了門。行者便說：「八戒、沙僧跟我去天井裡，看看是個什麼妖精。」那陣風更大了，嚇得八戒戰戰兢兢，伏在地上，用嘴拱開土，埋在地下。沙僧蒙著頭臉，眼也難以睜開。一會兒，風過去了，行者見那半空中隱隱地有兩盞燈，低頭叫：「兄弟們！風過去了，起來吧！」那呆子抖抖灰土，仰著臉朝天一望，見有兩盞燈光，失聲笑了，說：「好玩！好玩！原來是一個有品行的妖精！該和他做朋友！」沙僧問：「這麼個黑夜，又沒有見面相逢，怎麼就知好壞？」八戒說：「古人說，夜行以燭，無燭則止。你看他打著一對燈籠走路，必定是一個好的。」沙僧說：「你看錯了，那不是一對燈籠，是妖精的兩隻眼。」呆子一聽，矮了三寸，說：「爺爺呀！眼睛有這麼大啊，不知嘴有多大呢！」行者說：「賢弟不要怕。你們兩個保護師父，等老孫上去，看他是個什麼妖精。」八戒說：「哥哥，不要供出我們。」好行者，縱身打了一個忽哨，跳到空中，持著鐵棒厲聲高叫：「慢來！慢來！我在這裡！」那怪見了，挺住身軀，把一根長槍亂舞。一來一往，一上一下，鬥到深夜，沒見勝敗。八戒、沙僧在天井裡看得明白，那怪只是舞槍遮架，行者一條棒不離那怪的頭上。八戒笑了，說：「沙僧，你在這裡守護，讓老豬去幫打幫打，不要叫那猴子獨占了這功。」呆子跳起雲頭，趕上就打，那怪物又使一條槍抵住。又鬥了好久，不覺東方發白，那怪不敢戀戰，回頭就走。行者和八戒一齊趕來，忽然聞得一股濃重的汙穢氣味，正是七絕山柿氣冒出。八戒說：「是誰在挖茅廁呢！臭氣難聞！」行者掩著鼻子，只叫：「快快趕妖精！快快趕妖精！」那怪物攛過山去，現了本相，原來是一條紅鱗大蟒。八戒說：「原來是一個長蛇！」縱身趕上，用鈀便打。那怪物一頭鑽進窟裡，還有七八尺長的尾巴丟在外邊。八戒放下鈀，一把撾住，使盡渾身力氣往外拉，根本拉不動。行者笑了，說：「呆子！放他進去，我有辦法，你不要這樣拉扯。」八戒鬆了手，那怪縮了進去。八戒埋怨，說：「如果剛才不放手，他半截已是我們的了！現在縮了進去，怎麼能讓他出來？」行者說：「這怪身體鑽進去，窟穴窄小，轉身不得，照直攛進，一定有後門。你快去後門外攔住，等我在前門外打他。」呆子一溜煙，跑過山去，果然見到一個後門。他還沒站穩，行者在前門外已經使棍子往裡一搗，怪物一疼，往後門攛出。八戒措手不及，被一尾巴打倒在地。行者持著棍，從窟裡穿進去，叫趕妖怪。八戒聽行者吆喝，忍著疼爬起來，用鈀亂打。行者見了，笑著說：「妖怪走了，你還打什麼呢？」八戒說：「老豬在這裡打草驚蛇呢！」行者說：「呆子！快趕上！」二人過澗，見那怪盤作一團，豎起頭，張開巨嘴，要吞八戒，八戒嚇得往後直退。行者迎上前，被一口吞下。八戒捶胸大叫：「哥啊！哥啊！」行者在妖精肚子裡，支著鐵棒，說：「八戒不要愁，我叫他搭個橋給你看！」那怪物就躬起腰來。八戒說：「雖然像橋，只是沒人敢走。」行者說：「我再叫他變作一隻船給你看！」在肚子裡用鐵棒撐著肚皮。那怪物肚皮貼地，翹起頭來，真像一隻船。八戒說：「雖然像船，只是沒有桅篷。」行者說：「你躲開，等我叫他使個風給你看。」又在裡面盡著力氣把鐵棒從脊背上一搠，穿了出去，約有五七丈長，如同一根桅桿。那怪忍著疼，往前一攛，比使風更快，攛回舊路，下了山，攛了二十多里，倒在塵埃，動彈不得，死了。八戒趕來，舉鈀亂打。行者把那怪穿了一個大洞，鑽出來，說：「呆子！已經死了，你還打什麼？」八戒說：「哥啊，你不知我老豬一生喜歡打死蛇？」說著，收了兵器，抓著尾巴，拖了起來。

卻說那莊上老人對唐僧說：「你那兩個徒弟，一夜沒回，肯定沒命了。」三藏說：「不礙事，我們出去看看。」剛走出來，只見行者和八戒拖著一條大蟒，吆喝前來，老人大喜。滿莊子的人都來跪拜。把師徒們留住，住了好幾天，三藏苦苦告辭，才肯放行。

莊上人送行，和師徒們一路上興高采烈，很快來到七絕山。三藏聞得惡穢，又見道路被填塞，說：「悟空，怎麼才能過去？」行者掩著鼻子，說：「這個卻難。」三藏見行者說難，心中傷感，不由得落下眼淚。老人和眾人上前，說：「老爺不要著急。高徒給我們滅了妖精，除了禍害，我們另開一條好路，送老爺過去。」行者笑著說：「你這個老兒，說話欠妥。你曾經說過，這座山有八百里寬，你們又不是大禹神兵，哪裡會開山鑿路！如果要我師父過去，還得我們出力，你們都辦不成。」三藏下馬，問：「悟空，怎麼出力！」行者笑著說：「眼下就要過山，確實難，如果說再開一條路，確實更難。必須是從舊路過去，只怕沒有人管飯。」老人說：「長老說哪裡話！你們在這裡待多久都行！我們養得起，怎麼能說沒有人管飯！」行者說：「既然是這樣，你們去準備兩石米的乾飯，再做一些蒸餅饃饃，等我那長嘴和尚吃飽了，變成一個大豬，拱開舊路，我師父騎在馬上，我們扶持，就能過去了。」八戒笑了，說：「師父在上，各位施主在此，不要笑話，我老豬本來有三十六般變化，變山，變樹，變石塊，變土墩，變象、豬、水牛、駱駝我全會。只是身體變得大，肚腸也就大，必須是吃得飽了，才好幹事。」眾人說：「有東西！有東西！我們都帶有乾糧果品。原來準備開山相送，現在先都拿出來讓你享用。等變化了，我們再叫人回去做飯送來。」八戒滿心歡喜，脫了衣服，放下九齒鈀，說：「各位不要笑話，看老豬幹事。」呆子拈著訣，搖身一變，果然變作一隻大豬，孫行者見八戒變了，讓那些相送的人，把乾糧等物堆在一處，叫八戒享用。那呆子不分生熟，都吃了，然後上前拱路。行者叫沙僧挑擔，請師父穩坐雕鞍，他也脫了靴鞋，吩咐眾人回去：「快快送些飯來給我師弟接力。」這些人有七、八百個，一大半帶有騾馬的，飛奔回莊做飯。莊子到山邊，有三十多里，來回大約有百里的路，他師徒們已經走得遠了。眾人不捨，催趲騾馬連夜趕到，第二天才趕上，叫：「取經的老爺，慢走！我們送飯來了！」長老見了，十分感謝，說：「真是誠實的人們！」叫八戒停下，再吃些飯。那呆子拱了兩天，正餓了呢，那許多人送上七、八石飯食，他又飽餐一頓，繼續上前拱路。三藏和行者、沙僧謝了眾人，分手兩別。

三藏師徒一路前行，光陰迅速，又值夏天。一天，來到一座城池，城頭上杏黃旗，大書「朱紫國」三個大字。

不久，來到城門，下馬過橋，進入三層門，見一座門牆，上有「會同館」三字。唐僧說：「徒弟，我們進去吧。」行者問：「進去做什麼？」唐僧說：「會同館是天下通會通同的地方，我們也可以進去，先到裡面休息休息。等我見了駕，倒換了關文，再出城走路。」進入館內，唐僧又說：「悟空，你們在這裡安排好齋飯，等我驗了關文回來，吃了走路。」八戒取出袈裟關文，唐僧整裝進朝。唐僧來到五鳳樓，國王聞奏大喜，說：「寡人久病，沒能登朝，今天上殿出榜招醫，就有高僧來到本國！」當即傳旨，宣到階下，上金殿賜坐，命光祿寺辦齋，三藏謝恩，把關文獻上。國王看過，十分歡喜，和三藏聊起大唐。過了一會兒，國王感覺氣力不佳，三藏也注意到那皇帝面黃肌瘦，便詢問國王身體。國王嘆了口氣，說：「寡人久病多時，沒有名醫能救。」長老正準備再問，光祿寺官奏請唐僧吃齋。三藏謝恩，和國王一同進膳進齋。

卻說行者在會同館裡，叫沙僧安排茶飯，整治素菜。沙僧說：「茶飯易煮，蔬菜不好安排。」行者問：「為什麼？」沙僧回答：「油鹽醬醋都沒有。」行者說：「我這裡有幾文錢，我和八戒上街去買。」說完，二人攜手相攙，上街去了。很快來到鼓樓邊，見樓下有無數人喧嚷。行者說：「八戒，你的嘴臉好嚇人。你先在這邊站住，不要讓人看到。等我過去買了回來，給你買素麵燒餅吃。」呆子聽了，把嘴抵著牆根，背著臉，死也不動。行者走到樓邊，原來是那皇榜張掛樓下。仔細看時，那榜上寫著：「朕西牛賀洲朱紫國王，近因國事染病在身。本國太醫院，未能調治。今出此榜文，若有精醫藥者，請登寶殿，療理朕躬。稍得病癒，願將社稷平分，決不虛示。」看過，行者滿心歡喜，心想：「先把取經事拖上一天，等老孫做個醫生玩玩。」好大聖，彎下腰丟了碗盞，拈一撮土，往上灑去，念聲咒語，使出一個隱身法，輕輕地上前揭了榜，又朝著巽地上吸口仙氣吹去，颳起一陣旋風，他轉回身，來到八戒站立的地方，見那個呆子卻似睡著了一般。行者不驚動他，把榜文折好了，輕輕地揣在他懷裡，先往會同館去了。

卻說那樓下眾人，見風起時，一個個蒙頭閉眼。風過時，沒了皇榜，左右尋找，忽然見八戒懷中露出一張紙邊，眾人近前，問：「你揭了榜？」那呆子猛抬頭，把嘴一抬，嚇得那幾個貼榜的校尉跌倒在地。

究竟呆子後面遇到何事，且聽下回分解。

第四十一回　朱紫國招醫張榜　孫行者收藥施術

話說幾個膽大一點的便問：「你揭了招醫的皇榜，不進朝醫治我萬歲，還準備做什麼？」呆子慌慌張張，說：「你兒子揭了皇榜！你孫子會醫治！」校尉說：「你懷中揣的是什麼？」呆子低頭看時，果然有一張字紙，展開一看，咬著牙大罵：「那猢猻害死我了！」眾人說：「這是國王出的榜文，你揭在懷中，一定有辦法，快同我們去！」八戒大喝，說：「這榜不是我揭的，是我師兄孫悟空揭的。我同你們找他去。」眾人說：「你現在揭了榜文，叫我們還找誰！」那夥人不由分說，把呆子拉拉扯扯。不久，街上的人把他圍住，其中有兩個年老的太監，問了八戒，便說：「校尉，不要拉扯他，我們先一同到館中，看看他說的是真是假。」街上人於是吵吵鬧鬧，成百上千的人，簇擁著八戒，來到館中。

行者正和沙僧在客房裡說揭榜事呢，八戒上前扯住行者，亂叫亂嚷。那幾個太監、校尉進前禮拜，說：「孫老爺，今天我王有緣，天遣老爺下降，請施展妙手，把我王的病治癒才好。」行者接了八戒的榜文，對眾人說：「這招醫榜，確實是我揭下的，讓我師弟前來引見。既然你主有病，你去叫國王親自前來請我，我有手到病除的能力。」太監聽了，大驚。校尉說：「既然口出大話，一定有度量。我們分成兩半，一半留在這裡，另一半入朝啟奏。」當時分了四個太監、六個校尉，也不等宣召，入朝當階奏說。國王正和三藏吃過飯，坐下聊天，聽到此奏，滿心歡喜，就問唐僧：「法師有幾位高徒？」三藏合掌回答：「貧僧有三個頑徒。」國王問：「哪一位高徒懂醫術？」三藏說：「不瞞陛下，我那頑徒都是山野庸才，只會挑包牽馬，轉澗尋波，帶領貧僧登山涉嶺，或者可以伏魔擒怪，捉虎降龍，卻沒有一個能知藥性。」國王說：「法師何必太謙虛？朕當今天登殿，幸遇法師來朝，這是天緣啊。高徒既然不懂醫術，他怎麼肯揭我榜文，讓寡人親迎？一定有醫國之能。」又叫：「文武眾卿，寡人身虛力怯，不敢乘車；你們可替寡人到朝外敦請孫長老前來看朕。你們見到他，千萬不可輕慢，要稱他作神僧孫長老，都要以君臣之禮相見。」眾臣領旨，和看榜的太監、校尉直接來到會同館，排班參拜。嚇得八戒躲在廂房，沙僧閃在壁下。那大聖坐在當中不動，問：「你王怎麼不來？」眾臣回答：「我王身虛力怯，令臣等行代君之禮，拜請神僧。」行者說：「既然這樣說，各位請前行，我和你們一同前去。」行者整衣而起，八戒說：「哥哥，千萬別連累我們。」行者說：「我不連累你們，只要你們兩個幫我收藥。」沙僧問：「收什麼藥？」行者說：「凡是有人送藥來給我，照數收下，等我回來後取用。」

行者於是跟著眾官，來見國王。國王睡在龍床上，見到行者，嚇了一跳，摔到床下，一聲一聲地叫喚：「叫他去吧！寡人見不得生人面了！」身邊的侍從出宮說了。行者說：「見不得生人面沒關係，我會懸絲診脈。」侍從入宮奏說：「主公，那孫長老不見主公面，他會懸絲診脈。」國王說：「寡人病了三年，沒有診過脈，宣他進來。」近侍當即傳旨，說：「主公已准許他懸絲診脈，快宣孫長老進宮診視。」行者上了寶殿，唐僧迎著他，罵著說：「你這潑猴，害了我了！」行者笑著說：「好師父，我來給你掙面子，你怎麼說我來害你？」三藏大喝著：「你跟我這幾年，什麼時候見你治過誰的病！你連藥性都不知，醫書也沒讀過，怎麼前來闖這個大禍！」

行者笑了，說：「師父，你原來不知道。我有幾個草方，能治大病，肯定能治好他。就是治死了，也只問得一個庸醫殺人罪名，也不當死，你先坐下，看我前去診脈。」長老又說：「你哪裡見過《素問》、《難經》、《本草》、《脈訣》，就這麼胡說八道，會什麼懸絲診脈！」行者笑著說：「我有金線在身，你沒見過呢。」伸手下去，從尾上拔了三根毫毛，拈一把，叫聲：「變！」變作三條絲線，每條長二丈四尺，按二十四氣，托在手裡，對唐僧說：「這不是我的金線？」近侍宦官催促，說：「長老先別說嘴，請到宮中診視。」行者別了唐僧，隨著近侍入宮看病。

行者用左手指，一一從頭診視完畢，身子抖了一抖，把金線收上身，厲聲高呼：「陛下左手寸脈強而緊，關脈澀而緩；右手寸脈浮而滑，關脈遲而結。診此貴恙是一個驚恐憂思，號為雙鳥失群之症。」國王在裡邊聽說，滿心歡喜，打起精神，高聲說：「診得明白！真是這個病！請出外面用藥吧。」大聖緩步出宮。唐僧過來問，行者說：「已經診了脈，如今對症用藥呢。」眾官問：「神僧長老，剛才說雙鳥失群之症，為什麼？」行者笑著說：「有雌雄二鳥，原在一處同飛，忽然被暴風驟雨驚散，雌不能見雄，雄不能見雌，雌想雄，雄也想雌；這不是雙鳥失群嗎？」

眾官聽說，齊聲喝采：「真是神僧！真是神醫！」稱讚不已。有太醫官問：「病勢已看出，但不知用什麼藥治？」行者說：「不必寫藥方，見藥就要。」醫官說：「經上講到，藥有八百、八味，人有四百零四病。病不在一人身上，藥豈有全用的道理！怎麼能說見藥就要？」

行者說：「古人曾說，藥不執方，合宜而用，所以全徵藥品，然後隨便加減就是了。」醫官不再說話，出朝門，叫本衙值班的人，到全城各生熟藥鋪，把那些藥，每味各辦三斤，送給行者。行者說：「這裡不是製藥的地方，請把這些藥以及製藥所用的器皿，都送到會同館，交給我師弟二人收下。」醫官聽命，便令把八百零八味每味三斤的藥及藥碾、藥磨、藥羅、藥乳並乳缽、乳槌之類都送到館中，一一交付。

行者再往殿上請師父，同到館中製藥。長老正自起身，忽然見內宮傳旨，叫閣下留住法師，同宿文華殿，等明天服藥後，病好酬謝，倒換關文送行。三藏大驚，說：「徒弟啊，這是留下我做人質呢。如果治得好，歡喜起送；如果治不好，我命休矣。你一定要仔細留心！」行者笑著說：「師父放心留在這裡，老孫自有醫國之術。」

好大聖，別了三藏，辭了眾臣，來到館中。八戒迎著，笑著說：「師兄，我知道你了。」行者問：「你知道什麼？」八戒說：「知你取經沒結果，想必是見這裡富庶，設法要開藥鋪呢。」行者說：「不要胡說！治好國王，高高興興上路，開什麼藥鋪！」八戒說：「這八百零八味藥，每味三斤，共計二千四百二十四斤，只治一人能用多少？不知多少年才吃得了呢！」行者說：「哪裡用得許多？他那太醫院官都是些愚盲的人，所以取這許多藥，讓他們不知我用哪幾味，難識我神妙之處啊。」說著話，只見館使送飯來。吃過飯，天色已晚，行者叫館使：「收了傢伙，多準備些油蠟，等到夜靜時，我才好製藥。」館使照辦。到了半夜，天街人靜，萬籟無聲。八戒說：「哥哥，製什麼藥？快幹事，我睏了。」行者說：「你把大黃取一兩來，碾成細末。」

沙僧說：「大黃味苦，性寒無毒，只是怕久病虛弱，不用為好。」行者笑著說：「賢弟不知，這藥利痰順氣，蕩肚中凝滯寒熱。你不要管，去取一兩巴豆來，碾為細末。」八戒說：「巴豆味辛，性熱有毒，不可輕用。」行者說：「賢弟，你也不知，這藥破結宣腸，能理心膨水脹。快製來！」他們二人把藥碾細，問：「師兄，還用哪幾十味？」行者說：「不用了。」八戒說：「八百零八味，每味三斤，只用這二兩，真夠意思！」行者拿著一個花瓷盞子，說：「賢弟不要講，你拿這個盞子，把鍋灰刮半盞過來。」八戒問：「幹嗎？」行者說：「藥內要用。」沙僧說：「小弟沒有見過藥裡用鍋灰。」行者說：「鍋灰叫百草霜，能調百病，你不知道。」

那呆子刮了半盞，又碾細了。行者把盞子遞給他，說：「你再去把我們的馬尿接半盞來。」八戒問：「又要幹嗎？」行者說：「要丸藥。」沙僧又笑了，說：「哥哥，這事不能開玩笑。馬尿腥臊，怎麼能入得藥？我只見醋糊為丸，陳米糊為丸，煉蜜為丸，或者只是清水為丸，哪裡見過馬尿為丸？那東西，脾虛的人一聞就吐；再服巴豆大黃，弄得人上吐下瀉，怎麼是好？」

行者說：「你有所不知，那馬不是凡馬，他本是西海龍身。如果他肯便溺，任你有什麼病，服了就好。」八戒聽了，來到馬邊。那馬斜伏在地下睡呢，呆子一腳踢起，襯在肚下，等了半天，不見撒尿。他跑來對行者說：「哥啊，先別去治皇帝，快去治治馬。那馬沒有一點尿出來！」行者笑著說：「我和你去。」沙僧說：「我也去看看。」三人都到馬邊，那馬跳起來，口吐人言，厲聲高叫：「師兄，你難道不知？我本是西海飛龍，因為犯了天條，觀音菩薩救了我，把我鋸了角，退了鱗，變作馬，馱師父往西天取經，將功折罪。我如果在水裡撒尿，水裡的游魚食了就會成龍；過山撒尿，山中草頭得味，能變作靈芝，仙童採去會長壽。我怎麼肯在這塵俗的地方輕易撒尿？」行者說：「兄弟，這裡是西方國王，不是塵俗之人。常言說，眾毛攢裘，要給本國之王治病呢。治得好，大家光榮。不然，恐怕不好經過這個地方啊。」那馬聽了，才說：「等著！」你看他往前撲了一撲，僅尿出幾點來，身體站起。行者見有少半盞，說：「夠了！夠了！拿去吧。」沙僧歡喜。

三人回到廳上，把藥和餌攪和在一處，搓了三個大丸子。行者說：「兄弟，太大了。」八戒說：「只有核桃大，如果是我吃，還不夠一口呢！」搓完了，收在一個小盒裡。兄弟們合衣睡下，一夜無話。

天亮時，國王便叫眾官前去取藥。眾官來到館中，行者叫八戒取了小盒，揭開蓋子，遞給眾官。眾官啟問：「這藥怎麼稱呼？說明白了，見國王好回話。」行者說：「叫烏金丹。」八戒、沙僧暗笑，心想：「鍋灰拌的，怎麼不是烏金！」眾官又問：「用什麼做引子？」行者說：「藥引子分兩種，一種是一般易取的，一種是用六物煎湯送下。」眾官又問：「是什麼六物？」行者說：「老鴉屎，鯉魚尿，王母娘娘的搽臉粉，老君爐裡的煉丹灰，玉皇戴破的頭巾要三塊，還要五根困龍鬚，六物煎湯送下這藥，你王憂病就能治好。」眾官聽了，說：「這東西世間沒有，請問那一般藥引子是什麼？」行者說：「用無根水送下。」

眾官笑了，說：「這個容易得到。」行者問：「怎麼見得？」眾官說：「我們這裡有這樣的話，如果要用無根水，可把一個碗盞，拿到井邊，或者河下，舀了水快跑，不要落地，也不要回頭，到家給病人吃藥便是。」行者說：「井中河裡的水，都是有根的。我這無根水，不是你們說的那水，是天上落下的，不沾地就吃，才叫作無根水。」眾官又說：「這也容易。等到天陰下雨時，再吃藥就是了。」於是拜謝了行者，把藥持回獻上。國王大喜，命近侍接上來。看了，問：「這是什麼丸子？」眾官說：「神僧說是烏金丹，要用無根水送下。」國王便叫宮人取無根水，眾官說：「神僧說了，無根水不是井河中的水，是天上落下不沾地的。」國王叫當駕官傳旨，請法師求雨。

卻說行者對八戒、沙僧說：「等老孫給他一些無根水。」好大聖，步了罡訣，念聲咒語，只見那正東上，一朵烏雲，漸近於頭頂上，叫：「大聖，東海龍王敖廣來見。」行者說：「無事不敢厤煩，請你來，下些無根水，好給國王下藥。」龍王說：「大聖呼喚時，沒有說用水，小龍沒有帶雨器，也沒帶風雲雷電，怎生降雨？」行者說：「用不著風雲雷電，也不必下許多雨，只要少量引藥水就是了。」龍王說：「既然如此，等我打兩個噴嚏，吐些口水，給他吃藥吧。」行者大喜，說：「最好！最好！不必遲疑，趁早行事。」那老龍在空中，漸漸低下烏雲，直到皇宮上方，隱身潛象，吐一口唾液，化作甘霖。眾官齊聲喝采，說：「我主大喜！天公降甘雨來了！」國王傳旨，叫：「取器皿盛著，不論宮內外及官大小，都要貯仙水，拯救寡人。」你看那文武眾官和三宮六院妃嬪以及三千綵女、八百嬌娥，一個個擎杯托盞、舉碗持盤，等接甘雨。老龍在半空，運化津涎，花半個時辰，龍王辭了大聖回海。眾臣把杯盂碗盞收來，有接到一點兩點，也有接到三點五點，也有一點沒有接到的，合在一處，大約有三盞多，獻到御案。

國王辭了法師，持著烏金丹及甘雨來到宮中，先吞下一丸，飲了一盞甘雨；再吞下一丸，又飲了一盞甘雨；三次，三丸都吞下，三盞甘雨都送下。不久，腹中作響，如轆轤聲不絕，拿出淨桶，連行了三五次，又服了一些米湯，倒在龍床上。有兩個妃子看那淨桶，內有糯米飯塊一團。妃子走近龍床，說：「病根都行下來了！」國王心中大喜，又進一次米湯。沒過多久，漸覺心胸寬泰，氣血調和，精神抖擻。於是，走下了龍床，穿上朝服，來寶殿見了唐僧，倒身下拜。

究竟國王有何話說，且聽下回分解。

第四十二回　妖魔施放煙沙火　悟空計盜紫金鈴

話說飲宴多時，國王又持大爵奉給行者，說：「神僧恩重如山，寡人酬謝不盡，好歹飲下這一巨觥，朕有話說。」行者問：「有什麼話說？說出來，老孫好飲。」國王說：「寡人有數年憂疑病，被神僧一帖靈丹打通，所以就好了。」行者笑著說：「昨天老孫診斷陛下的病，已知是憂疑生病，但不知憂疑什麼事？」國王問：「神僧從東前來，經過幾個邦國？」行者回答：「有五六個邦國吧。」又問：「其他國家的皇后，不知怎麼稱呼？」行者回答：「國王之後，都稱為正宮、東宮、西宮。」國王說：「寡人不是這麼稱呼；只是把正宮稱為金聖宮，東宮稱為玉聖宮，西宮稱為銀聖宮。現在只有銀、玉二位皇后在宮。」行者問：「金聖宮為什麼不在宮中？」國王落淚，說：「不在已經有三年了。」行者問：「到哪裡去了？」國王說：「三年前，正值端陽節，朕和嬪後都在御花園海榴亭下解粽插艾，飲菖蒲雄黃酒，看鬥龍舟。忽然一陣風至，半空中現出一個妖精，自稱賽太歲，說他在麒麟山獬豸洞居住，洞中少一個夫人，聽說我金聖宮生得貌美姿嬌，要她做夫人，叫朕快快送出。如果叫三聲後不獻出來，就要先吃寡人，後吃眾臣，把滿城黎民百姓，都要吃絕。朕憂國憂民，無奈把金聖宮推出海榴亭外，被那妖抓走了。寡人受了驚嚇，把那粽子凝滯在腹內，晝夜憂思，所以患病已有三年。今天得神僧靈丹服後，行了數次，都是那三年前積滯的東西，所以這會兒體健身輕，精神如舊。這都是神僧所賜！」行者聽到這樣說，滿心喜悅，把那巨觥裡的酒，兩口吞到肚裡，笑問國王：「陛下原來是這樣！今天遇老孫，幸而獲癒，但不知可要金聖宮回國？」那國王又落下眼淚，說：「朕日思夜想，但只是沒有一個人能戰勝這個妖精的。否則豈有不要金聖宮回國的道理！」行者說：「我老孫幫你去降伏妖邪，好不好？」國王跪下，連說：「如果能救得朕後，朕願領三宮九嬪，出城為民，把一國江山都交給神僧，讓你為帝。」行者急忙上前，把國王攙起，說：「陛下，那妖精自得金聖宮去後，最近有沒有再來？」國王說：「他前年五月節抓了金聖宮，到十月間來，要取兩個宮娥，說是服侍娘娘，朕獻出兩個。到去年三月間，又要了兩個宮娥。七月間，又要了兩個。今年二月裡，又要了兩個。不知什麼時候又要來了。」行者說：「他這麼頻繁前來，你們不怕他嗎？」國王說：「寡人見他時常來，一是懼怕，二是又恐他有傷害之意，去年四月，朕命造起一座避妖樓，只要聽得風響，便知是他來，好和二后九嬪入樓躲避。」行者說：「陛下如果不介意，可帶老孫去看看避妖樓，行不行？」國王聽了，用左手攙著行者出席，眾官也都起身。八戒說：「哥哥，你真蠢！這麼好的御酒你不飲，先去看什麼看啊？」國王聽說，明白八戒是想吃飯，命當駕官抬出兩張素桌面，在避妖樓外伺候。呆子這才不嚷，向師父、沙僧笑著說：「赴席去了。」

國王和行者相攙，穿過皇宮到了御花園後，不見樓臺殿閣。行者問：「避妖樓在哪裡？」正說著，只見兩個太監，拿著兩根紅漆槓子，往那空地上掬起一塊四方石板。國王說：「這裡就是。這底下有三丈多深，裡面有九間朝殿，四個大缸，缸內滿注清油，點著燈火，晝夜不息。寡人聽得風響，就進到這裡邊躲避，外面讓人蓋上石板。」行者笑了，說：「那妖精只是不害你，如果要害你，這裡怎麼能躲得了？」正說著，只見正南方向呼呼風響，嚇得眾官齊聲抱怨，說：「這和尚一談到妖精，妖精就來了！」嚇得國王拋下行者，鑽入地穴，唐僧也跟入到裡面，眾官也紛紛躲了。八戒、沙僧也都要躲，被行者左右手扯住，說：「兄弟們，不要怕，我和你們認他一認，看看是個什麼妖精。」這時，只見半空裡閃出一個妖精。行者看了看，說：「他像東嶽天齊手下把門的那個醮面金睛鬼。你兩個守在這裡，等老孫去問他個名號。」行者急縱祥光，跳上去。

行者持著鐵棒，踏著祥光，在空中迎面大喝：「你是哪裡來的邪魔，待往哪裡！」那怪物厲聲高叫：「我不是別人，我是麒麟山獬豸洞賽太歲大王爺爺部下先鋒，今天奉著大王令，到這裡取宮女二名，服侍金聖娘娘。」行者聽說，知道了底細，便舉起鐵棒相迎，妖精被行者一鐵棒把根槍打作兩截，只顧性命，往西方敗走。

行者沒去趕他，按下雲頭，來到避妖樓地穴外叫：「師父，請和陛下出來，怪物已經趕走了。」唐僧這才扶著君王，一同走出穴外，那皇帝來到酒席前，拿壺把盞，滿斟金盃奉給行者，說：「神僧，感謝！」行者笑著說：「陛下，剛才那個妖精，他稱是賽太歲部下先鋒，來這裡取宮女的。他現在戰敗回去，只是不知去了哪裡，這裡到他那山洞有多少？」國王說：「寡人曾經派出軍馬到那裡打探，一去一回要走五十多天。坐落南方，大約有三千多里。」行者叫：「八戒、沙僧，守在這裡，老孫去看看。」行者呼哨一聲，轉眼不見了。

卻說行者早望見一座高山，即按下雲頭，立在那巔峰上方，正想找洞口，只見山凹裡有火光飛出，很快紅焰撲天，紅焰中冒出一股惡煙，比火更毒，大聖正感恐懼，又見那座山裡迸出一股沙來。行者沒當心，不覺沙灰飛入鼻內，打了兩個噴嚏，回頭伸手，在巖下摸了兩個鵝卵石，塞住鼻子，搖身一變，變作一個攢火的鷂子，飛到煙火裡，忽然沒了沙灰，煙火也熄了。現出本相，又看時，見到一個小妖，擔著黃旗，背著文書，敲著鑼兒，走近前來，大聖變作一個飛蟲，輕輕地落在他那書包上，只聽得妖精敲著鑼，自念自誦：「我家大王三年前到朱紫國強奪了金聖皇后，一向無緣，沒能沾身，只苦了要來的宮女代替頂缸。兩個來，弄死了，四個來也弄死了。前年要了，去年又要，今年又要，今年還要，卻撞了一個對頭來。那個要宮女的先鋒被什麼孫行者打敗了，不發宮女。我大王因此發怒，要和他國爭持，叫我去下什麼戰書。」行者聽了，暗喜：「這妖精也有趣。但只說金聖皇后一向無緣，沒能沾身，不知道是什麼意思。等我問問他。」嚶的一聲，飛離了妖精，轉到前面的路上，有十多里，變作一個道童。轉過山坡，迎著小妖，上前說：「長官，到哪裡去？送的是什麼公文？」那妖物好像認得他似的，笑嘻嘻地還禮，說：「我大王派我到朱紫國下戰書。」行者接住話頭，問：「朱紫國那傢伙，有沒有和大王配合啊？」小妖說：「自從前年抓來，當時有一個神仙，送了一件五彩仙衣給金聖宮妝新。她穿了那件仙衣，渾身上下都生了針刺，我大王摸也不敢摸她。只要一接觸，手心就痛，不知是什麼緣故，自始到今，沒能沾身。」

行者聽了，取出棒，照小妖腦後打了一下，腦漿迸出！收了棍子，取下他的戰書藏在袖裡，把黃旗、銅鑼，藏在路邊，只聽噹的一聲，腰間露出一個鑲金的牙牌，上面寫著：「心腹小校一名，有來有去。五短身材，塌臉，無鬚。長用懸掛，無牌即假。」行者笑著說：「這小妖名叫有來有去，這一棍子，打得有去無來了！」把牙牌解下，帶在腰間，呼哨一聲，到了國界。

到得殿上，三藏起身下殿。行者把戰書揣在三藏袖裡，說：「師父收下，先不要給國王看見。」正說著，國王也走下殿，迎著行者，問：「神僧孫長老來了！拿妖的事怎麼樣了？」行者用手一指，說：「剛才遇到一個報事的小妖，先打死了，回來報功。」國王大喜，說：「好！好！好！該算頭功！」行者說：「陛下，那娘娘在宮裡，可有什麼心愛的東西，給我一件。」國王問：「你為什麼要？」行者說：「那妖王確實有神通，我見他放煙、放火、放沙，確實難以收服。即使收服了，又怕娘娘見我面生，不肯跟我回國。必須是她平日心愛的東西，她才會信我，我好帶她回來。」國王說：「昭陽宮裡梳妝閣上，有一雙黃金寶串，原是金聖宮手上帶的，只因那天端午要縛五色彩線，所以褪下，沒有帶上。這是她的心愛之物。」行者說：「先把金串取來。如果捨得，都給我拿去；如果不捨得，只拿一隻去也行。」國王於是命玉聖宮取出，交給行者。行者接了，套在胳膊上。

於是大聖駕觔斗雲，又來到麒麟山上，正走著，只聽得人語喧嚷，那獬豸洞口有近五百大小頭目及小妖把門。

行者見了，轉回舊路，到打死小妖的地方，找出黃旗銅鑼，迎風捏訣，變作有來有去的模樣，來到獬豸洞，敲著鑼，入前門裡，又到二門內，見到一座亭子，亭子中間椅子上端坐著一個魔王。行者見了，只管敲鑼。妖王喝住：「你怎麼到了家還篩鑼？」行者把鑼往地下一扔，說：「我說我不去，你卻叫我去。到了那裡，見了我，都叫拿妖精！拿妖精！幸虧那兩班謀士，說不斬來使，才把我饒了，收了戰書，又押出城外，放我來回話。他那裡不久就要來這裡和你交戰呢。」

妖王說：「這麼說，是你吃虧了，難怪問你不說話。你先去報給金聖娘娘得知，叫她不要生氣。今天早上她聽見我要去戰鬥，就眼淚汪汪地不依不饒。你現在去說那裡人馬驍勇，必然勝我，先讓她高興高興。」

行者聽了，十分歡喜，心想：「正中老孫心意！」你看他轉過角門，穿過廳堂。裡邊都是高堂大廈，一直來到後面宮裡，正是金聖娘娘住處。只見那個娘娘，手托著香腮，雙眸滴淚，行者上前問候。娘娘忍怒問：「你去下戰書，到了朱紫國界？」行者說：「我持書一直到城裡，在金鑾殿面見君王，已討回音來了。只是那君王有思想娘娘的意思，特來稟告，奈何眼前有人，無法告知。」娘娘聽了，喝退兩班狐鹿。行者掩上宮門，把臉一抹，現了本相，對娘娘說：「你不要怕我，我是……是我變作有來有去模樣，給你通信。」那娘娘聽說，沉吟不語。行者取出寶串，雙手奉上，說：「你如果不信，看看這件東西。」娘娘一見，垂下淚，下座拜謝。行者說：「我先問你，他那放火、放煙、放沙的，是什麼寶貝？」娘娘說：「那是三個金鈴。他把頭一個晃一晃，有三百丈火光燒人；第二個晃一晃，有三百丈煙光熏人；第三個晃一晃，有三百丈黃沙迷人。煙火還不打緊，只是黃沙最毒，如果鑽到人的鼻孔裡，就會傷了性命。」行者說：「厲害！只是不知他的金鈴放在什麼地方？」娘娘說：「他哪裡肯放下，只是帶在腰間，不離身的。」行者說：「你如果有意回朱紫國，還想相會國王，就使出一個風流喜悅的樣子來，和他敘夫妻之情，叫他把金鈴給你收藏。等我偷了，降了這妖怪，那時，好帶你回去，共享安寧。」娘娘答應。

行者還變作小校，開了宮門，到剝皮亭，對妖精說：「大王，聖宮娘娘有請。」妖王歡喜，問：「娘娘平時只是罵，怎麼今天有請？」行者說：「娘娘問朱紫國王事，是我說他不要你了，他在國中另扶了皇后。娘娘聽說，這才命我來請。」

妖王來到後宮門前，那娘娘歡容迎接，說：「我蒙大王厚愛，今已三年，沒能共枕同衾，做了這場夫妻。我想當時在朱紫國為后，外邦只要有進貢的寶貝，君王看過，一定交給皇后收著。你這裡沒有什麼寶貝，聽說你有三個鈴鐺，想必就是寶貝，你平時走也帶著，坐也帶著。你就拿給我收著，等你用時取出，好不好？」妖王大笑，說：「娘娘怪得是！怪得是！寶貝在這裡，今天就交給你收著。」行者在一邊，目不轉睛，看那怪揭起兩三層衣服，貼身帶著三個金鈴。他解下來，用棉花塞了口，一塊豹皮包了，遞給娘娘，說：「東西雖然微賤，卻要用心收藏，千萬不要搖晃。」娘娘接過，說：「我知道。放在這妝臺之上，沒人搖動。」那娘娘做出妖嬈姿態，哄著妖精。

孫行者一步一挪，慢慢地走近妝臺，把三個金鈴輕輕拿起，又慢慢挪步，溜出宮門，離開洞府。到了剝皮亭前，四周無怪，於是展開豹皮看時，中間一個，有茶盅大，兩頭兩個，有拳頭大。他不知厲害，就把棉花扯下，只聽得一聲響亮，迸出煙火黃沙，收不住，滿亭中火起。嚇得那把門精怪一擁撞入後宮，驚動了妖王，慌忙叫：「去救火！救火！」出來看時，原來是有來有去拿了金鈴。妖王上前，行者慌了手腳，丟了金鈴，現出本相，取出金箍棒，上前亂打。妖王收了寶貝，傳下號令，叫：「關了前門！」行者難以脫身，收了棒，搖身一變，變作一隻蒼蠅，釘在無火處石壁上。眾妖說：「大王，賊跑了！賊跑了！」妖王問：「看見是從門裡走出去的？」眾妖都說：「前門緊鎖，沒見走出。」妖王只說：「仔細搜尋！」有的取水潑火，有的仔細搜尋。妖王大怒，說：「是個什麼賊，這樣大膽，變作有來有去的模樣，進來回話，跟在身邊，乘機盜我寶貝！幸虧沒有拿出門去！如果見了天風，不就麻煩了？」

熊師上前，說：「大王，這賊不是別人，一定是打敗先鋒的那個孫悟空。想必路上遇著有來有去，害了性命，奪了黃旗、銅鑼、牙牌，變作他的模樣，到這裡欺騙大王。」

妖王說：「正是！正是！說得有理！」叫：「小的們，仔細搜尋，千萬不要開門放出走了！」

究竟孫行者怎麼脫得妖門，且聽下回分解。

第四十三回　麒麟山行者降怪　盤絲洞唐僧迷情

話說賽太歲緊關了前後門戶，搜尋行者，一直嚷到黃昏時分，不見蹤跡。大聖變作一隻蒼蠅，釘在門邊，見前面防備很緊，抖開翅膀，飛到後宮，見金聖娘娘伏在御案上，正在悲泣。行者輕輕地落在她的耳根後，悄悄地叫：「聖宮娘娘，你不要恐懼，我沒有傷命，只是現在無法出門，你先去哄他進來安寢，我好脫身，再想辦法救你。」娘娘一聽，悄悄地說：「我去請妖王來，你準備怎麼做？」行者說：「你把貼身侍婢，叫一個進來，指給我看，我就變作她的模樣，才好下手。」那娘娘叫：「春嬌在哪裡？」屏風後面轉出一個玉面狐狸，娘娘說：「你去叫她們點紗燈，扶我上前庭，請大王安寢。」大聖早已飛去，落在玉面狐狸頭上，拔下一根毫毛，吹口仙氣，叫：「變！」變作一個瞌睡蟲，輕輕地放在她臉上。春嬌漸漸感覺睏倦，回到自己的床上，倒頭睡下。行者跳下來，變作春嬌模樣，站在一邊。

卻說金聖宮娘娘走到前面，妖王走出剝皮亭相迎，娘娘說：「大王啊，夜深了，請大王安歇吧。」妖王滿心歡喜，和娘娘去後宮喝酒取樂。娘娘乘機問：「大王，寶貝沒有損壞嗎？」妖王說：「沒有，我帶在腰間呢。」假春嬌聽了，拔下毫毛一把，嚼得粉碎，輕輕地挨近妖王，把那毫毛放在他身上，吹了三口仙氣，暗暗地叫：「變！」那些毫毛變作三樣惡物：虱子、跳蚤、臭蟲，在妖王身上，挨著皮膚亂咬。妖王搔癢難禁。娘娘見了，說：「大王，快脫下衣服，我來幫你捉一捉。」妖王聽話。假春嬌在一邊，看著那妖王身上衣服上落滿跳蚤、大臭蟲、子母虱。那金鈴上也不計其數。假春嬌說：「大王，拿鈴子來，等我也給你捉捉虱子。」那妖王又羞又慌，沒有考慮，把三個金鈴給了假春嬌。假春嬌接在手裡，過了一會兒，見妖王低著頭抖衣服，便把金鈴藏了，拔下一根毫毛，變作三個金鈴，一模一樣。然後身子扭扭捏捏，抖了一抖，虱子、臭蟲、虼蚤，都收了，歸在身上，把假金鈴遞給那怪。那怪接在手裡，雙手托著金鈴，遞給娘娘。娘娘接過來，輕輕地揭開衣箱，把那假鈴收了，用黃金鎖鎖了，各自歇息。

卻說假春嬌得了手，現了本相，身子抖一抖，收去瞌睡蟲，捏著訣，使出隱身法，一直到門邊，取出金箍棒，望門一指，使出解鎖之法，那門輕輕開了，行者出了門，站下厲聲高叫：「賽太歲！還我金聖娘娘！」連連叫喊。那妖王問：「打門的是誰？」行者回答：「我是朱紫國拜請來的外公，來取聖宮娘娘回國呢！」妖王開了門，手持一柄宣花鉞斧，厲聲高叫：「哪個是朱紫國來的外公？」行者把金箍棒攥在右手，左手指著妖王，說：「賢甥，叫我做什麼？」妖王見了，大怒，說：「你居然敢如此大膽欺人！」行者笑著說：「你這個誆上欺君的潑怪，我五百年前大鬧天宮時，九天神將見了我，沒有一個老字，不敢稱呼我。你叫我一聲外公，哪裡虧了你！」妖王聽他說了，便說：「你原來是大鬧天宮的猴子，你既然能脫身保唐僧西去，為什麼到我這裡尋死？」兩個又戰了五十回合，不分勝負。那妖王急轉身，闖到洞裡，行者知道妖王一定是取金鈴去了，所以不追。

妖王找到娘娘，便要金鈴。娘娘無奈，只得把鎖鑰開了，將三個金鈴遞給妖王。妖王拿了，走出洞。叫：「孫行者不要走！看我搖搖金鈴！」行者笑著說：「你有鈴，我就沒鈴？你會搖，我就不會搖？」妖王說：「你有什麼金鈴，拿出來給我看。」行者把鐵棒揑作一個繡花針，藏在耳內，卻去腰間解下三個真寶貝，對妖王說：「這不是我的紫金鈴？」妖王見了，不由心驚，把頭一個金鈴晃了三晃，不見火出；第二個晃了三晃，不見煙出；第三個晃了三晃，也不見沙出。妖王慌了手腳，說：「怪哉！怪哉！」行者說：「賢甥，先住了手，等我也搖給你看看。」好猴子，一把攥了三個金鈴，一齊搖起。你看那紅火、青煙、黃沙，一齊滾出，燎樹燒山！大聖口裡又念個咒語，望巽地上叫：「風來！」風催火勢，火挾風威，滿天煙火，遍地黃沙！把賽太歲嚇得魄散魂飛，在火中，怎能逃得性命！

這時，只聽得半空中厲聲高叫：「孫悟空！我來了！」行者往上一望，原來是觀音菩薩，左手托著淨瓶，右手拿著楊柳，灑下甘露救火呢，慌得行者把金鈴藏在腰間，合掌倒身下拜。菩薩用柳枝連拂幾點甘露，瞬間，煙火消失，黃沙絕跡。行者叩頭，說：「不知大慈悲臨凡，有失迴避。請問菩薩到什麼地方去？」菩薩說：「我特意前來收這個妖怪。」

行者問：「這怪是什麼來歷，還麻煩金身下降？」菩薩說：「他是我的金毛座騎。因為牧童打盹，失於防守，這孽畜咬斷鐵索走來，來給朱紫國王消災。」行者聽了，欠身問：「菩薩說反了，他在這裡欺君騙後，傷風敗俗，給那國王生災，現在卻說是消災，這話怎麼講？」菩薩說：「當時朱紫國先王在位時，這個王還是東宮太子，他年幼時，極好射獵。一天，他率領人馬，來到落鳳坡前，有西方佛母孔雀大明王菩薩所生二子，雌雄兩個雀雛，停留在山坡下，被這個王射傷了雄孔雀，那雌孔雀也帶箭歸西。佛母便吩咐讓這個王也拆鳳三年，身染疾病。那時，我跨下這座騎，一同聽到這句話，沒想到這孽畜留了心，前來騙了皇后，給王消災。到現在已經三年，幸好你來治好了王病，我也來收了這妖邪。」菩薩喝了一聲：「孽畜！不還原，還等待什麼時候！」那怪打個滾，現了原身，菩薩騎上。菩薩又望下一看，不見三個金鈴。菩薩說：「悟空，還我鈴。」行者笑著說：「沒有見過。」菩薩說：「既然沒見過，等我念念緊箍咒。」行者慌了，叫：「別念別念！金鈴在這裡呢！」菩薩把金鈴套在項下，飛身高坐。回南海去了。

大聖掄鐵棒打進獬豸洞去，把群妖眾怪，盡情打死。一直到宮中，請聖宮娘娘回國，又找了軟草，紮了一條草龍，吩咐娘娘跨上，闔著眼，使起神通，半個鼓點，帶進城，按落雲頭，叫：「娘娘睜眼。」那皇后睜眼，認得是鳳閣龍樓，心中歡喜。國王見了，急下龍床，就來扯娘娘玉手，猛然跌倒在地，只叫：「手疼！」行者說：「娘娘身上生了毒刺，自從到了麒麟山，和賽太歲待了三年，那妖沒能沾身，只要沾身就害身疼，沾手就害手疼。」正說著，忽然聽得半空中，有人叫：「大聖，我來了。」行者抬頭觀看，原來是大羅天上紫雲仙。紫陽真人到殿前，躬身施禮。行者答禮，問：「你從哪裡來？」真人說：「小仙三年前曾經赴佛會，從這裡經過，見朱紫國王有拆鳳之憂，我恐怕那妖把皇后玷辱，以後難和國王復合。是我把一件舊棕衣變作一領新霞裳，光生五彩，進獻妖王，叫皇后穿了扮新娘。那皇后穿上身，當時就生出一身毒刺。毒刺，就是棕毛。今天特來解脫。」真人走向前，用手指一指娘娘，脫下那件棕衣，娘娘遍體如舊。真人把衣抖一抖，披在身上，對行者說：「小仙告辭。」

君王領眾跪拜，向行者問了伏妖的前後，舉國君臣內外，感謝稱讚。國王換了關文，大排鑾駕，請唐僧穩坐龍車，相送而別。

三藏師徒告別朱紫國王，繼續西進。不覺又到初春。走著走著，遇到一座庵林。三藏下馬，想親自去化齋。行者笑著說：「師父，你要吃齋，我自去化，怎麼叫你去化齋？」三藏說：「不是這麼說。平時你們沒遠沒近地去化齋，今天人家就在眼前，也讓我去化化齋。」

三藏持著缽盂自去。橋那邊有幾間茅屋，其中一座蓬窗，窗前有四位佳人，在那裡刺鳳描鸞做針線。長老見那人家沒個男人，不敢進去，躲在喬林下，心想：「我如果化不到齋飯，也叫徒弟笑話。」長老只好走上橋，走了幾步，只見那茅屋裡面有一座木香亭子，亭子下又有三個女子在那裡踢氣球。三藏高叫：「女菩薩，貧僧這裡隨緣布施些齋吃。」那些女子聽見，一個個拋了針線，撇了氣球，都笑吟吟地出了門，說：「長老，失迎了，請裡面坐。」長老隨眾女過了木香亭，有一女子上前，把石頭門推開兩扇，請唐僧裡面坐。長老進去，裡面鋪設的都是石桌、石凳。長老一驚，心想：「這個地方少吉多凶。」

三個女子陪著長老說話，另外四個到廚中做飯。你知道安排的是些什麼東西？原來是人油炒煉，人肉煎熬，熬得黑糊充作麵筋樣子，剜的人腦做成豆腐片。盛上兩盤捧到石桌上，對長老說：「請吃吧。」長老聞了一聞，不吃，轉身要走，女子們攔住門，一個個都會一些武藝，把長老扯住，按在地上，用繩子捆了，懸在梁上。

那些女子又都解開了上身羅衫，露出肚腹：一個個腰眼中冒出絲繩，有鴨蛋粗細，把莊門掩蓋了。

卻說行者、八戒、沙僧，在大道等候。行者好玩，跳樹攀枝，摘葉尋果，忽然一回頭，只見一片光亮，慌得跳下樹，吆喝著：「不好，不好！師父出事了！」八戒、沙僧一看，那一片光亮如雪。八戒說：「師父遇著妖精了！我們快去救他！」大聖兩三步跑到前邊，看見那絲繩纏有千百層厚，用手按了按，有些黏軟沾人。行者不知是什麼東西，正要打，又停住手，心想：「如果是硬的能打斷，這個軟的，只能打扁了。等我先問一問。」於是拈一個訣，念一個咒，土地老兒顯身，戰戰兢兢地跪在路邊，叫：「大聖，當境土地叩頭。」行者問：「你先起來，我問你，這一帶是什麼地方？」土地回答：「這一帶有嶺有洞。那嶺叫作盤絲嶺，嶺下有洞叫作盤絲洞，洞裡有七個妖精。」行者問：「是男怪女怪？」土地回答：「是女怪。」行者問：「有多大神通？」土地回答：「小神只知那正南方向，離這裡三里，有一座濯垢泉，天生的熱水，原來是上方七仙姑的浴池。自從妖精到這裡居住，占了濯垢泉。」行者問：「占了這個泉做什麼？」土地回答：「這怪占了浴池，一天三次，前來洗澡。現在又快來了。」

行者聽說，打發了土地。搖身一變，變作一隻蒼蠅，釘在路邊草梢上。一會兒，只聽呼呼吸吸的聲音，好像蠶食葉，時間不長，絲繩消失，依然現出村莊。裡邊笑語喧譁，走出七個女子，有說有笑，走過橋來，果然標緻。大聖飛在那前面走的女子雲髻上。才過橋來，後邊的走向前來，說：「姐姐，我們洗了澡，蒸那胖和尚吃。」那些女子南來，到了浴池。見一座門牆，後面一個女子，走上前，把兩扇門推開，那中間果然有一塘熱水。池上有三間亭子，亭子中放著一張八隻腳的板凳和兩個描金彩漆的衣架。行者飛在那衣架頭上。

那些女子一齊脫了衣服，搭在衣架上，跳到水裡玩耍。行者心想：「我只消把這棍子往池中一攪，一窩兒都是死。可憐！只是壞了老孫的名頭。不要打，送一個絕後計，叫她們出不得水！」好大聖，捏著訣，念個咒，搖身一變，變作一個餓老鷹，飛向前，伸出利爪，把衣架上搭的七套衣服，全部叼去，轉回嶺頭，現出原身，對八戒、沙僧說了情由。八戒聽說，便要前去打殺。行者說：「我是不打。你要打，你去打。」

八戒歡天喜地，跑到那裡，推開門，只見那七個女子，蹲在水裡，嘴中亂罵。八戒忍不住笑，說：「女菩薩，在這裡洗澡呢，也帶我洗洗好不好？」女怪問：「你是哪裡來的？」八戒回答：「你們把我師父弄到哪裡去了，快快交出。」女怪說：「沒見，沒見。」呆子不容分說，跳到水中，女怪一齊上前要打。八戒搖身一變，變作一個鯰魚精。女怪紛紛摸魚，滑溜溜的拿不住，只在女怪的腿襠裡亂鑽。一個個累得氣喘吁吁。八戒又跳出水面，現了原身。女怪們見了，魂飛魄散，在水中跪拜，說：「望老爺饒了我們吧！」八戒搖搖頭，說：「每人挨一鈀，各人走路！」呆子一味舉著鈀，趕上前亂打。女怪顧不上羞恥，用手遮著羞處，跳出水來，跑在亭子裡站住，作出法來：臍孔中不斷地冒出絲繩，搭了一個大絲篷，把八戒罩在當中。呆子抬頭不見天日，抽身便走，滿地都是絲繩，動動腳，跌個跤：往左邊去，摔倒，頭磕在地上；往右邊去，倒栽蔥。把呆子跌得頭暈眼花。女怪一個個跳出門來，各回本洞。到了石橋上站下，念動真言，把絲篷收了，赤條條跑進洞裡，從唐僧面前笑嘻嘻地跑過去。走到石房，取幾件舊衣穿了，來到後門，叫：「孩子們在嗎？」原來每個女怪各有一個乾兒子，叫做蜜、螞、蜍、班、蜢、蠟、蜻：蜜是蜜蜂，螞是螞蜂，蜍是蜍蜂，班是班毛，蜢是牛蜢，蠟是抹蠟，蜻是蜻蜓。原來女怪結網，擄住這七樣小蟲，當時這些蟲哀告饒命，願拜為母。聽得一聲呼喚，都到面前。眾怪說：「兒啊，早間我們錯惹了唐朝來的和尚，剛才被他徒弟攔在池裡，出了醜，幾乎喪了性命！你們快出門去迎戰。如果得勝，到你舅舅家來會我們。」女怪逃生，往他們師兄那裡去了。這些小蟲，一個個摩拳擦掌，出來迎敵。

卻說八戒跌得昏頭昏腦，見絲篷絲索消失，忍著疼回到原路，見了行者、沙僧，說了經過。沙僧說：「你闖下禍了！那怪回去一定會傷害師父，快去救他！」行者便走，八戒牽著馬急急來到莊前，只見石橋上有七個小妖擋住：「別過來，別過來！」好怪物！一個個手舞足蹈，亂打過來。八戒發狠，舉鈀上前。

究竟唐僧性命如何，且聽下回分解。

第四十四回　黃花觀多目怪下毒藥　千花洞毗藍婆破金光

話說那些小妖見呆子兇猛，一個個現了原身，飛走，叫聲：「變！」一個變十個，十個變百個，百個變千個，千個變萬個。只見：滿天飛抹蠟，遍地舞蜻蜓。蜜螞追頭額，蜍蜂扎眼睛。班毛前後咬，牛蝱上下叮。八戒慌了，說：「哥啊，只說經好取，西方路上，蟲子也欺負人呢！」大聖拔了一把毫毛，嚼得粉碎，噴出去，變作黃、麻、鮍、白、雕、魚、鷂。八戒問：「師兄，又說什麼呢，黃啊、麻啊的？」行者說：「黃是黃鷹，麻是麻鷹，鮍是鮍鷹，白是白鷹，雕是雕鷹，魚是魚鷹，鷂是鷂鷹。那妖精的兒子是七樣蟲，我的毫毛是七樣鷹。」瞬間，打得罄盡，地積尺餘。

三兄弟這才過橋，到洞裡找到師父。然後繼續西行。

師徒四人奔上大路，沒走多久，又遇到一處樓閣宮殿。來到門前，門上嵌著一塊石板，上有「黃花觀」三字。進了二門，正殿東廊下坐著一個道士正在做藥丸。三藏高叫：「老神仙，貧僧問訊了。」那道士猛抬頭，丟了手中的藥，降階迎接：「老師父失迎了，請裡面坐。」

長老歡喜上殿，和徒弟們坐下。道士便叫仙童獻茶。早驚動了那幾個冤家。原來那盤絲洞七個女怪和這道士同堂學藝，剛好來到這裡，正在後面裁剪衣服，見童子看茶，便問：「童兒，有客來了？」仙童說：「剛才有四個和尚進來，師父叫上茶。」女怪一聽，連忙囑咐仙童：「你快去送茶，跟你師父使個眼色，叫他到這裡來，我們有話說。」仙童獻了茶，使個眼色，道士便說：「各位先在這裡坐一坐。」叫：「童兒，放了茶盤侍候，我去去就來。」

道士走進方丈，七個女子跪下，叫：「師兄！聽小妹子一言！」便把前面發生的事說了一遍，又說：「我們特來投靠師兄！」道士聽說，十分生氣，說：「這些和尚原來這麼無禮！你們放心，等我擺布他們！你們都跟我來。」眾女子相隨。道士走到房裡，爬上屋梁，拿下一個小皮箱，從中取出一包毒藥，說：「妹妹，我這個寶貝，如果給凡人吃，只用一釐，入腹就死；如果給神仙吃，也只用三釐就絕。這些和尚，恐怕也得三釐。」一個女子拿了一把秤，說：「稱出一分二釐，分作四份。」又拿了十二顆紅棗，把棗掐破，每個塞上一釐，分配在四個茶盅裡；又把兩顆黑棗做一個茶盅，放在一個托盤裡。道士出去，請唐僧師徒坐下，叫：「童兒，快去換茶，快點辦齋。」小童正要走進去，眾女子招呼他，說：「這裡有現成好茶，拿進去。」童子把五盅茶拿了進去。道士雙手拿一個紅棗茶盅遞給唐僧。道士見八戒身軀長大，認作大徒弟，沙僧認作二徒弟，行者身材小，認作三徒弟，所以第四盅才遞給行者。行者眼乖，接了茶盅，早已經見到盤子裡那茶盅是兩個黑棗，便說：「先生，我和你換一杯。」道士笑了，說：「不瞞長老說，山野中貧道士，茶果一時不備。剛才在後面找果子，只有這十二個紅棗，做四盅茶奉敬。小道又不能空陪，所以把兩個下色棗作一杯奉陪。」行者笑著說：「這說哪裡話？我和你換換。」三藏說：「悟空，這仙長實在是愛客，你飲了吧，換什麼換？」行者無奈，左手接了，右手蓋住，看著他們。

八戒正是又飢又渴，見盅子裡有三個紅棗，拿起來都咽在肚裡。師父也吃了，沙僧也吃了。片刻，八戒臉上變色，沙僧滿眼流淚，唐僧嘴裡吐沫，都坐不住，暈倒在地。大聖知道中毒，把茶盅舉起望道士劈臉一扔。道士用袍袖隔住，噹的一聲，盅子粉碎。行者罵著：「你這畜生！為什麼下毒？」道士說：「你在盤絲洞化過齋嗎？你在濯垢泉洗過澡嗎？」行者說：「濯垢泉有七個女怪。你既然說出這種話，必定也是妖精！不要走！吃我一棒！」大聖從耳朵裡摸出金箍棒，晃一晃，有碗口粗，照著道士打來。道士轉身躲過，取一口寶劍來迎。裡邊的七個女怪一擁出來，叫：「師兄先別費心，等小妹子抓他。」只見那七個敞開懷，腆著雪白肚子，肚臍中作出法來：絲繩亂冒，搭起一個天篷，把行者蓋在底下。行者見事不妙，翻身念聲咒語，打個觔斗，撞破天篷，走了。立在空中觀看，那怪絲繩穿梭經緯，把黃花觀的樓臺殿閣遮得無影無形。

大聖按落雲頭，拈著訣，念聲真言，把土地老拘來，便問那七怪和道人的來歷。土地叩頭，說：「那妖精是七個蜘蛛精。吐的絲繩是蛛絲。」行者聽了，十分歡喜，讓土地回去了。行者來到黃花觀外，把尾巴上的毛捋下七十根，吹口仙氣，叫：「變！」變作七十個小行者；又在金箍棒上吹口仙氣，叫：「變！」變作七十個雙角叉子棒。每一個小行者，拿著一根。大聖自己使一根，站在外邊，用叉子攪絲繩，一齊著力，絲繩都被攪斷，各攪了有十多斤。從裡面拖出七個蜘蛛，足有巴掌大的身軀，一個個攢著手腳，只叫：「饒命！饒命！」七十個小行者，按住七個蜘蛛，哪裡肯放。行者說：「先不要打，叫他還我師父、師弟來。」七個怪厲聲高叫：「師兄，還他唐僧，救救我們吧！」道士從裡邊跑出，說：「妹妹，我要吃唐僧呢，救不得你們了。」行者大怒：「你不還我師父，先看看你這幾個妹妹的樣子！」好大聖，把叉子棒晃一晃，又成了一根鐵棒，雙手舉起，把七個蜘蛛精打爛，又把尾巴搖了兩搖，收了毫毛，單身掄棒，趕到裡邊打道士。

道士和大聖戰了五六十個回合，漸漸覺得手軟，便解開衣帶，脫了皂袍。行者笑著說：「我兒子！打不過，就脫衣裳！」道士脫了衣裳，把手抬起，兩脅下有一千隻眼，眼中迸放金光：把大聖困在金光黃霧中。行者慌了手腳，只在金光影裡亂轉，進不得也退不得，如同在桶裡一般。他急了，往上使勁一跳，沒撞破金光，又跌了一個倒栽蔥，撞的頭疼，急伸頭摸摸，把頭皮都撞軟了，心想：「晦氣！這顆頭今天也不中用了！」又一想：「前去不得，後退不得，左行不得，右行不得，往上又撞不得，卻怎麼好？往下走他娘的吧！」

大聖念個咒語，搖身一變，變作一個穿山甲，往地下一鑽，鑽了二十多里，才出頭。

那金光只罩得十多里。出來現了原身，力軟筋麻，渾身疼痛。忽然聽得山背後有人啼哭，回頭一看，一個婦人，身穿重孝，左手托著一盞涼漿水飯，右手拿著幾張燒紙黃錢，一步一聲哭著走來。行者禁不住躬身問：「女菩薩，你在哭誰？」婦人噙著淚，說：「我丈夫和黃花觀觀主買竹竿發生爭執，被他用毒藥茶藥死，我把這陌紙錢燒化，以報夫婦恩情。」行者聽說，眼中淚下。婦人見了，發怒：「我為丈夫生悲，你怎麼淚眼愁眉，成心戲我？」行者躬身答話：「女菩薩，我本是東土大唐欽差御弟唐三藏大徒弟孫悟空行者。這道士和我相鬥。他敗了陣，脫了衣裳，兩脅下放出千隻眼，有萬道金光，把我罩定。忽然聽得你哭，所以相問。哪敢相戲！」婦人放下水飯紙錢，賠禮說：「不要怪罪，我不知道是這樣的情形。你不認得那道士，他本是百眼魔君，又叫多目怪。我叫你去請一位聖賢，他能破得金光，降得道士。」行者連忙說：「請女菩薩指教。是哪位聖賢，我去請求，好救我師父，也一同報你丈夫之仇。」婦人說：「我說出來，降了道士，只可報仇，還不能救你師父。」行者問：「怎麼不能救？」婦人說：「那毒藥最狠：藥倒人，三天之間，骨髓都爛。你這一去遲了，所以說不能救。」行者說：「任憑有多遠，千里也只需要半天時間。」婦人說：「那好。這裡到那裡正好有千里。那裡有一座山，叫紫雲山，山中有個千花洞。洞裡有位聖賢，叫毗藍婆。能降得這個妖怪。」行者問：「那座山坐落哪裡？」婦人用手指著說：「往南便是。」行者回頭看時，那婦人早已經不見了。行者慌忙禮拜，說：「是哪位菩薩？我鑽昏了，不能相識，請留名，好謝！」只見半空中叫：「大聖，是我。」行者急忙抬頭，原來是黎山老姆。

行者趕到空中相謝：「老姆從哪裡來？」老姆說：「我才從龍華會上回來，見你師父有難，所以如此。你快去請，但不可說出是我指點，那聖賢會怪我的。」

行者謝了，辭別，觔斗雲一縱，到紫雲山上，找到千花洞。大聖走進去，見一個女道姑坐在榻上。行者近前叫：「毗藍婆菩薩，問訊了。」那菩薩下榻，合掌回禮：「大聖，失迎了，你從哪裡來？」行者說：「你怎麼認得我是大聖？」毗藍婆說：「你當年大鬧天宮，普地裡傳了你的形象，誰人不知，哪個不識？」行者說：「正是好事不出門，惡事傳千里，我如今皈正佛門，你就不知道了！」毗藍婆說：「什麼時候皈正的？恭喜！恭喜！」行者說：「我師父遇黃花觀道士，被毒藥茶藥倒。道士放金光罩住我，是我使神通走脫了。聽說菩薩能滅他的金光，特來拜請。」菩薩答應了。行者謝了，菩薩說：「我有一個繡花針，能破金光。」行者忍不住說：「老姆誤我，早知是繡花針，不麻煩你，老孫也能拿出一擔來。」毗藍婆說：「你那繡花針，用不得。我這個寶貝，非鋼，非鐵，非金，是我小兒眼裡煉成的。」行者問：「令郎是誰？」毗藍婆說：「小兒是昴日星官。」行者驚駭不已。毗藍婆隨著行者前行，早望見金光豔豔。行者對毗藍婆說：「金光處便是黃花觀。」

毗藍婆從衣領裡取出一個繡花針，眉毛粗細，有五六分長短，拈在手裡，望空中抛去。片刻，響了一聲，破了金光。行者大喜：「菩薩，妙哉妙哉！快去找針！」毗藍婆托在手掌內，說：「這個不是？」行者按下雲頭，走到觀裡，只見道士闔了眼，不能舉步。行者大罵：「你這潑怪裝瞎子呢！」從耳朵裡取出棒來就要打。毗藍婆扯住，說：「大聖別打，先看你師父去。」行者來到後面，他三人都倒在地上吐痰吐沫呢。毗藍婆說：「大聖不必憂傷，我今天索性積個陰德，我這裡有解毒丹，送給你三丸。」行者轉身拜求。菩薩從袖中取出一個破紙包，把三粒紅丸子遞給行者，叫放入嘴裡。行者扳開他們的牙關，每人嘴裡塞了一丸。片刻，藥味入腹，三人一齊嘔吐，得了性命。

毗藍婆說：「那個妖怪我收去看守門戶。」行者說：「感蒙大德，豈不奉承！但只是叫他現出本相，讓我們看看。」毗藍婆說：「容易。」上前用手一指，道士倒在塵埃裡，現了原身，原來是一條七尺長短的大蜈蚣精。毗藍婆用小指頭挑起，駕祥雲轉回千花洞。八戒說：「這媽媽真厲害，這麼容易就降了這個惡物。」行者笑著說：「這個繡花針，是她兒子在眼裡煉的。我想昴日星是隻公雞，這老媽媽必定是個母雞。雞最能降伏蜈蚣。」大家聽了，十分歡喜。

三藏師徒們放馬西行。又逢夏盡秋初，遇一座高山，見一老人，手持枴杖，遠遠立在山坡上高呼：「西進的長老，山上有妖魔，不可前進！」三藏大驚失色。大聖拈著訣，近前向那老人躬身請教。老人說：「這座山叫八百里獅駝嶺，中間有座獅駝洞，洞裡有三個魔頭。神通廣大！他手下小妖，南嶺上有五千，北嶺上有五千，東路口有一萬，西路口有一萬；巡哨的有四五千，把門的也有一萬；燒火的無數，打柴的也無數：共計算有四萬七八千。專在這裡吃人。」問得明白，行者謝了老人，回到三藏身邊，把老人的話說了。三藏戰戰兢兢，說：「悟空，怎麼辦啊？」行者笑著說：「師父放心，沒事。有我呢！」

正走著，不見了報信老人，大聖跳上高峰，見半空中有彩霞，縱雲趕上看時，原來是太白金星，行者追上，用手扯住，說：「李長庚！有什麼話，當面說就好，裝樣做什麼！」金星慌忙施禮，說：「大聖，報信來遲，勿怪！這個魔頭神通廣大，你要小心從事。」

大聖別了金星，按落雲頭，見了三藏，說：「剛才那個老人是太白金星。老孫先到嶺上打探打探！」

大聖呼哨一聲，一個觔斗雲，跳上高峰，山裡靜悄悄。正查看著，山背後走出一個小妖，扛著一竿「令」字旗，腰裡掛著鈴子，手裡敲著梆子，向南邊走來。大聖拈著訣，念個咒，搖身一變，變作一隻蒼蠅，飛在他的帽子上。只見小妖走上大路，敲著梆，搖著鈴，嘴裡念著：「我來巡山，大家小心孫行者！」行者暗想：「金星說老妖有三個，不知有多大手段。等我問問。」大聖從小妖的帽子上跳下，讓小妖先走上幾步，然後也變作一個小妖，也敲著梆，搖著鈴，扛著旗，只是比小妖稍長了三五寸，嘴裡也念念叨叨，趕上前，叫：「走路的，等等。」那小妖回頭，問：「你是哪裡來的？我沒見過你呀。」行者說：「怎沒見過？我是燒火的。」小妖搖頭，說：「沒有！我洞裡就是那些燒火的兄弟，可疑！我那裡燒火的只管燒火，巡山的只管巡山。你又燒火，還來巡山？」行者機靈，說：「大王見我火燒得好，就讓我來巡山。」小妖說：「我們巡山的，一班有四十名，十班共四百名，大王怕我們亂了班次，不好點卯，一家給我們一個牌子為號。你有牌子嗎？」大聖不說沒有，滿口應承：「我怎麼能沒牌子？只是剛領的新牌子。先把你的拿給我看看。」小妖掀起衣服，貼身帶著一個金漆牌子，穿條綠絨繩，給行者看了。

行者見牌子背面是個威鎮諸魔的金牌，正面有三個字：「小鑽風」。行者心想：「看來，只要是巡山的，必然有一個風字墜腳。」便說：「好了，等我拿牌子給你看。」一轉身，把尾巴根的小毫毛拔下一根，叫：「變！」變作一個金漆牌子，也穿上綠絨繩，上面有三個字：「總鑽風」。

究竟小妖又有什麼話說，且聽下回分解。

第四十五回　變鑽風行者嚇妖　陷寶瓶悟空出竅

話說小妖大驚，說：「我們都叫小鑽風，偏你又叫什麼總鑽風！」行者便說：「那是因為大王見我燒得火好，把我升了一個巡風，又給我一個新牌子，叫做總巡風，叫我管你們這一班兄弟呢。」小妖聽說，連忙說：「長官，等我到南嶺頭見了我這一班的人，再和您說話。」行者說：「既然如此，我和你一同去。」小妖前面走，大聖隨後。走了幾里地，來到一座山峰。行者坐在峰尖上，叫：「小鑽風！過來！」小鑽風說：「長官，伺候。」行者說：「大王要吃唐僧，怕孫行者變作小鑽風，來這裡打探消息，所以把我升作總鑽風，前來查勘。」小鑽風連聲說：「長官，我是真的。」行者說：「你既然是真的，大王有什麼本事，說說看。」小鑽風說：「我們大王要大能撐天堂，要小如同菜籽。有一年王母娘娘設蟠桃大會，邀請諸仙，我大王也想去，被玉皇派十萬天兵降伏我大王，我大王變化法身，張開大嘴，把天兵用力吞下去，嚇得眾天兵關了南天門。所以說是一口曾吞十萬兵。」行者暗笑：「這樣說來，老孫也曾經幹過。」又問：「二大王有什麼本事？」

小鑽風說：「二大王身高三丈，和人爭鬥，只要一鼻子捲去，就是鐵背銅身，也都會魂亡魄喪！」行者心想：「鼻子捲人的妖精也好拿。」又問：「三大王有什麼手段？」小鑽風說：「我三大王不是凡間怪物，號雲程萬里鵬，身上有一件寶貝，叫陰陽二氣瓶。把人裝在瓶中，一時三刻，化為漿水。」行者聽說，心驚：「妖魔倒不可怕，只是要仔細防他這個瓶子。」又說：「三個大王的本事，你說得不差。只是哪個大王想吃唐僧呢？」小鑽風說：「長官，你不知道？」行者大喝：「我來問你們，看看你們知道不知道！」小鑽風說：「我大王和二大王住在獅駝嶺獅駝洞。三大王不在這裡住，他住在離這裡西去四百里遠的地方。那裡有座城，叫獅駝國。五百年前，他吃了城中的人，現在那座城裡盡是一些妖怪。不知哪一年打聽得東土唐朝派一個僧人去西天取經，說唐僧是十世修行的好人，吃他一塊肉，就能延壽長生不老。只是怕他徒弟孫行者，所以來到這裡和我這兩個大王結為兄弟，合夥捉那個唐僧。」

行者大怒：「這潑魔十分無禮！我保唐僧成正果，他怎麼算計要吃我的人！」拿出鐵棒，跳下高峰，用棍子望小妖頭上壓了一壓，可憐，就壓得像一個肉餅！只為師父，幹出這件事來。遂把他的牌子解下，帶在腰裡，把「令」字旗扛在背上，腰裡掛了鈴，手裡敲著梆子，迎風拈個訣，口裡念個咒語，搖身一變，成了小鑽風模樣，轉回舊路。

闖入深山，舉目觀察，眼見獅駝洞口有上萬名小妖持著槍刀劍戟守衛。大聖心想：「李長庚所說，一句不差！」行者心生一計，敲著梆，搖著鈴，闖到獅駝洞口，被前營小妖擋住，問：「小鑽風來了？」行者說：「來了。」眾妖問：「你今天巡山，撞見孫行者了嗎？」行者說：「撞見了，正在那裡磨棍子呢。」

眾妖害怕，問：「他什麼模樣？磨什麼棍子？」行者說：「他蹲在那澗邊，好像一個開路神。站起來有十多丈長！手裡拿著一條鐵棒，有碗口粗的一根大棍子，在那石崖上邊磨邊說：『棍子啊！你顯顯神通，這一去就有十萬妖精，都替我打死！』」那些小妖聽說，一個個心驚膽戰。行者又說：「各位，那唐僧的肉也不多幾斤，也分不到我們這裡，我們替他頂這個缸做什麼！不如我們各自散去吧。」眾妖都說：「說得是，我們先各自保命去。」原來這些妖精都是一些狼蟲虎豹、走獸飛禽，一哄散去。行者暗喜：「好了！都走了，我先進洞裡去看看。」

行者進了洞，走了七八里，才到三層門。裡面高坐著三個老妖，十分猙獰。一個是青毛獅子怪，一個是黃牙老象，一個是大鵬雕。行者大踏步向前稟報：「奉大王命，巡山時遇到一個人，蹲在那裡磨棍子，像個開路神，站起來，有十多丈長短。因此知他是孫行者，特來報告。」老魔聽了，戰兢兢地說：「小的們，把洞外大小都叫進來，關了門，讓他過去吧。」有頭目報：「大王，門外的小妖，都散了。」老魔說：「怎麼都散了？想必是聽得風聲不好，快關門！快關門！」眾妖把前後門緊閉。行者心驚：「這一關門，他再問我家長裡短，我說不上來，豈不露出痕跡？先嚇唬嚇唬他，叫他開著門，好跑。」上前便說：「大王，他還說了難聽的話。」老魔問：「他又說了什麼？」行者說：「他說拿大大王剝皮，二大王剮骨，三大王抽筋。你們如果關了門不出去啊，他會變化，變成一個蒼蠅，從門縫裡飛進，把我們都拿出去，怎麼辦才好？」老魔說：「兄弟們仔細，我這洞裡，從來沒有蒼蠅，只要有蒼蠅進來，就是孫行者。」行者暗笑：「就變個蒼蠅嚇嚇他，好開門。」大聖閃在一邊，伸手從腦後拔了一根毫毛，吹一口仙氣，叫：「變！」變作一個金蒼蠅，飛去望老魔臉上撞去。那老怪慌了，說：「兄弟！不好了！」

驚得大小群妖，都上前亂撲蒼蠅。大聖忍不住，笑出聲來。這一笑笑出原嘴臉來，第三個老妖魔跳上前，一把扯住，說：「哥哥，差點被他騙了！」老魔問：「賢弟，誰騙誰？」三怪說：「剛才這個回話的小妖，不是小鑽風，他就是孫行者。」行者慌了，心想：「他認得我了！」又對老怪說：「我怎麼是孫行者？我是小鑽風，大王錯認了。」老魔笑著說：「兄弟，他是小鑽風。他一天三次在我面前點卯，我認得他。」又問：「你有牌子嗎？」行者說：「有。」拿出牌子，遞給老怪。老怪看了，說：「兄弟，不要委屈了他。」

三怪說：「哥哥，你沒有看見，他剛才閃身，笑了一聲，我見他露出雷公嘴來了。見我扯住，他又變作現在的模樣。」叫：「小的們，拿繩子來！」眾頭目取來繩索。三怪把行者扳倒捆住，揭起衣裳一看，就是一個弼馬溫。原來行者有七十二般變化，變人物時，只是頭臉變了，身子變不過來。老魔叫上三十六個小妖，開了庫房門，抬出一個瓶子來。你說那瓶子有多大？只有二尺四寸高。怎麼用得三十六個人抬？原來那瓶子是陰陽二氣之寶，裡面有七寶八卦、二十四氣，需要三十六人才能抬得動。不久，寶瓶抬出，放在三層門外，揭開蓋，把行者身上的繩索解了，脫了衣服，就著那瓶子中的仙氣，颼的一聲，吸到裡面，蓋子蓋上，貼了封皮。

卻說行者到了瓶中，被那寶貝把身體壓得小了，索性變化，蹲在當中。半晌，倒還陰涼，行者笑了，不由失聲：「這妖精徒有虛名。一時三刻，化成膿血？這般涼快，就是住上七、八年也沒事！」咦！行者原來不知那寶貝根由；如果裝了人，一年不說話，一年陰涼，只要開口說話，就有火來燒了。大聖還沒說完，滿瓶都是火焰。他趕緊拈著避火訣，忍耐半個鐘點，四周鑽出四十條蛇來咬。行者掄開手，抓過來，盡力氣一擰，擰作八十段。又過了一會兒，又有三條火龍出來，在行者上下盤繞。大聖拈著訣，念聲咒，叫：「長！」長了一丈多高，那瓶緊貼著身，也長起來，他把身子往下一小，瓶子也就小了下來。行者心驚，胳膊上有些疼痛，伸手一摸，已被火燒軟了，不由心焦：「胳膊燒軟了！萬一弄個殘疾，怎麼才好！」忍不住落淚，忽然想起菩薩當年在蛇盤山所賜三根救命毫毛，伸手渾身摸了一把，腦後有三根毫毛，十分硬，咬著牙，忍著疼，拔下毛，吹口仙氣，叫：「變！」一根變作金鋼鑽，一根變作竹片，一根變作棉繩。做了一個篾片弓，牽著那鑽，照瓶底下颼颼地一頓鑽，鑽成一個孔，透進光亮，才變化出身，那瓶又陰涼了。原來被他鑽了，把陰陽之氣洩了。

大聖收了毫毛，身體一小，變作一個飛蟲，從孔中鑽出。行者身子一抖，收了脫去的衣服，現出原身，跳出洞外。踏著雲頭，轉回到唐僧那裡。見到長老，把前面的事情，細細說了一遍。

然後，行者、呆子駕著雲霧，跳上高山，來到洞口。行者上前，持鐵棒，厲聲高叫。老魔出來，問：「你這麼雄糾糾地嚷到我門上來，是不是想打啊？」行者說：「正是。」老魔抖擻威風，雙手舉刀，和大聖鬥了二十多個回合，不分輸贏。八戒忍不住，跳起，望妖魔就打。老魔慌了，丟了刀，回頭就走。大聖大喝：「趕上！趕上！」呆子舉著釘鈀，趕上去。老魔見他趕過來，在坡前站住，迎著風頭，現了原身，張開大嘴，就要吞八戒。八戒害怕，急忙往草裡一鑽，那怪張嘴來吞，行者趕到，收了鐵棒，迎了上去，被老魔一口吞下。老魔得勝而去。呆子這才鑽出草來，溜回舊路。

老魔吞下行者，以為得計，回到本洞，說：「拿了一個。」二魔大喜：「哥哥拿的是誰？」老魔說：「是孫行者。」二魔問：「現在哪裡？」老魔說：「被我一口吞在肚裡了。」第三個魔頭大驚，說：「大哥啊，我沒能提醒你，孫行者不能吃！」大聖在老魔肚裡說：「能吃！」慌得小妖說：「大王，不好了！孫行者在你肚子裡說話呢！」老魔說：「不怕他說話！有本事吃了他，沒本事擺布他？你們快去燒一些鹽湯，等我灌下肚去，把他嘔出來，慢慢地煎了下酒。」小妖沖了半盆鹽湯。老怪一飲而盡，張著嘴，使勁一嘔，大聖在肚子裡好像生了根，動也不動。老魔吐得頭暈眼花，黃膽都破了，行者就是不動。老魔叫：「孫行者，你不出來？」行者說：「早呢！正好不出來呢！」老魔問：「你為什麼不出來？」行者說：「你這個妖精，我做和尚，如今秋涼，我還穿著一件單褂。這肚子裡暖和，又不透風，等我住過冬天才好出來。」眾妖聽說，嘟囔著：「大王，孫行者要在你肚子裡過冬呢！」老魔說：「他要過冬，我就打起禪來，使出搬運法，一個冬天不吃飯，餓死那弼馬溫！」行者說：「你這兒子，真不懂事！老孫保唐僧取經，帶了一個折疊鍋，進來煮雜碎吃。把你這裡邊的肝腸肚肺慢慢地享用，還能維持到清明呢！」二魔大驚：「哥啊，這猴子他幹得出來！」三魔說：「哥啊，吃雜碎還不知在哪裡支鍋呢。」行者說：「三叉骨上好支鍋。」三魔說：「不好了！如果支起鍋，燒火出煙，到了鼻孔裡，還不打噴嚏嗎？」行者笑著說：「沒事！等老孫用金箍棒往頂門裡一搠，搠個窟窿：一來當天窗，二來當煙洞。」老魔聽說，雖說不怕，卻也心驚，只得硬著膽子叫：「兄弟們，不要怕，把我的藥酒拿來，等我飲幾盅下去，把猴子藥死！」行者暗笑：「老孫五百年前大鬧天宮，吃老君丹、玉皇酒、王母桃，以及鳳髓龍肝，哪樣東西我沒吃過？是什麼藥酒，能來藥死我？」小妖把藥酒篩了兩壺，滿滿斟了一盅，遞給老魔。老魔接在手裡，大聖在肚子裡聞得酒香，說：「不要給他吃！」大聖把頭一扭，變作一個喇叭口子，張在他的喉嚨下。那怪嚥下，被行者接吃了。一連嚥了七八盅，都是行者接吃了。老魔放下盅，說：「不吃了，這酒平時吃兩盅，腹中如火，剛才吃了七八盅，臉上紅也不紅！」大聖飲不得酒，接了他七八盅，在肚子裡撒起酒瘋，不住地支架子，踢飛腳，豎蜻蜓，翻觔斗亂舞。那怪物疼痛難禁，倒在地下。

話說孫大聖在老魔肚子裡一陣折騰，那魔頭倒在塵埃，回過一口氣來，連連叫：「饒了我吧，願送你師父過山。」大聖見妖魔哀告，叫：「妖怪，我先饒你，你張開嘴，我出來。」那魔頭張開了嘴。三魔走過來，悄悄地對老魔說：「大哥，等他出來時，用牙往下一咬，把猴子嚼碎，嚥下肚，就害不了你了。」行者在裡面聽到，先金箍棒伸出，那怪果然往下一咬，喳一聲，把門牙都咬碎了。三魔見了，說：「你出來，我和你鬥！」行者聽了，心想：「我如今扯斷他腸，弄死這怪，有什麼難的？只是壞了我的名聲。」便說：「也好！只是你這洞裡太窄，到外邊打去吧。」三魔聽說，派出大小怪三萬，都持著器械，出洞擺開陣勢，專等行者出來。二怪攙著老魔，在門外叫：「孫行者！好漢出來！」

大聖在他肚子裡，聽得外面鴉鳴鵲噪，知道是寬闊的地方，心想：「我不出去，是失信於他；如果出去，這妖精人面獸心。好吧，出去就出去，還是給他肚子裡生下一個根才好。」一轉手，把尾上毫毛拔了一根，吹口氣，叫：「變！」變出一條繩子，頭髮一般粗細，有四十丈長短。那繩子理出去，見風就長粗了。把一頭拴著妖怪的心肝，打了一個活扣，那扣不扯不緊，扯緊就痛。手上拿著一頭，笑著說：「這一出去，他送我師父便罷；如果不送，我也沒工夫和他打，只要扯繩子！」做完，身子變得小小的，往外爬，爬到咽喉下，見妖精大張著嘴，上下鋼牙，好大聖，理著繩子，從他那上顎往前爬，爬到他鼻孔裡。老魔鼻子發癢，打了一個噴嚏，迸出行者。行者見了風，把腰躬一躬，長了三丈長短，一隻手扯著繩子，一隻手拿著鐵棒。魔頭不知好歹，見他出來了，手舉鋼刀，劈臉來砍，大聖一隻手用鐵棒相迎。

又見那二怪使槍，三怪使戟，沒頭沒臉地亂打。大聖放鬆了繩子，收了鐵棒，縱身駕雲走了，原來是怕那夥小妖圍住，不好幹事。跳出營外，在那空闊山頭上，落下雲，雙手把繩子盡力一扯，老魔心裡疼了起來。老魔往上一掙，大聖又往下一扯。用力氣蹬了一蹬，老魔從空中跌落到塵埃裡，把那山坡下死硬的黃土砸出二尺淺深的坑。

究竟老魔性命如何，請聽下回分解。

第四十六回　師徒被蒸上鐵籠　龍王得令護鍋下

話說慌得二怪三怪一齊按下雲頭，上前拿住繩子，跪在坡下哀告：「大聖慈悲，願送老師父過山！」行者笑著說：「你要性命，只須拿刀把繩子割斷就是了。」老魔說：「爺爺呀，割斷外邊的，這裡邊的拴在心上，怎麼是好啊？」

行者說：「我能從外邊解開裡面的繩頭，你能老老實實地送我師父嗎？」老魔說：「能。」大聖問了明白，身子一抖，收了毫毛，老魔的心不疼了。這是孫大聖的法兒，用毫毛拴著他的心，收了毫毛，所以不疼。三個妖精一齊謝了行者，說：「大聖請回，我們抬轎來送。」眾怪歸洞。

大聖收了繩子，轉到山的東面，遠遠地看見唐僧在地下打滾痛哭，豬八戒和沙僧解了包袱，正分行李呢。行者暗暗嗟嘆，心想：「這一定是八戒對師父說我被妖精吃了，師父捨不得我才痛哭，那呆子正分東西準備散夥呢。」見到師父，說明情形，三藏大喜，八戒、沙僧臉上露出慚愧的面容。

卻說三個魔頭回洞，二怪說：「哥哥，你不該呑他，只和他鬥，他哪裡鬥得過你我！

現在你也沒事了，剛才說送唐僧，都是假意，實在是為救兄長的性命。我決不送他！」老魔問：「賢弟不送，為什麼？」二怪說：「你給我三千小妖，我有本事拿住這個猴頭！」說完，二魔叫上三千小妖，在大路邊擺開，安排一個藍旗手前來傳報：「孫行者！快出來，我二大王爺爺要交戰！」八戒笑著說：「哥啊，怎麼說降伏了妖精，現在又來叫戰，怎麼會這樣啊？」行者說：「老怪已被我降伏了。這一定是二妖魔不服氣。我已降伏了大魔，二魔出來，你就和他戰戰，好不好？」八戒笑著說：「哥啊，去就去，你把那繩子借給我使使。」行者說：「你要它做什麼？你又沒本事鑽在他肚裡，要繩子有什麼用？」八戒說：「我要扣在腰上，做個救命索。你和沙僧扯住，放我出去，和他交戰。贏了他，你便放鬆，我把他拿住；如果輸給他，你把我扯回來，不要叫他拉了去。」行者暗笑：「也好！捉弄捉弄這呆子！」於是把繩子扣在他腰上，讓他出戰。

那呆子舉釘鈀跑上山崖，叫：「妖精出來！」二怪出營，見了八戒，挺槍刺來。這呆子舉鈀上前迎住。兩個鬥不上七八回合，呆子手軟，急忙回頭，叫：「師兄，不好了！扯扯救命索，扯扯救命索！」大聖聽說，把繩子放鬆了拋出去。那呆子敗陣，繩子一鬆，絆了一跤，被妖精趕上捉住，得勝回洞。

三藏看見，對行者說：「悟空，那呆子這一去，少吉多凶，你還是去救救他。」

行者縱身，趕上山，心想：「先跟著那妖精，看看怎麼擺布那呆子，等他受些罪，再去救他。」拈訣念起真言，搖身一變，變作飛蟲，釘在八戒耳朵根上，和那妖精到了洞裡。二魔把八戒拿到裡邊，說：「哥哥，我拿了一個。」老怪看過，叫把八戒捆住，送至池塘邊，往中間一推。

行者現出原身，用手提著呆子的腳，拉上來，解了繩子。八戒起來，脫下衣裳，擰乾了水，抖一抖，溼淋淋地披在身上，說：「哥哥，從後門走吧。」行者說：「從後門走多沒面子，還是打前門上去。」八戒說：「我的腳捆麻木了，跑不動。」行者說：「快跟我來。」

大聖用鐵棒一路打出去。那呆子忍著麻，跟著他，見二門靠著他的釘鈀，走上前，推開小妖，撈過來往前亂打，打出三四層門，不知打死了多少小妖。老魔看見，對二魔說：「拿得好人！你看孫行者搶了豬八戒，在門上打小妖呢！」二魔綽槍在手，趕出門，罵著：「潑猢猻！十分無禮！」大聖聽見，站住。那怪物不容分說，使槍便刺。兩個在洞門外，一場好殺。八戒見大聖和妖精交戰，只在山嘴上豎著釘鈀，不敢來打，只是呆呆地看著。妖精見行者棒重，把槍架住，甩開鼻子，要來捲他。行者用雙手把金箍棒橫起來，往上一舉，被妖精一鼻子捲住腰胯，沒能捲到手。行者兩隻手在妖精鼻頭上丟花棒玩耍。八戒見了，捶胸頓足，大喊：「咦！那妖怪晦氣呀！他那兩隻手拿著棒，只要往鼻裡一搠，那孔子裡害疼流涕，怎能捲得住？」行者原無這個意思，倒是八戒提醒了他。他就把棒晃一晃，細如雞蛋，長有一丈多，往他鼻孔裡一搠。那妖精害怕，把鼻子往下放，被行者轉手過來，一把抓住，用氣力往前一拉，那妖精怕疼，舉步跟來。八戒這才敢靠近，拿著釘鈀照妖精膀子上亂打。行者說：「不好！那鈀齒兒尖，打破皮，淌出血來，師父又要說我們傷生，只用柄子來打吧。」呆子於是舉鈀柄，走一步，打一下，行者牽著鼻子，牽至坡下，來到三藏面前。那怪跪下，叫：「唐老爺，請饒命，馬上抬轎相送。」行者說：「我師徒都是好人，先饒了你的命，快抬轎來。如果再變卦，拿住後決不再饒！」那怪磕頭而去。

二魔戰戰兢兢回到洞裡，把三藏慈憫之心對眾說了一遍，問：「可送唐僧嗎？」三魔笑著說：「送！送！送！」老魔說：「賢弟這話，卻又有些負氣了。你不送，我們兩個送去吧。」三魔又笑著說：「二位兄長在上，那和尚如果不要我們送，還是他的造化；如果要送，正中我調虎離山計。」老怪問：「怎麼叫調虎離山？」三怪說：「如今把滿洞群妖集中起來，萬中選千，千中選百，百中選十六個，再選三十個。」老怪問：「怎麼既要十六，又要三十？」三怪說：「要三十個會烹煮的，給他一些精米、細麵、竹筍、茶芽、香蕈、蘑菇、豆腐、麵筋，叫他二十里，或三十里，搭下窩鋪，安排茶飯，管待唐僧。」老怪問：「又要十六個做什麼？」三怪說：「叫八個抬轎，八個喝路。我們弟兄相隨左右，送他一程。這一去向西四百多里，就是我的城池，我那裡自有接應的人馬，到了城邊，如此如此，叫他師徒首尾不能相顧。要捉唐僧，全在於此。」老怪聽說，歡欣不已，說：「好！好！好！」當時先選了三十小妖，又選了十六個小妖，抬一頂香籐轎子，出門。

老怪率眾到大路上高叫：「唐老爺，請早早過山。」三藏合掌朝天，說：「善哉！善哉！如果不是賢徒這麼能耐，我怎麼能過得去？」眾妖叩首，說：「請老爺上轎。」三藏肉眼凡胎，不知是計；孫大聖是太乙金仙，只以為降了妖怪，也沒有再加以詳察，當時就讓八戒把行囊放在馬上，和沙僧一起緊隨，他拿著鐵棒向前開路。八個小妖抬起轎子，前面八個小妖喝道。三個妖魔扶著轎槓，師父高高興興地端坐在轎上，上了高山，順著大路前行。

也不知道走了幾天，終於走出四百多里，見城池相近。行者舉著鐵棒，離轎僅有一里，見到城池，嚇了一跳。行者望見那城中有許多惡氣，又聽得耳後風響，急忙回頭觀看，原來是三魔雙手舉著一柄畫桿方天戟，往大聖頭上打來。大聖用金箍棒相迎。又見那個老魔頭，傳下號令，舉起鋼刀便砍八戒。八戒慌忙棄馬，掄著鈀向前亂打。那二魔用長槍望沙僧刺來，沙僧使降妖杖支住。三個魔頭和三個和尚，一個敵一個，在那山頭苦戰。十六個小妖，搶了白馬和行囊，把三藏一擁，抬著轎子來到城邊，高叫：「大王爺爺定計，已拿得唐僧來了！」城上大小妖精，一個個跑下來，城門大開，吩咐各營捲旗息鼓，不許吶喊篩鑼，說：「大王有令在前，不許嚇著唐僧。唐僧禁不得恐嚇，一嚇肉就酸了，不能吃了。」眾妖精把唐僧一轎子抬上金鑾殿，請他坐在當中，獻茶獻飯，圍在中間。長老昏昏沉沉，舉眼無親。

長老困苦，先按下不說。卻說三個魔頭和大聖兄弟三人，鬥了很久，漸漸天晚。八戒招架不住，拖著鈀，敗陣就走，被老魔舉刀砍去，幾乎傷了性命，幸虧頭躲過去，被削斷幾根鬃毛，被抓拿到城裡去了。沙和尚見事不妙，虛晃寶杖，回頭便走，被二怪甩開鼻子，連手捲住，拿到城裡，也叫小妖捆在殿下，卻又騰空去拿行者。行者見兩個兄弟遭擒，大喊一聲，用棍子隔開三個妖魔的兵器，一個觔斗駕雲走了。三怪見行者駕觔斗，便抖抖身，現了本相，扇開兩翅，趕上大聖。這妖精扇一翅有九萬里，比大聖快，被他一把抓住，拿在手裡，掙扎不得。也拿到城內，和八戒、沙僧一樣，捆了。

眾怪一齊相見，便把唐僧推下殿，三個徒弟都捆在地下。只聽得老魔說：「三賢弟有力量、有智謀，成此妙計！」叫：「小的們，五個打水，七個刷鍋，十個燒火，二十個抬出鐵籠來，把那四個和尚蒸熟，讓我兄弟們受用，各散一塊給小的們吃，也讓大家個個長生。」八戒聽見，戰兢兢地說：「哥哥，你聽，那妖精算計要蒸我們吃呢！」行者說：「不要怕，我會想辦法。」正說著，小妖來報：「水開了。」老怪傳令，眾妖一齊上手，把八戒抬在鐵籠的底下一格，沙僧抬在二格。行者知道就要來抬他，他就脫了身，拔下一根毫毛，吹口仙氣，叫聲：「變！」變作一個行者，捆了麻繩，真身跳在半空裡，低頭觀看。眾妖不知真假，見人就抬，把假行者抬在第三格。又來把唐僧捆住，抬到第四格。乾柴架起，烈火氣焰騰騰。大聖在雲端裡嗟嘆：「八戒、沙僧，還能忍受一會兒，我那師父，只要一下子就爛。得想辦法救他！」好行者，在空中掐著訣，念一聲「藍淨法界，乾元亨利貞」的咒語，只見雲端裡出現一朵烏雲，高叫：「北海小龍敖順叩頭。」行者說：

「請起！無事不敢麻煩，今天唐師父到這裡，被毒魔拿住，上鐵籠蒸呢。你去給我護持護持，不要蒸壞了我師父。」

龍王身體變作一陣冷風，吹到鍋下，盤旋圍護。

已經到了深夜，只聽得老魔說：「手下的，你們用心看守，十個小妖輪流燒火，讓我們退宮睡上一覺。到明天天快亮時，必然爛了，那時可安排下蒜泥鹽醋，請我們起來，空腹享用。」眾妖遵命，三個魔頭去了。行者在雲端裡，聽到吩咐，低下雲頭，搖身一變，變作一個黑蒼蠅，釘在鐵籠格外觀察。裡面三藏和八戒、沙僧正說著話。正想去救時，面對眼前這十個燒火的，忽然想起：「我當初做大聖時，曾經在北天門和護國天王猜枚玩耍，贏了他的瞌睡蟲，現在還有幾個，用了吧。」於是往腰間摸摸，還有十二個。「用十個，留下兩個做種。」蟲兒拋出，分別落在十個小妖臉上，鑽入鼻孔，小妖漸漸打盹，睡倒了。

行者心想：「這法子還真靈！」於是把假變的毫毛抖了抖，收上身來，又一層層地放了長老、沙僧、八戒。念聲咒語，發放了龍神，又輕手輕腳，走到金鑾殿下，放了馬，悄悄地牽出來，請師父上馬。長老戰戰兢兢地騎上，就要走，行者說：「先別急，等我把行李找來。」唐僧說：「我記得進門時，眾怪把行李放在金殿左邊，擔子也在那一邊。」行者說：「知道了。」來到寶殿，見裡面光彩飄搖。只因唐僧的錦袈裟上有夜明珠，夜晚會放光。見擔子也在，連忙拿下去，交給沙僧挑著。八戒牽著馬，行者領路，直奔正陽門。

這時，聽到梆鈴亂響，門上有鎖，鎖上貼了封皮。行者說：「防守嚴密，怎麼辦？」八戒說：「哥哥，我們到那沒梆鈴的地方，幫著師父，爬過牆去吧。」行者沒辦法，只得依他，到淨牆邊，爬出。

也是三藏災星未脫。那三個魔頭，在宮中正睡著，忽然驚醒。說走了唐僧，一個個披衣起來，來到寶殿，問：「唐僧蒸熟了沒有？」那些燒火的小妖都睡著了，其餘沒做事的，驚醒幾個，冒冒失失地答應：「應當蒸熟了！」跑到鍋邊，只見籠格子丟在地下，燒火的還都睡著，慌忙來報：「大王，走、走、走、走了！」三個魔頭下殿，到鍋前看時，籠格子亂丟在地下，湯鍋冷了，那燒火的鼾睡如泥。慌得眾怪一齊吶喊，都叫：「快拿唐僧！快拿唐僧！」前前後後、大大小小妖精，都驚醒起來。刀槍簇擁，來到正陽門下，見那封鎖沒動，梆鈴不絕，問外邊巡夜的：「唐僧從哪裡走了？」都說：「沒有人走出。」又趕到後宰門，和前門一樣。燈籠火把照得夜晚如同白日，正好照見長老師徒爬牆呢！老魔趕過去，大喝：「哪裡走！」長老嚇得腳軟筋麻，跌下牆來，被老魔拿住。二魔捉了沙僧，三魔擒倒八戒，眾妖搶了行李白馬，只是走了行者。

三魔說：「我皇宮裡面有一座錦香亭子，亭子內有一個鐵櫃。依著我，把唐僧藏在櫃裡，關了亭子，然後傳話，就說唐僧已被我們生吃了。讓小妖到處去說，那行者必然來探聽消息，聽見這話，一定死心塌地而去。等三五天，行者不再來攪擾，我們再把唐僧拿出來，慢慢享用，好不好？」老怪、二怪大喜：「是，是，是！兄弟說得有理！」唐僧於是被藏在櫃裡，關閉了亭子，傳出謠言。

卻說行者顧不得唐僧，駕雲走脫，來到獅駝洞裡，一路使棍，把那上萬名小妖，都殺了。然後急忙回來，正好東方日出，到了城邊，落下雲頭，搖身一變，變作一個小妖，混入門裡，大街小巷，打探消息。只聽得滿城裡都講：「唐僧被大王連夜生吃了。」前前後後，都是這麼說。行者心焦，走到金鑾殿前查看，那裡邊有許多精靈，行者暗想：「先進去打聽打聽。」大聖混入金門。正走著，只見八戒被綁在殿前柱上。行者近前叫聲：「悟能。」那呆子認得聲音，說：「師兄，你來了？救救我！」

行者說：「我救你，你知道師父在哪裡？」八戒說：「師父沒了，昨夜被妖精生吃了。」行者聽了，失聲痛哭。又往裡面去找。見沙僧被綁在後簷柱上，近前摸著他胸，叫：「悟淨。」沙僧也識得聲音，說：「師兄，你變化進來了？救我！救我！」行者說：「救你容易，你可知道師父在哪裡？」

究竟行者如何找到唐僧，且聽下回分解。

第四十七回　如來獅駝國收魔　悟空比丘國救嬰

話說沙僧落下眼淚，說：「哥啊！師父被妖精生吃了！」大聖聽到兩個人講的一樣，心如刀絞，淚似水流，縱身望空跳起，先不救八戒、沙僧，回到城東山上，按落雲頭，放聲大哭，叫：「師父啊！誰知道經歷如此艱苦跋涉，今天在這裡喪命！罷！罷！罷！老孫先駕觔斗雲，去見如來，說明前事。如果肯把經給我送上東土，一是傳揚善果，二是了卻心願；如果不肯給我，就叫他把鬆箍咒念念，退下這個箍子，交還給他，老孫回到花果山去。」

大聖駕起觔斗雲，沒用半個時辰，就望見靈山。按落雲頭，到靈鷲峰下，早已經驚動如來。如來佛祖端坐在九品寶蓮臺上，正和十八尊輪世的阿羅漢講經，忽然開口：「孫悟空來了，你們先出去接待。」行者進前，眾阿羅領他到寶蓮臺下。行者見到如來，倒身下拜，兩淚悲啼。如來問：「悟空，有什麼事這麼悲啼？」

行者便說了一遍，淚如泉湧，悲聲不絕。如來笑著說：「悟空不要煩惱。那妖精神通廣大，你打不過他，所以心痛。」行者跪在下面，捶著胸，說：「不瞞如來，弟子當年鬧天宮、稱大聖，沒有吃過虧，今天卻遭到這毒魔的惡手！」如來說：「那妖精我認得他。」行者猛然失聲，說：「如來！我聽見有人講，那妖精和你有親呢。」如來說：「你這個刁猢猻！妖精怎麼和我有親？」行者笑了，說：「不和你有親，你怎麼認識？」如來說：「我慧眼觀察，所以認得。那老怪和二怪有主。」說完，叫阿難、迦葉：「你兩個分頭駕雲，去五臺山、峨眉山宣文殊、普賢來見。」二尊者奉旨而去。如來說：「這是老魔、二怪的主人。只是那三怪，說起來也是和我有點親。」行者問：「是什麼親？」如來說：「自從那混沌分時，天地再交合，萬物盡皆生。萬物有走獸飛禽，走獸以麒麟為長，飛禽以鳳凰為長。那鳳凰又得交合之氣，育生孔雀、大鵬。孔雀出世時最惡，能吃人，一口能吸了四十五里路的人。我在雪山頂上修成丈六金身，早被她吸到肚裡去。我想從她便門出來，恐怕玷汙真身，於是我剖開她脊背，跨上靈山。本想要她的命，被諸佛勸解，傷孔雀如傷我母，所以留她在靈山會上，封她做佛母孔雀大明王菩薩。大鵬和她是一母所生，所以有點親。」行者聽了，笑著說：「如來，這樣說來，你還是妖精的外甥呢。」如來說：「那怪必須是我親自去，才可收伏。」

如來走下蓮臺，又走出山門，阿難、迦葉領著文殊、普賢來見。二菩薩對如來佛禮拜，如來說：「菩薩的獸，下山多久了？」文殊說：「七天了。」如來說：「山中七天，世上千年。不知傷了多少生靈，快隨我前去。」二菩薩相隨左右，共同飛到空中。不一會兒，來到城池上空。行者說：「如來，那放黑氣的地方就是獅駝國。」如來說：「你先下去，和妖精交戰，許敗不許勝。我來收他。」大聖按下雲頭，到城上叫戰。三個魔頭各持兵器趕來，見了行者，舉兵器一齊亂刺，行者掄著鐵棒，鬥了七八個回合，佯敗退走。那妖王喊聲大震，叫：「哪裡走！」大聖一個觔斗，跳上半空，三個妖精駕雲來趕。行者身體一閃，藏在如來佛金光影裡，頓時不見了。過去、未來、現在的三尊佛和五百阿羅漢、三千揭諦神，把三個妖王圍住，水洩不通。老魔慌了手腳，叫：「兄弟，不好了！那猴子真靈！居然請來了主人公！」

三魔說：「大哥不要慌，我們一齊上前，搠倒如來，奪他那雷音寶剎！」這魔頭舉刀上前亂砍，被文殊、普賢，念動真言，喝住：「孽畜還不皈正，更待如何！」嚇得老怪、二怪，不敢再打，扔了兵器，打個滾，現了本相。二菩薩把蓮花臺拋在那怪的脊背上，飛身跨上，二怪皈依。

二菩薩收了青獅、白象，只有那第三個妖魔不服，騰開翅，丟了方天戟，扶搖直上，掄起利爪要捉猴王。如來閃出金光，把那鵲巢貫頂之頭，迎風一晃，變作鮮紅的一塊血肉。妖精掄利爪叨他一下，被佛爺把手往上一指，那妖翅膊上鬆了筋，飛不動了，只在佛頂上，不能遠逃，現了本相，原來是一個大鵬金翅雕。那大鵬欲脫難脫，沒辦法之下只得皈依。行者這才轉出，向如來叩頭，說：「佛爺，你今天收了妖精，除了大害，只是我師父沒了。」大鵬咬著牙，恨恨地說：「潑猴頭！找這樣的狠人圍困我！你那老和尚我什麼時候吃了？你看看那錦香亭鐵櫃裡不是？」行者聽了，忙叩頭謝了佛祖。佛祖不敢放鬆大鵬，率眾回歸寶剎。

行者按落雲頭，來到城裡。那城裡一個小妖也沒有了，行者解救了八戒、沙僧，找到行李馬匹，又帶他們兩個來到內院，找到錦香亭，打開門看，裡面有一個鐵櫃，只聽得三藏啼哭。沙僧用降妖杖打開鐵鎖，揭開櫃蓋，叫：「師父！」三藏見了，放聲大哭，說：「徒弟啊！怎麼降伏得妖魔？」行者把前面的事，從頭到尾細細說了一遍，三藏感謝不盡。師徒們在宮殿裡找了些米糧，安排茶飯，飽吃一餐，收拾出城，找大路投西而去。

大聖請如來收了眾怪，三藏師徒離獅駝城西行。又過了數月，正是冬天，正走著，又見到一座城池。來到城外，三藏下馬，一行四人進了月城，見到一個老軍，在向陽牆下倒地睡著。行者搖醒他，問這裡是什麼地方。老軍醒來，伸伸腰，說：「長老，這個地方，原來叫做比丘國，現在改作小子城。」行者問：「國中有帝王沒有？」老軍說：「有！有！有！」行者轉身對唐僧說了。

進到三層門裡，師徒四人牽著馬，挑著擔，在街市上行走，眼前一片繁華景象，家家門口放著一個鵝籠。三藏說：「徒弟啊，這裡人家，都將鵝籠放在門口，為什麼啊？」行者說：「一定有原因，等我上前看看。」三藏扯住，說：「你不要去，你嘴臉醜陋。」行者說：「我變個樣去。」大聖拈著訣，念聲咒語，搖身一變，變作一隻蜜蜂，鑽到那籠子裡觀看，原來裡面坐著一個小孩。再去第二家籠裡看，也是個小孩。連看八九家，都是個小孩，而且都是男孩。

行者看過，現出原身，回報唐僧。三藏聽了，疑思不定。轉過街忽然見到一個衙門，卻是金亭館驛。長老大喜，說：「徒弟，我們先進這驛裡去投宿。」四人欣然進入。驛丞出來迎接，問：「長老從哪裡來？」三藏說：「貧僧是東土大唐派往西天取經者，今到貴國，有關文照驗，先在高衙歇一歇。」驛丞便叫當值的安排管待。

安排妥當，驛丞請長老四人，一起吃了齋供，又叫手下人打歸客房安歇。三藏感謝不盡，然後問：「貧僧有一件不明事請教。貴國養孩子，不知怎麼看待。」驛丞說：「天無二日，人無二理。養育孩童，父精母血，懷胎十月，待時而生，生下乳哺三年，豈有不知之理！」三藏說：「貧僧進城時，見街坊人家，各設一鵝籠，都藏小孩在裡面。所以這樣問。」

驛丞附耳低言，說：「長老不要管。好好休息，明天走路。」長老聽了，一把扯住驛丞，一定要問個明白。驛丞搖頭搖手，只叫：「不要理會！」三藏一定要問個詳細。驛丞無奈，只得讓周圍的人走開，悄悄地說：「剛才你問鵝籠的事，這是當今國主無道。這個國原是比丘國，近有民謠，改作小子城。三年前，有一老人打扮成道人模樣，帶一小女子，年方一十六歲，姿容甚美，進貢給國王，陛下愛她美色，寵幸在宮，號為美后。不分晝夜，貪歡不已。如今弄得精神疲倦，飲食少進，性命難保。太醫院想盡辦法，不能治好。那進女子的道人，受我主誥封，稱作國丈。國丈有海外祕方，能延壽，前者去十洲、三島採藥來，現已完備。只是藥引子厲害，要用一千一百一十一個小孩的心肝，煎湯服藥，服後能千年不老。這些鵝籠裡的小孩，都是選好的，養在裡面。人家父母；懼怕王法，都不敢啼哭，於是謠言傳開，叫這兒作小兒城。長老明天到朝，只去倒換關文，不要說到這件事。」說完，抽身退下。長老嚇得骨軟筋麻，失聲叫：「昏君，昏君！為你貪歡愛美，弄出病來，怎麼屈傷這許多小孩性命！苦哉！」行者說：「師父，你先睡覺，明天等老孫和你進朝，看國丈的好歹。如果是人，只怕他走了旁門，不知正道，等老孫叫他皈正；如果是妖邪，我把他拿住，給這國王看看，叫他禁欲養身，一定不讓他傷了那些孩童性命。」三藏聽了，躬身對行者施禮，說：「徒弟啊，這樣說極妙！極妙！但只是見了昏君，不可問這件事，恐怕那昏君不分遠近，以謠言見罪。」行者笑著說：「老孫自有法力，如今先把鵝籠裡的小孩帶出這個城池，叫他明天無物取心。地方官自然奏表，那昏君必有旨意。那時，藉機舉奏，就不會怪罪我們了。」三藏大喜，又說：「如今怎麼能讓小孩離城？如果能離去，真是賢徒天大之德！快去辦吧。」行者抖擻神威，吩咐八戒、沙僧：「和師父坐著，等我施法，你們如果看到有陰風颳動，就是小孩出城了。」

大聖出門，打個呼哨，起在半空，拈了訣，念動真言，叫聲「藍淨法界」，拘得那城隍、土地、社令、真官，並五方揭諦、四值功曹、六丁六甲和護教伽藍等眾都到空中，行者說：「今天路過比丘國，國王無道，聽信妖邪，要取小孩心肝做藥引子。我師父十分不忍，所以老孫特請各位，使出神通，把這城中各街坊人家鵝籠裡的小孩，連籠都帶到城外山凹或者樹林深處，收藏一兩天，給他們果子食用；暗中護持。等我除了邪，勸正君王，臨行時送來還我。」眾神聽令，各使神通，按下雲頭，滿城中陰風滾滾，深夜時分，眾神把鵝籠帶去安藏。

天亮後，三藏醒來，說：「悟空，我趁著早朝，倒換關文去。」行者說：「師父，你自己去恐怕不能辦成事，等老孫暗中跟隨你，只當保護。」三藏大喜，大聖念個咒語，搖身一變，變作飛蟲，飛在三藏帽子上，出了館驛，來到朝中。國王聽奏，大喜：「遠來的和尚必有道行。」便命請進來。長老把文牒獻上，那國王看了又看，取寶印用了花押，遞給長老，長老收好。

那國王正要問取經原因，只聽得當駕官奏說：「國丈爺爺來了。」那國王扶著近侍小宦，下了龍床，躬身迎接，長老起身，側立一邊。原來是一個老道人，從玉階前搖搖擺擺進來，階下眾官迎接。那國丈到了寶殿前，也不行禮，走到殿上。三藏謝恩退下，往外正走，行者飛下帽頂，在耳邊叫：「師父，這國丈是個妖邪，國王受了妖氣。你先去驛中，等老孫在這裡聽他消息。」三藏知道了，獨自出了朝門。

行者飛在金鑾殿翡翠屏上，只見那班部中閃出五城兵馬官奏說：「我主，今夜一陣冷風，把各家鵝籠裡的小孩，連籠都颳去了，沒有蹤跡。」國王聽奏，又驚又惱，對國丈說：「這是天滅朕啊！連月病重，御醫醫治無效。幸好國丈賜仙方，專等今天午時開刀，取小孩心肝做引子，怎麼就被冷風颳去？」國丈笑著說：「陛下先別煩惱。小孩颳去，正是天送長生給陛下。」國王問：「籠中小孩颳去，怎麼說天送長生？」國丈說：「我剛才入朝來，見到一個絕妙的藥引子，強過那一千一百一十一個小孩子的心。那小孩的心，只能使陛下得千年之壽；現在用這個引子，吃了我的仙藥，就可以得萬萬年之壽啊。」國王不知是什麼藥引子，請問再三，國丈才說：「剛才那東土派來的取經和尚，我看他器宇清淨，容顏齊整，是個十世修行的真體，比那些小孩強上萬倍。如果能得到他的心肝煎湯，服我的仙藥，足保萬年之壽。」那昏君聽了，傳下旨，把各門關閉了。又令羽林衛大小官軍，圍住館驛。行者聽得這個消息，一翅飛奔館驛，現出原身，對唐僧說了，唐僧嚇得要死。行者說：「如果想保命，師作徒，徒作師，才可保全。」三藏說：「你如果能救我命，情願給你做徒子徒孫。」行者說：「既然如此，不必遲疑。」叫：「八戒，快和些泥來。」那呆子使釘鈀，挖了些土，又不敢外面去取水，就掀起衣服撒尿，和了一團臊泥，遞給行者。行者把泥撲作一片，往自己臉上一安，做了一個猴像的臉模，叫唐僧站起不要動，貼在唐僧臉上，念動真言，吹口仙氣，叫：「變！」長老變作行者模樣，脫了他的衣服，把行者的衣服穿上。行者卻把師父的衣服穿了，掐著訣，念個咒語，搖身變作唐僧的樣子，八戒、沙僧也難分辨。這時，只聽得外面鑼鼓齊鳴，又見槍刀簇擁。原來是羽林衛官，領三千兵把館驛包圍了。一個錦衣官來到客房裡，說：「唐長老，我王有請。」八戒、沙僧護持著假行者，只見假唐僧出門施禮，說：「錦衣大人，陛下召貧僧，有什麼話說？」錦衣官上前一把扯住，說：「我和你進朝去，想必有事。」

錦衣官把假唐僧扯出館驛，羽林軍簇擁著，來到朝門外，假唐僧挺立階心，高叫：

「比丘王，請貧僧來有什麼事？」君王笑著說：「朕要治病，特求長老的心肝。」假唐僧說：「不瞞陛下說，心倒有幾個，不知要哪個。」那國丈在一邊說：「和尚，要你的黑心。」假唐僧說：「既然如此，快取刀來。剖開胸腹，如果有黑心，拿去就是。」那昏君歡喜相謝，讓當駕官取出一把牛耳短刀，遞給假唐僧。假唐僧接刀在手，解開衣服，挺起胸膛，左手抹腹，右手持刀，呼喇一聲，把腹皮剖開，那裡頭滾出一堆心來。嚇得文官失色，武將身麻。

究竟那昏君見後有什麼舉動，且聽下回分解。

第四十八回　清華洞壽星收怪　黑松林行者識妖

國丈在殿上見了，說：「這是一個多心的和尚！」假唐僧把那些心，血淋淋地一個個撿開給眾人觀看，卻都是一些紅心、白心、黃心、慳貪心、利名心、嫉妒心、計較心、好勝心、望高心、侮慢心、殺害心、狠毒心、恐怖心、謹慎心、邪妄心、無名隱暗之心、種種不善之心，只是沒有一個黑心。那昏君嚇得說不出話來，戰戰兢兢地說：「收了去！收了去！」假唐僧忍耐不住，收了法，現出本相，對昏君說：「陛下真沒眼力！我和尚家都是一片好心，唯有你這國丈是個黑心，好做藥引子。你不信，等我替你取他的心出來看看。」那國丈聽見，睜眼仔細觀看，見那和尚變了面皮，認得是當年的孫大聖，於是騰雲就起。

行者翻觔斗，跳在空中大喝：「哪裡走！吃我一棒！」那國丈用蟠龍枴杖來迎。兩個在半空中一場惡鬥，戰了有二十多個回合，蟠龍拐抵不住金箍棒，虛晃了一拐，身體化作一道寒光，落到皇宮內院，把進貢的妖后帶出宮門，化作寒光，不知去向。

大聖按落雲頭，對眾官說：「你們的好國丈啊！」眾官一齊禮拜，感謝神僧，行者說：「先別拜，先去看看你們的昏主在哪裡。」眾官說：「我主見爭戰，十分驚恐，不知投到哪座宮中去了。」行者說：「快找！不要被美后拐去！」眾官聽說，不分內外，同行者先奔美后宮，不見美后。正宮、東宮、西宮、六院以及眾后妃，都來拜謝大聖。大聖說：「請起，不到謝的時候呢，先去找你們主公。」一會兒，四五個太監攙著那昏君從謹身殿後面走來。眾臣俯伏在地，齊聲啟奏：「主公！幸虧神僧到此，辨明真假。那國丈是個妖邪，連美后也不見了。」國王聽說，請行者到寶殿，拜謝。行者把經過說了一遍。國王聽說，傳旨讓閣下太宰去驛中請師眾來朝。

三藏三人來朝，不等宣召，來到殿下。行者看見，轉身下殿，迎著面把師父的泥臉抓下，吹口仙氣，叫：「正！」唐僧恢復了原身。國王下殿親迎。行者說：「陛下可知那怪來自什麼地方？等老孫給你擒來，翦除後患。」國王慚愧，說：「三年前，他到這裡時，朕曾經問他。他說離城不遠，只在向南七十里，有一座柳林坡清華莊。國丈年老無兒，只有後妻生育一女，年方十六，沒有配人，願進獻給朕。朕接受了，寵幸在宮。不知神僧看透妖魔。請廣施大法，翦其後患，朕以傾國之資酬謝！」行者笑著說：「實不相瞞，寵中小孩，是我師慈悲，叫我藏了。你先別提什麼資財相謝，等我捉了妖怪，才見我的道行。」叫：「八戒，跟我來。」八戒說：「願從兄命。只是腹中空虛，不好使力。」國王傳旨：「光祿寺快辦齋供。」八戒於是盡飽一餐，抖擻精神，隨行者駕雲而起。

行者帶著八戒，到南方七十里外，只見一股清溪，兩邊夾岸，岸上有千千萬萬的楊柳，行者找不到，掐訣，念一聲真言，拘出一個當坊土地，行者說：「我問你，柳林坡有個清華莊，在什麼地方？」土地回答：「這裡有個清華洞，沒有清華莊。小神知道了，大聖想必是從比丘國來的？」行者說：「正是。」土地叩頭，說：「望大聖恕罪。比丘王也是我地之主，如果我洩漏了他的事，就會來欺凌。大聖今天來，只要去那南岸九杈頭一棵楊樹根下，左轉三轉，右轉三轉，用兩手齊撲樹上，連叫三聲開門，清華洞府就會露出來。」

大聖聽了，讓土地回去，和八戒跳過溪，找那棵楊樹。果然有九條杈枝，長在一棵樹根上。行者吩咐八戒遠遠站住，按土地的辦法去做。片刻，一聲響，呼喇喇門開兩扇。行者撞進去，見到一個石屏，上有四個大字：「清華仙府」。石屏後邊，那老怪懷中摟著一個美女，氣喘吁吁，正講著比丘國事，行者拿棒去打，老怪放下美人，掄起蟠龍拐，急忙相迎。八戒在外邊，聽見他們裡面嚷鬧，心癢難撓，拿著釘鈀，把一棵九杈楊樹刨倒，使鈀打了幾下，打得那樹鮮血直冒。他心想：「這棵樹也成了精了！」這時，行者引怪出來。那呆子趕上前，舉鈀就打。老怪見八戒鈀來，越覺心慌，敗了陣，身子一晃，化成一道寒光，投東走了。他兩個向東趕來。

正在喊殺之際，聽得鸞鶴聲鳴，祥光縹緲，南極老人星來了。那老人把寒光罩住，叫：「大聖慢來，天蓬休趕，老道在這裡施禮了。」行者答禮，問：「壽星兄弟，從哪裡來？」八戒笑著說：「肉頭老兒，罩住寒光，必定捉住妖怪了。」壽星賠笑，說：「在這裡，在這裡，請二公饒他命吧。他是我的一副腳力，沒想到走到這裡來，成了妖怪。」行者說：「既然是老弟之物，只叫他現出本相來看看。」壽星聽了，把寒光放出，大喝一聲，那怪打個轉身，原來是隻白鹿，俯伏在地，口不能言。壽星謝了行者，跨鹿要行，被行者一把扯住，說：「老弟，先慢走，還有美人未獲，不知是個什麼怪物。還要同到比丘城見那昏君，現相回旨。」壽星便不走。行者說：「老弟先等等，我們去了就來。」到清華仙府，那美人身子一閃，化成一道寒光，往外就走，大聖抵住寒光，乒乓一棒，那怪倒在塵埃，現了本相，原來是一個白面狐狸。呆子忍不住，舉鈀照頭要打！行者叫：「不要打爛，留牠去見昏君。」

那呆子不嫌穢汙，一把揪住尾子，拖拖扯扯，跟隨行者出門。只見那壽星把鹿扣住頸項，牽起來，說：「大聖，我和你到比丘國。」都到殿前，嚇得那國裡君臣妃后，一齊下拜。那國王羞愧無地，只說：「感謝神僧救我一國小孩，真是天恩啊！」於是傳旨光祿寺安排素宴。三藏拜見了壽星，沙僧也以禮相見，都問：「白鹿既然是老壽星之物，怎麼到這裡為害？」壽星笑著說：「前日，東華帝君經過我那荒山，我留他下棋，一局未終，這孽畜走了。找他不見，我屈指詢算，知道他到了這裡，特來找他，正遇著大聖施威。如果來遲了，這畜生性命不保。」

宴畢，壽星告辭。那國王近前跪拜壽星，求祛病延年之法，壽星笑著說：「我來尋鹿，沒帶丹藥。我這衣袖裡，有三個棗，是給東華帝君獻茶用的，我沒有吃，送給你吧。」國王吞之，漸覺身輕病退。後來得以長生，都因為這個緣故。壽星把白鹿一聲喝起，飛跨背上，踏雲而去。

三藏叫：「徒弟，收拾辭王。」那國王苦留，唐僧堅辭。國王送出朝外。六街三市，百姓都一起送行。這時，半空中一聲風響，路兩邊落下一千一百一十一個鵝籠，裡面有小孩啼哭，城隍、土地、社令、真官、五方揭諦、四值功曹、六丁六甲、護教伽藍等眾高叫：「大聖，我們前蒙吩咐，帶走小孩鵝籠，今天知道大聖功成起行，特意送來。」當時百姓都來各認籠中的孩子，歡歡喜喜，抱出叫哥哥，叫心肝，跳的跳，笑的笑，都叫：「扯住唐朝爺爺，到我家奉謝救兒之恩！」百姓們抬著豬八戒，扛著沙和尚，頂著孫大聖，擁著唐三藏，牽著馬，挑著擔，回到城中，國王也不能禁止。這家開宴，那家設席。請不及的，做僧帽、僧鞋、褊衫、布襪，裡裡外外，大小衣裳，都來相送。如此待了近一個月，才得離城。

話說比丘國君臣百姓，送唐僧四人出城二十里，仍不忍分別。三藏勉強下輦，乘馬辭別而行。四人行走多時，又過了冬殘春盡，遇到一座高山峻嶺，奔到山崖上，又見面前黑松大林。大聖帶著唐僧進入深林，行走半天，也沒見到出林的路。唐僧叫：「徒弟，我要在這裡坐坐，你去化些齋給我吃。」

大聖縱觔斗，到了半空，忽然見林子南下有一股子黑氣。行者大驚：「那黑氣裡必定有妖邪！」

卻說三藏坐在林中，忽然聽得有人叫：「救人。」三藏大驚，走過去只見一棵大樹上綁著一個女子，上半截被用葛籐綁在樹上，下半截埋在土裡。長老站住，問：「女菩薩，妳為什麼被綁在這裡？」這女子分明是個妖怪，長老肉眼凡胎，卻不認得。那妖精巧語花言，忙忙答應：「師父，我家住在貧婆國。離這裡有二百餘里。父母在堂，時遇清明，邀請諸親及本家老小拜掃祖墳，到墳前，擺開祭禮，剛燒化紙馬，只聽得鑼鳴鼓響，跑出一夥強人，持刀弄杖，喊殺前來，父母諸親，有馬有轎的，各自逃了性命；奴家年幼，跑不動，嚇倒在地，被眾強人拐來山內，大大王要做夫人，二大王要做妻室，第三第四個都愛我美色，七八十家一齊爭吵，大家都不服氣，所以把奴家綁在林間，眾強人便去了。今天已經有五天五夜！幸好今天遇著老師父。請大發慈悲，救我一命！」說完，淚下如雨。三藏叫八戒、沙僧。八戒、沙僧正在林中尋花覓果，聽得師父叫，牽了馬、挑了擔回來，到跟前問：「師父，什麼事？」唐僧用手指著樹上，叫：「八戒，解下那女菩薩來，救她一命。」呆子不分好歹，就去動手。

卻說大聖在半空中，見那黑氣濃厚，把祥光蓋住了，回到林間，見八戒正在解繩子。行者上前，一把揪住八戒的耳朵，八戒摔了一跤，爬起來，說：「師父叫我救人，你幹什麼要讓我摔跤！」行者笑著說：「兄弟，不要解開。這是個妖怪。」三藏說：「算了。八戒啊，你師兄平常看得不差。既然這麼說，不要管她，我們去吧。」行者大喜：「好了！師父有命了！請上馬，出了松林，找人家化齋給你吃。」四人一路前進，把那怪撇了。

那怪綁在樹上，咬牙切齒，心想：「聽人們說孫悟空神通廣大，今天見了，果然如此。今天被他識破，勞而無功。等我再叫他兩聲，看看會怎麼樣。」好妖精，不動繩索，把幾句好話，用一陣順風，吹到唐僧耳內。那怪叫：「師父啊，你放著活人的性命不救，昧著良心，還要拜佛取經？」

唐僧在馬上聽到，勒住馬，叫：「悟空，去把那女子救下來吧。」行者問：「師父走路，怎麼又想起這事來了？」唐僧說：「那個女子又在那裡叫呢。」行者說：「既然如此，只是這個擔子老孫卻擔不起。你要救，我也不敢苦勸你。任你去救。」唐僧說：「猴頭少廢話！你等著，我和八戒救她去。」

唐僧回到林間，讓八戒解了上半截繩子，用鈀把土分開，把那女子下半截身子解脫。那怪喜孜孜地跟著唐僧出了松林，見到行者，行者只是冷笑。三藏喝住：「你笑什麼！帶了她去，如果有事，都算在我身上。」行者說：「師父雖說有事你擔當，你卻不是救她，反而是害她。」三藏說：「我救她，怎麼反是害她？」行者說：「她如果綁在林間，或者三五天，或者十天半月，沒飯吃餓死了，還能得到一個完整身體歸陰；如今帶她出來，你坐在馬上行走如風，那個女子腳小，挪步艱難，怎麼能跟得上？一時把她丟下，如果遇著狼蟲虎豹，一口吞掉，卻不是反害了她？」三藏說：「正是呀，這件事虧你想得清楚，那麼怎麼辦呢？」行者笑著說：「抱她上馬，和你一同騎著馬走吧。」三藏沉吟：「我哪裡能和她一同騎馬！可她怎麼能走出去呢？」便說：「還是我下馬，大家一同走路吧。」行者說：「師父說得有理。」三藏邁步往前走，沙僧挑著擔子，八戒牽著空馬，行者拿著棒子，帶著女子，共同前進。走上二、三十里，天色將晚，面前出現一座樓臺殿閣。三藏說：「徒弟，到前面借宿了，明天再走。」片刻，到了門前，三藏吩咐：「你們先站遠點，等我前去借宿。」眾人都站在柳樹下面，只有行者拿著鐵棒，看著那個女子。

長老走到跟前，只見那門東倒西歪，零零落落。走進二層門，又見那鐘鼓樓倒了，只有一口銅鐘在地下。這時，一個侍奉香火的道人走了出來，唐僧說明借宿來意。那道人帶著唐僧，走到三層門裡，裡面十分齊整，和前面零落的景象截然不同。三藏見了，不敢進去，叫：「道人，你這前邊十分狼狽，後邊這麼齊整，為什麼？」道人笑著說：「老爺，這山中有妖邪強寇，天色清明，沿山打劫，天陰就來寺裡藏身，被他們把佛像推倒，本寺僧人軟弱，不敢和他們爭執，因此把前邊破房都給那些強人安歇了，另化了一些施主，蓋得這一所寺院。」三藏說：「原來如此。」

正走著，又見山門上有五個大字：「鎮海禪林寺」。這才邁步，跨到門裡，見一個和尚走來。三藏卻不認得，原來這是西方路上的喇嘛僧。那喇嘛和尚看見三藏，領到方丈裡，行禮過後，問：「老師父從哪裡來？」三藏說：「弟子是東土大唐駕下欽差往西方天竺國大雷音寺拜佛取經者。經過寶方，現天色已晚，特來上剎借宿一晚，明天便行，請方便方便。」那和尚笑了，說：「從東土到西天，有多少路程！路上有山，山中有洞，洞內有妖精。你這麼一個單身，生得又如此嬌嫩，哪裡像個取經的！」三藏說：「院主所言有理，貧僧一人，哪裡能到這裡？只是我有三個徒弟，逢山開路，遇水搭橋，保護弟子我，所以能到得上剎。」那和尚問：「三位高徒現在哪裡？」三藏說：「現在山門外伺候。」那和尚叫：「快去請進來。」行者、呆子、沙僧和那個女子，被帶進三層門裡。拴了馬，放下擔子，進了方丈，和喇嘛僧相見。那和尚從裡邊又領出七、八十個小喇嘛來，前來見禮，收拾齋飯管待。

究竟眾人如何離開寺廟，且聽下回分解。

第四十九回　鎮海寺行者知怪　陷空山奼女求親

話說三藏師徒到鎮海禪林寺，和眾和尚相見，安排齋供。吃過飯，天色已經昏黑，眾人安歇，那個女子也被安頓下來，一晚沒事。天明，行者起來，讓八戒、沙僧收拾行囊馬匹，準備請師父上路。沒想到長老還躺在床上，行者去叫，長老呻吟地說：「我現在頭疼眼脹，渾身痠痛。」行者便招呼八戒、沙僧一同服侍師父，留在寺內，等待師父病好再上路。

一天，三藏說：「我現在很渴，快拿涼水給我喝。」行者說：「好了！師父要水喝，病就要好了。等我去取水。」取了缽盂，往後面香積廚取水。走進後面，見那些和尚一個個眼睛通紅，悲哭哽咽。行者說：「你們這些和尚，真小家子氣！我們住幾天，算幾天柴火錢。你們真沒出息！」眾和尚慌忙跪下，說：「不敢！不敢！」行者說：「既然不計較，為什麼會哭？」眾和尚說：「老爺，不知是哪裡來的妖邪，我們晚上安排兩個小和尚撞鐘打鼓，聽得鐘鼓響，不見人回。第二天再去尋找，只有僧帽僧鞋，丟在後邊園裡，骸骨尚存，人已經被吃掉了。你們住了三天，寺裡不見了六個和尚。我們因為看你們老師父貴恙，不敢傳說，忍不住在這裡哭泣。」行者聽了，說：「必定是妖魔在這裡傷人了，等我把師父照顧好，替你們除妖。」行者取上涼水，轉出香積廚，到方丈，叫：「師父，喝水。」三藏捧著水，喝了，精神漸爽，眉目舒開，說：「這涼水真和靈丹一般，這病好了一半，也想吃飯了。」行者忙招呼那些和尚去安排。淘米，煮飯，烙餅，蒸饃饃，做粉湯，抬上四五桌。唐僧只吃得半碗米湯，行者、沙僧吃了一些，其餘的都被八戒一齊吃了。三藏問：「我們在這裡住幾天了？」行者說：「整整三天了。」三藏說：「三日恐怕誤了許多路程。」行者說：「師父，也算不得什麼，明天走吧。」三藏說：「正是，現在這樣也沒大關係了。」行者說：「既然明天要走，先讓我今晚捉捉妖精。」三藏大驚：「又要捉什麼妖精？」行者便把取水時聽到的說了。唐僧又吃了一驚，說：「他既然吃了寺裡的和尚，我也是和尚，你去吧，小心點。」

行者喜孜孜地跳出方丈，來到佛殿，天上有星，月還未上，那殿裡十分黑暗。行者吹出真火，點起琉璃燈，東邊打鼓，西邊撞鐘。響過後，搖身一變，變作一個小和尚，手裡敲著木魚，嘴裡念經。快到晚上亥時，殘月才升起，只聽見一陣風響。風過後，一陣香氣襲來，行者抬頭，呀！一個美貌佳人，上了佛殿。那個女子走近，一把摟住小和尚，說：「小長老，念什麼經？」行者回答：「和平常念的一樣。」女子和他親親嘴，說：「我和你到後面玩玩去。」行者故意扭過頭去，說：「你要和我怎麼玩？」女子說：「趁現在星光月皎，也是有緣千里相會，我和你到後園中交歡去。」行者聽了，暗暗點頭，心想：

「那幾個笨和尚都被色欲引誘，傷了性命。」就隨口答應：「娘子，我出家人年紀還小，不知道怎麼交歡。」女子說：「你跟我去，我教你。」行者暗笑，心想：「也好，我跟著去，看她怎麼擺布。」兩個摟著肩，攜著手，出了佛殿，到後邊園裡。那怪給行者使個絆子，行者跌倒在地，那怪嘴裡「心肝哥哥」亂叫，用手掐他的命根子。卻被行者按住她的手，使出小坐跌法，把那怪一下子掀翻在地上。手一叉，腰一躬，跳起來，現出原身，掄起金箍棒，劈頭就打。那怪一看，原來是唐長老的徒弟，接著就是一場好殺！妖精敵他不住，抽身便走。等行者趕得急了，把左腳上的花鞋脫下來，吹口仙氣，念個咒語，叫：「變！」變作本身模樣，兩口劍一陣揮舞，真身一晃，化作一陣清風，撞到方丈裡，把唐三藏抓去，上了雲頭，不一會兒，到了陷空山，進了無底洞，叫小的們安排宴席，準備成親。

卻說行者一棍把妖精打下來，一看是一隻花鞋。行者知道中計，連忙轉身去保護師父。哪還有師父?找尋不見，只好和八戒、沙僧商量對策。天亮時，收拾要行，早有寺裡的和尚攔住門，問：「老爺們哪裡去?」行者笑著說：「昨天誇口，說給你們拿妖精，妖精沒有拿得，我師父倒不見了。我們找師父去。」眾和尚說：「不要忙，先吃些早齋。」端來兩三盆湯飯，八戒吃得乾乾淨淨。行者對眾和尚說：「你們去天王殿裡看看那個女子還在嗎?」眾和尚說：「老爺，不在了，不在了。那天當晚住了一夜，第二天就不見了。」行者聽了，高高興興地告辭了眾和尚，叫八戒、沙僧牽馬挑擔，往東便走。八戒忙說：「哥哥錯了，怎麼又往東行？」行者說：「你哪裡知道！前天黑松林綁的那個女子，老孫用火眼金睛把她認出了，吃和尚的就是她，捉走師父的也是她！還得從原路上去找她的蹤影。」三人急忙來到林間，並不見妖怪蹤影，行者心焦，拿出棒來，在林間亂打一通。打出兩個老頭：一個是山神，一個是土地，一齊上前跪下，行者問：「山神、土地，你們無禮！居然在這裡和強盜、妖精勾結，合夥把我師父抓來！把我師父藏在哪裡了？快快說出來，免得挨打！」二神慌了，說：「大聖錯怪了。妖精不在這座山上，那妖精抓你師父去，在那正南方向，離這裡有上千里。那裡有座陷空山，山中有個洞，叫做無底洞。」行者聽了，打發了山神、土地，對八戒、沙僧說：「師父去得遠了。」八戒回答：「遠就騰雲趕去！」呆子狂風先起，隨後是沙僧駕雲，那白馬原是龍子出身，馱了行李，也踏了風霧。大聖一個觔斗，一直南來。不久，見到一座大山，行者說：「山高原有怪，嶺峻豈無精！」叫：「沙僧，我和你先待在這裡，叫八戒下山凹裡打探，看看哪條路好走，可有洞府，再看是哪裡開門，等細細打探清楚，我們好一齊去救師父。」那呆子聽了，放下鈀，抖抖衣裳，空著手，跳下高山。

八戒找著一條小路，走了五六里，見到二個女怪在一口井上打水。呆子搖身一變，變作一個黑胖和尚，走過去，客客氣氣地說：「奶奶，貧僧有禮了。」兩個女怪高興地說：「長老，從哪裡來？」八戒也說：「從哪裡來？」又問：「去哪裡？」也說：「去哪裡？」又問：「你叫什麼名字？」又答：「妳叫什麼名字。」女怪笑了，說：「這和尚好是好，只是沒有來歷，會說順嘴話。」八戒問：「奶奶，妳們打水做什麼？」女怪便說：「和尚，我家老夫人今夜抓到一個唐僧，要管待他，我洞裡的水不乾淨，派我兩個來這裡打這陰陽交媾的好水，安排素果素菜的宴席，給唐僧吃了，晚上要成親呢。」那呆子聽說，急忙抽身跑上山去，說了一通。行者說：「我們去救師父！你們兩個牽著馬，挑著擔，我們跟著那兩個女怪，到那門前，一齊下手。」大家於是跟上兩個女怪就行，進入深山，又走了一、二十里，兩個女怪忽然不見了。

行者說：「一定是鑽進洞去了，等我去偵察偵察。」大聖睜起火眼金睛，看到那陡崖前，有一座牌樓。上有六個大字：「陷空山無底洞」。牌樓下有一塊大石，正中間有缸口大的一個洞，爬得光溜溜的。大聖伏在洞邊，往下看，深不見底，周圍足有三百多里，便回頭對八戒、沙僧說：「攔住洞門，讓我進去打探。如果師父在，我把妖精從裡面打出來，來到門口，你們兩個在外面擋住，裡應外合。打死精靈，救出師父。」二人遵命。

行者跳到洞裡，在洞的深處，有日色，有風聲，又有花草果木。還見到一座門樓，周圍都是松竹，裡面還有許多房屋，心想：「這裡一定是妖精的住處了。」搖身拈訣，變作一個蒼蠅，飛到門樓上。只見那怪坐在草亭裡，正喜孜孜地叫：「小的們，快安排素宴。我和唐僧哥哥吃了成親。」行者展翅飛到裡邊看，東廊下面，上明下暗的紅紙格子裡，坐著唐僧。行者一頭撞破格子，飛在唐僧的光頭上，叫：「師父。」三藏認得聲音，叫：「徒弟，救我命啊！」行者說：「放心吧。你按我說的辦法做，才好脫身。那妖精給你喝酒，你也吃一盅；只要斟酒時斟得急些，濺起一個酒花，我變作飛蟲，落在酒泡下面，讓她把我一口吞下，我就拈破她的心肝，救你脫身。」三藏說：「好吧！你要跟著我。」這時，那妖精已經來到東廊外，開了門鎖，叫：「長老。」唐僧無奈，答應了一聲：「娘子。」

妖精見長老應了一聲，推開門，攙起唐僧，走到草亭，說：「長老，我這裡安排了素宴，和你喝酒。」唐僧說：「娘子，貧僧不吃葷。」妖精說：「我知道你不吃葷，洞裡的水不潔淨，我特意安排從山頭上取了陰陽交媾的淨水，做些素果素菜。」唐僧跟她進去，那妖精滿斟美酒，遞給唐僧，叫：「長老哥哥，請喝一杯交歡酒。」三藏羞答答地接了酒，望空澆奠，心中暗祝：「護法諸天、五方揭諦、四值功曹：弟子陳玄奘，自從離開東土，蒙觀世音菩薩差遣各位眾神暗中保護，拜雷音見佛求經，今在途中，被妖精拿住，強逼成親，將這一杯酒遞給我喝。這酒如果是素酒，弟子勉強喝了，還能見佛成功；如果是葷酒，破了弟子戒，永墮輪迴之苦！」孫大聖知道師父平時好喝葡萄做的素酒，所以叫他喝下這一盅。

那師父喝了，把酒滿斟一盅，遞給妖怪，斟時濺起一個酒花。行者變作飛蟲，輕輕地飛到酒花下面。那妖精接過來，沒馬上喝，把杯子放下，和唐僧拜了兩拜，嬌嬌怯怯，說了幾句情話，這才舉杯，那酒花已散，露出蟲來。妖精不認得是行者變的，以為是蟲，用小指頭挑起，往下一彈。

行者一看，馬上變作一個餓老鷹。飛起來，掄開玉爪，掀翻桌席，把素果素菜、盤碟傢伙都摔碎，沒管唐僧，飛了出去。妖精嚇得心驚肉跳，唐僧嚇得骨肉通酥。妖精戰戰兢兢地摟住唐僧，說：「長老哥哥，這東西是從哪裡來的？」三藏回答：「貧僧不知。」妖精說：「我費了許多心思，安排了這個素宴，不知從哪裡飛來的這個扁毛畜生，把我的傢伙都打碎了！」三藏知道是行者弄法，哪裡敢說。

卻說行者飛出去，現了本相，在洞口大叫：「開門。」八戒笑著說：「沙僧，哥哥來了。」行者跳出，把見唐僧施變化的事向八戒、沙僧說了一遍，又重新回到洞裡，變作一個蒼蠅，飛到門樓上，只聽得這妖怪氣呼呼地吩咐：「小的們，不論葷素，拿來款待。我務必要和他成親。」行者嚶的一聲，飛在東廊下面，見師父坐在裡邊，行者鑽進去，又叫：「師父。」長老認得聲音，跳起來，罵著：「猢猻啊！你變化神通，打破傢伙，引得那妖精淫興發了，現在要不分葷素安排，一定要和我交媾，這可怎麼辦！」行者賠著笑，說：「師父別怪罪，有救你的辦法。」唐僧問：「怎麼救得我？」行者說：「我剛才飛進來時，見後邊有個花園。你哄她到園裡去玩，我乘機救你吧。」唐僧問：「在園裡怎麼救？」行者說：「你和她到園裡，走到桃樹邊停下。我變作一顆紅桃子，你就說要吃果子，先揀紅的摘下來。紅的是我，她也必然摘一顆，你把紅的讓給她吃。她如果吃了，我在她肚子裡作法，弄死她，你就脫身了。」三藏說：「你如果有手段，就和她鬥，何必鑽在她肚裡？」行者說：「師父，你不知道。她這個洞，不方便出入，她這一窩子妖精，老老小小，把我扯住，我就難以施展。只有鑽到她的肚子裡，才好辦事。」三藏點點頭，只叫：「你跟住我。」行者說：「知道！知道！我在你頭上。」

三藏雙手扶著格子，叫：「娘子，娘子。」妖精聽見，笑呵呵地跑過來，問：「妙人哥哥，有什麼話說？」三藏說：「娘子，坐了這一天，感覺心神不爽。你帶我到什麼地方散散心去，好不好？」妖精十分歡喜，說：「妙人哥哥，我和你去花園裡玩玩。」

這妖精打開了格子，攙出唐僧。一同進入園內，裡面有許多亭閣，真是佳境。正觀賞著，已經來到桃樹林，行者在師父頭上一掐，長老心裡明白。

行者飛在桃樹枝上，搖身一變，變作一顆紅桃，紅得可愛。長老對妖精說：「娘子，你看著這桃樹上果子青紅不一，怎麼回事？」說著，向前摘了一個紅桃。妖精也去摘了一個青桃。三藏把紅桃遞給妖怪，說：「娘子，請吃這個紅桃，青的給我吃。」妖精果然換了，還暗喜：「好和尚啊！還未做一天夫妻，就有了這般恩愛。」唐僧拿過青桃就吃，妖精把紅桃放在嘴邊正要咬，孫行者性急，一個觔斗，翻到她的咽喉下，直接進入她的肚腹。妖精害怕，說：「長老啊，這個果子厲害。怎麼還沒咬破，就滾下去了？」行者在她的肚子裡，復了本相，叫：「師父，不要理她，老孫已經得手了！」妖精慌了，說：「壞了！這猴頭鑽在我肚子裡，我要死了！」行者在裡邊掄拳跳腳支架子，妖精受不了疼痛，倒在塵埃，半晌說不出話來。行者把手鬆了一鬆，她才回過氣來，叫：「小的們！在哪裡？」那些小妖，進到園裡，各自去採花弄草，聽到叫聲，都跑過來，妖精說：「快把這個和尚送出去，好留我性命！」那些小妖，都來扛抬。行者在肚子裡叫：「哪個敢抬！只有你親自把我師父送出去，我才饒你的命！」那妖怪無奈，只好硬著頭皮，掙扎起來，把唐僧背在身上，邁開步，往外就走。妖精一縱雲光，一直來到洞口。忽聽到兵刃亂響，三藏說：「徒弟，外面有兵器響呢。」行者說：「那是八戒揉鈀呢，你叫他一聲。」三藏便叫：「八戒！」八戒聽見，說：「沙和尚！師父出來了！」妖精把唐僧馱出。

究竟那妖精性命如何，且聽下回分解。

第五十回　大聖狀告李天王　觀音道出滅法國

話說妖精把三藏送出洞外，行者在裡邊叫：「張開嘴，我出來！」那妖怪張開嘴。行者變得小小的，身子一縱，跳出，把腰一躬，還是原身，舉起棒來就打。那妖精也隨手取出兩口寶劍相迎。

呆子拿著釘鈀，沙僧跟上，他們兩個不顧師父，駕風趕上，望妖精亂打。那妖精見他們趕得緊，把右腳上的花鞋脫下，吹口仙氣，念個咒語，叫：「變！」變作本身模樣，身子一晃，化成一陣清風，走了。到了洞門前牌樓下，見唐僧在那裡坐著，上前一把抱住，搶了行李，咬斷轡繩，連人帶馬一齊抓進了洞。

八戒閃了個空，一鈀把妖精打倒，卻是一隻花鞋。三人回來，沒了師父，行李、白馬也不見了。只見路邊有半截轡繩。

八戒說：「哥啊，師父一定又被妖精弄進洞去了。你再進去一趟，救出師父來吧。」

大聖跳到裡面，也不施變化，來到妖精宅外，見樓門關了，掄起鐵棒，一下打開，裡邊靜悄悄的。原來洞裡周圍有三百多里，妖精巢穴很多。正找著，聞得一陣香從後面撲鼻而來，走進去，裡面鋪著一張龍吞口雕漆供桌，桌上有一個大鎏金香爐，爐內有香煙馥郁。上面供著一個大金字牌，牌上寫著：「尊父李天王之位」，另一個金牌寫著：「尊兄哪吒三太子之位」。

行者見了，滿心歡喜，把那牌子以及香爐拿上，返雲光，出門，笑聲不絕。八戒、沙僧聽見，迎著行者，問：「哥哥這麼歡喜，想必是救出師父來了？」行者笑著說：「不用我們救了，只問這牌子要人。」便說了緣由，又說：「這是那個妖精供的。想必是李天王的女兒，三太子的妹妹。不問他要人，卻問誰要？你們兩個先在這裡把守，我拿著這牌位，到玉帝面前告個御狀，讓天王爺倆還我師父。」

大聖駕祥雲來到南天門外，經過通報，行者進去，把牌位香爐放下，朝上行禮，把狀子呈上。玉帝看了，便把原狀批作聖旨，宣太白金星領旨到雲樓宮宣托塔李天王見駕。行者隨著金星，來到雲樓宮。

天王出來迎接，見金星捧著旨意，忍不住問：「老長庚，你傳來什麼旨意？」金星說：「是孫大聖告你的狀子。」那天王聽見說個「告」字，雷霆大怒：「他告我什麼？」展開旨意看了，原來是這般這般，恨得他雙手撲著香案，說：「這個猴頭！他冤枉我了！」金星說：「息怒，現有牌位香爐在御前作證，說是你親女呢。」天王說：「我只有三個兒子，一個女兒。大兒子叫金吒，侍奉如來，做前部護法。二兒子叫木叉，在南海跟著觀世音做徒弟。三兒子得名哪吒，在我身邊。一個女兒才七歲，叫貞英，還不懂事，怎麼會做妖精！不信，抱出來給你看。這猴頭實在無禮！」叫手下：「用縛妖索把這猴頭捆了！」那庭下巨靈神、魚肚將、藥叉雄帥，一擁上前，把行者捆了。天王說：「金星啊，像他這樣胡鬧，怎能容他！你先坐下，等我取砍妖刀砍了這個猴頭，然後和你見駕回旨！」金星見他取刀，心驚膽戰，對行者說：「你做錯事了，御狀可是輕易告的？」行者全然不懼，笑吟吟地說：「老官兒放心，沒事。老孫的買賣，一定先輸後贏。」

正說著，天王掄起刀，照行者劈頭就砍。早有三太子趕上前，用斬妖劍架住，叫：「父王息怒。」天王大驚失色，問哪吒：「孩兒，你用劍架住我的刀，有什麼話說？」哪吒棄劍叩頭，說：「父王，是有個女兒在下界呢。」天王問：「孩兒，我只生了你們四個，哪裡又有個女兒呢？」哪吒說：「父王忘了，那個女兒原是個妖精，三百年前成怪，在靈山偷食了如來的香花寶燭，如來派我父子天兵，把她拿住。如來吩咐，積水養魚終不釣，深山餵鹿望長生，當時饒了她的性命。因有這個恩德，她拜父王為父，拜孩兒為兄，在下方供設牌位，侍奉香火。沒想到她現在又成了妖精，陷害唐僧。她是結拜的恩女，不是我同胞親妹。」

天王聽了，驚訝地說：「孩兒，我確實忘了，她叫什麼？」太子說：「她有三個名字，開始曾經叫做金鼻白毛老鼠精，因為偷了香花寶燭，所以改名叫作半截觀音；當時饒了她，又改作地湧夫人。」天王這才醒悟，親手來解行者。行者撒起野來，大喊：「誰敢解我！只要連繩子把我抬去見駕！」慌得天王手軟，太子無話。那大聖打滾撒賴，只要天王去見駕。天王無計可施，哀求金星說個方便。金星上前，用手摸著行者，說：「大聖，看我薄面，解了繩子好去見駕。」行者說：「也行，看你老人家面子，還叫他自己來解。」天王這才敢向前，解了繩子，請行者上坐，一一上前施禮。行者對金星說：「老官兒，怎麼樣？我說先輸後贏，買賣原是這樣做的。」

金星說：「叫李天王點兵，同你下去降妖，我去回旨。」行者問：「你怎麼去回？」金星說：「我只說原告脫逃，被告免提。」行者笑著說：「好啊！我看你面子，你倒說我脫逃！叫他點兵在南天門外等我，我和你回旨繳狀。」天王害怕，說：「他這一去，如果說出不好的話，是臣背君啊。」行者說：「你把老孫當作什麼樣的人？我也是一個大丈夫！一言既出，駟馬難追，怎麼會說你的壞話？」天王謝了行者，行者和金星回旨。天王點起本部天兵，出了南天門。金星和行者回見玉帝，說：「陷唐僧的妖精，是金鼻白毛老鼠成精，假設天王父子牌位。天王知道這件事，已經點兵收怪去了，望天尊赦罪。」玉帝降天恩免究。行者返雲光，到南天門，見到天王、太子，和那些神將天兵一齊墜下雲頭，早到了陷空山上。

八戒、沙僧眼巴巴地盼著，只見天兵和行者來了。行者指那缸口大的門說：「那裡就是。」天王說：「不入虎穴，安得虎子！誰敢當先進去？」

行者和三太子，領了兵將，望洞裡只是一溜。駕起雲光，到了那妖精舊宅，挨門搜尋，吆吆喝喝，一處又一處，把三百里地的草都踏光了，哪裡見到個妖精？哪裡見到個三藏？原來在東南黑角落裡，望下去，另有一個小洞。洞裡有一個小小門，一間矮矮屋，老怪把三藏搬在這裡逼住成親，所以行者再也找不著。誰知那些小怪在裡面，一個個挨挨擠擠。中間有一個大膽的，伸出脖子來，望洞外看了一看，一頭撞著一個天兵，天兵一聲大嚷：「在這裡！」那行者氣急，握著金箍棒，一下子闖進去，那裡邊窄小，窩著一窩妖精。三太子縱起天兵，一齊擁上，一個個哪裡去躲？行者找到唐僧和那龍馬、行李。妖怪知道無路再逃，看著哪吒太子，磕頭求饒。三太子取下縛妖索，把那些妖精都捆了。返雲光，一齊出洞。天王迎著行者，說：「今天能見到你師父了。」行者說：「多謝了！多謝了！」就帶著三藏拜謝了天王、三太子。沙僧、八戒要碎剮那妖精，天王說：「她是我奉玉旨拿的，不好輕易處置。我們還要帶她回旨去呢。」這一邊天王和三太子領著天兵神將，押住妖精，去奏天曹，聽候發落；那一邊行者擁著唐僧，沙僧收拾行李，八戒備馬，請唐僧騎馬，一齊走上大路。

唐三藏脫難，隨行者往西前進。不覺又到了夏天。正走著，忽然見那路邊有兩行高柳，走出一個老母，右手攙著一個小孩，對唐僧高叫：「和尚，不要走了，快早點撥馬東回，往西去都是死路。」嚇得三藏跳下馬來，問：「老菩薩，古人說，海闊憑魚躍，天空任鳥飛，怎麼往西就沒路了？」那老母用手朝西指著說：「從那裡去五六里，有個滅法國。那裡的國王前生前世裡結下冤仇，今世裡無緣無故地惹事。他二年前許下一個大願，要殺一萬個和尚，這兩年陸陸續續已經殺了九千九百九十六個無名和尚，只要等四個有名的和尚湊成一萬，好做圓滿呢。你們去，如果到了城裡，都是送命的菩薩！」三藏害怕，戰戰兢兢地說：「老菩薩，深感盛情！但請問可有不進城的方便道路，我貧僧從城外轉過去吧。」

老母笑著說：「轉不過去，轉不過去，除了會飛。」行者火眼金睛，已經認得那老母攙著孩兒，原是觀音菩薩和善財童子，慌得倒身下拜，叫：「菩薩，弟子失迎！失迎！」那菩薩一朵祥雲，輕輕駕起，嚇得唐長老只顧跪著磕頭。八戒、沙僧也慌得跪下，朝天禮拜。只見祥雲縹緲，往南海方向去了。

八戒、沙僧對行者說：「感蒙菩薩指示，前邊必是滅法國，要殺和尚，我們怎麼辦才好？」行者說：「呆子別怕！這裡都是凡人，有什麼可怕的？只是這裡不是住處。天晚了，別撞上人，先帶師父找個僻靜地方，才好商議。」於是三藏師徒從路上走到一個坑坎下，坐了下來。

行者說：「兄弟，你們兩個好生保護著師父，等老孫變化了，去那城裡看看，找一條小路，連夜去吧。」大聖跳到空中，往下觀看，只見那城中祥光蕩漾。行者說：「真是一個好地方，不知道為什麼要滅法？」他又一想：「我先下去，到城裡探探路，我現在這樣，人們看到必定說是和尚，等我變一變。」掐著訣，念動真言，搖身一變，變作一個撲燈蛾子，一路飛過去，忽然見到一個拐角上有一個人家，門前掛著一個燈籠。寫著「安歇往來商賈」六字，下面又寫著「王小二店」四字。店裡面，有八、九個人，都吃了晚飯，脫了衣服，洗了手腳，上床睡了。行者暗喜：「師父過得去了。」你知道他想怎麼做？他要起一個不良之心，等那些人睡著，去偷人家的衣服頭巾，好裝作俗人進城。

正想下手，只見王小二走向前，吩咐：「各位官人小心，我這裡君子小人不同，每人的衣物行李小心保管才好。」那些在外做買賣的人，本來就很小心，又聽到店家吩咐，更加謹慎。他們爬起來說：「主人家說得有理，我們走路的人辛苦，只怕睡著，如果一時有了閃失，確實麻煩。你把這衣服、頭巾都收進去吧，等天快亮了時，交給我們。」王小二於是把衣物之類，都搬到他的屋裡去了。行者性急，展開翅，飛到裡面，又見王小二去門前摘下燈籠，關了門窗，這才進房，脫衣睡下。行者乘機飛了下去，往燈上一撲，燈滅了。他又搖身一變，變作一個老鼠，叫了兩聲，跳下來，拿著衣服頭巾，往外就走。

大聖駕雲出去，回到路下坑坎邊前。行者上前放下衣物，說：「師父，要過滅法國，和尚做不成。」便細說了一遍。長老無奈，只好聽從，換上衣服，四人連忙地牽馬挑擔，一路小跑。這裡本是太平世界，天黑了，還沒有關城門。經過王小二店前，只聽得裡邊叫呢。有的說：「我不見了頭巾！」有的說：「我不見了衣服！」行者裝作不知，領著他們，往斜對門一家安歇。那家還沒有收燈籠，行者便上前叫：「店家，有空房嗎？」裡邊有個婦人答應：「有、有、有，請官人們上樓。」正說著，一個漢子過來牽馬。行者把馬遞過去，帶著師父，上了樓。樓上有桌椅，推開窗格，月光照射進來，師徒一齊坐下。

樓下走上一個婦人，約有五十七、八歲，站在旁邊問：「各位客官，從哪裡來的？有什麼貨物？」行者說：「我們從北方來，有幾匹馬販賣。」婦人說：「販馬的客人，我在這裡開店多年，有個賤名；先夫姓趙，不幸去世久了，我這裡叫趙寡婦店。現在先小人，後君子，先把房錢講定後好算賬。」當時說好了房錢，婦人滿心歡喜，叫：「上好茶，廚下快做飯。」師徒四人吃了飯，三藏在行者耳邊悄悄地問：「在哪裡睡？」行者說：「就在樓上睡。」三藏說：「不妥。我們都很累了，如果睡著，這家人一時再上來，見我們露出光頭，認得是和尚，嚷起來，卻怎麼好？」行者說：「是啊！」便又去樓前跺腳。寡婦又上來問：「官人有什麼吩咐？」行者說：「我這位官人有些寒溼氣，那位官人有些漏肩風，唐大哥只要在黑處睡，我也怕亮。這裡不好睡。」婦人走下去，嘆氣。她有一個女兒，抱著一個孩子上前說：「母親，常言說，十日灘頭坐，一日行九灘。現在這麼熱的天，雖然沒什麼買賣，可到了秋天時，還怕做不了生意？你嘆氣做什麼？」婦人說：「孩子啊，不是愁沒買賣。今日夜裡，有四個馬販子來住店，本來指望賺他們幾錢銀子，他們卻吃齋，賺不到他們的錢。現在他們又都有病，怕風怕亮，都要在黑處睡。你想想，家中哪裡去找黑暗的地方？不如讓他們到別人家的店去吧。」女兒說：「母親，我家有一個黑處，又沒風，是很好的地方。」婦人問：「是哪裡？」女兒說：「父親在世時曾經做了一張大櫃。那櫃有四尺寬，七尺長，三尺高下，裡面可睡六、七個人。叫他們到櫃裡睡去吧。」婦人說：「不知行不行，等我問問他們。官人，我這裡黑處只有一張大櫃，不透風，又不透亮，到櫃子裡去睡，行嗎？」行者忙說：「好！好！好！」幾個店夥計把櫃子抬出，打開蓋子，行者領著師父，沙僧拿著擔子，來到櫃邊。八戒不管好歹，鑽進櫃裡，沙僧把行李遞了進去，又攙著唐僧進去，沙僧然後也進去了。行者問：「我的馬在哪裡？」有個夥計說：「馬在後屋拴著吃草料呢。」行者便說：「牽過來，把馬槽也抬來，緊挨著櫃子拴住。」這才進去，叫：「趙媽媽，蓋上蓋子，插上鎖釘，鎖上鎖子，替我們看看，哪裡透亮，用一些紙糊一糊，明天早一點打開。」寡婦說：「知道了！」

究竟師徒四人如何挨過此晚，請聽下回分解。

第五十一回　行者神通君臣失髮　八戒中招群魔得計

話說他們四個到了櫃子裡，可憐啊！戴個頭巾，天氣又炎熱，裡面不透風，他們都摘了頭巾，脫了衣服，又沒有扇子，只好用僧帽扇一扇。你挨著我，我擠著你，快到大半夜，這才睡著，只有行者存心闖禍，偏他睡不著，伸手在八戒腿上一捏。呆子縮了腳，嘴裡哼著說：「睡吧！辛辛苦苦的，還逗什麼逗？」行者說：「我們原來的本錢是五千兩，前一次馬賣了三千兩，現在褡褳裡還有四千兩，這一群馬再賣三千兩，也有一本一利，值了！」八戒一心想睡，也不回答。誰知道這店裡的夥計，和強盜是一夥，聽行者說有許多銀子，他們之中的幾個溜出店去，約來二十多個賊，明火執杖地來打劫馬販子。衝進門來，嚇得趙寡婦和女兒關了房門，由著他們在外邊打劫。那些賊不要店中的東西，只是要找客人。打著火把，四下照看，見天井裡有一張大櫃，櫃腳上拴著一匹白馬，櫃蓋緊鎖，掀不動。眾賊說：「走江湖的人都有手眼，看這櫃子這麼重，一定是行囊財物都鎖在裡面。我們偷了馬，抬櫃出城，打開分用，卻不是好？」那些賊於是找來繩子，把櫃抬著就走，一走一晃。八戒醒了，說：「哥哥，睡吧，搖什麼搖？」行者說：「別說話！沒人搖。」三藏和沙僧也醒了，說：「是什麼人抬著我們吧？」行者說：「別嚷，別嚷！讓他們抬！抬到西天，也省得走路。」

那些賊得了手，不往西去，卻抬向城東，殺了守門的軍兵，打開城門出去。驚動了六街三市，巡城總兵、東城兵馬司得知這件事，點起人馬弓兵，出城追趕。那些賊見官軍勢大，不敢抵抗，放下大櫃，棄了白馬，落草逃走。眾官軍沒有拿得半個強盜，只是奪下櫃子，捉住了馬，得勝而回。總兵官自家的馬不騎了，騎上這個白馬，率軍兵進城，把櫃子抬在總府，寫個封皮封了，叫人巡守，等天明啟奏，請旨定奪。

卻說唐長老在櫃子裡埋怨行者：「你這個猴頭，害死我了！」行者說：「忍著點，明天見那昏君，老孫自有話說，準保你一毫兒也不傷，放心睡吧。」到了下半夜，行者使出手段，拿出棒來，吹口仙氣，叫：「變！」變作三尖頭的鑽子，挨櫃腳兩三鑽，鑽了一個眼。收了鑽，搖身一變，變作一個螻蟻，鑽出去，現了原身，踏起雲頭，來到皇宮門外。國王正在睡著，行者使個大分身普會神法，把左臂上毫毛都拔下來，吹口仙氣，叫：「變！」都變作小行者。右臂上毛，也都拔下來，吹口仙氣，叫：「變！」都變作瞌睡蟲。念一聲真言，叫當坊土地，領著眾小行者分散到皇宮內院、五府六部、各衙門大小官員宅內，只要是有官位的，都給他一個瞌睡蟲。又把金箍棒取在手中，掂一掂，晃一晃，叫：「寶貝，變！」變作千百口剃頭刀，他拿一把，吩咐小行者各拿一把，都去皇宮內院、五府六部、各衙門裡剃頭。剃完了髮，念動咒語，喝退土地神，身子一抖，兩臂上毫毛歸伏，把剃頭刀還原，還是一根金箍棒，變小，藏在耳朵裡。又變成螻蟻，鑽到櫃內，現了本相。

卻說那三宮皇后醒來，沒了頭髮，忙移著燈到龍床下看，錦被窩中，睡著一個和尚，原來是國王。那國王睜開眼，看見皇后的光頭，後來又發現自己也成了光頭，正慌著，只見六院嬪妃，宮娥綵女，大小太監，都光著頭跪在面前，說：「主公，我們做了和尚了！」國王見了，流下眼淚，說：「想必是寡人殺害和尚，才造成現在這個結果。」

卻說那五府六部，以及衙門大小官員，天不亮都要去朝王拜闕。這半夜一個個也沒了頭髮，每個人都寫表啟奏這件事。

國王早朝，文武官員都手持表章啟奏：「主公，望赦臣等失儀之罪。」國王說：「眾卿禮貌和平時一樣，有什麼失儀？」眾卿說：「主公啊，不知什麼原因，臣等一夜頭髮都沒了。」國王手持這沒頭髮表章，下了龍床，對群臣說：「朕宮中的人，不分大小，也一夜間沒了頭髮。」君臣們相對落淚，都說：「從今往後，再不敢殺害和尚了。」國王又登上龍位，群臣各立本班。國王又說：「有事出班來奏，無事捲簾散朝。」只見武班裡閃出巡城總兵官，文班中走出東城兵馬使，當階叩頭，說：「臣蒙聖旨在城內巡察，獲得賊贓：一個櫃子和白馬一匹。請旨定奪。」國王大喜，說：「把櫃子抬來。」二臣退到本衙，招喚軍士，把櫃子抬出。三藏在裡面，魂不附體，說：「徒弟啊，到了國王面前，怎麼解釋啊？」行者笑著說：「別嚷！我已經準備妥當了。打開櫃子，他們就要拜我們為師呢，只是八戒不要亂說話。」八戒說：「只要不殺我們，就是福氣了，我還敢亂說話？」正說著，已經被抬到朝外，進入五鳳樓，放在丹墀下。二臣請國王開櫃子查看，國王下令打開。揭了蓋，豬八戒忍不住往外一跳，嚇得群臣膽戰心驚，不敢說話，孫行者攙著唐僧出來，沙和尚搬出行李。八戒見總兵官牽著馬，走上前，大喝一聲：「馬是我的！拿過來！」嚇得總兵官跌倒在地。四人都站在階中。那國王看見是四個和尚，連忙下了龍床，宣召三宮妃后，走下金鑾寶殿，和群臣一起，拜問：「長老從哪裡來？」三藏回答：「我是東土大唐駕下差往西方天竺國大雷音寺拜活佛取真經的。」

國王問：「老師遠來，為什麼在這櫃子裡安歇？」三藏說：「貧僧知道陛下有願心要殺和尚，不敢光明正大地經過上國，所以扮作俗人，夜裡到飯店裡借宿。因為怕人們識破原身，所以在櫃子裡安歇。不幸被賊偷出櫃子，現被總兵官捉獲抬來，得見陛下龍顏，正所謂撥雲見日。望陛下赦放貧僧！」國王說：「老師是天朝上國高僧，朕失迎接。朕常年有願要殺和尚，是因為和尚曾經誹謗朕，朕因此許下天願，要殺一萬個和尚做圓滿。沒想到今夜皈依，叫朕和眾臣等成了和尚。如今君臣后妃，頭髮也都被剃光了，還望老師不要怪罪，願成為老師門下。」八戒聽說，呵呵大笑：「既然要拜為門徒，有什麼贄見禮物？」國王說：「老師如果願意，願把國中財寶獻上。」行者說：「不要說財寶，我們和尚是有道僧人。你只要把關文倒換了，送我們出城，就可以保你皇圖永固，福壽長久。」國王聽說，忙叫光祿寺大排宴席，倒換了關文，懇求三藏改換國號。行者說：「陛下『法國』這兩個字很好，只是『滅』字不好，在我看來，可改號『欽法國』，管叫你國中風調雨順、平平安安。」國王謝了恩，擺駕送唐僧四人出城西去。

卻說長老辭別了欽法國王，在馬上開心地說：「悟空，這件事做得很好，功勞不小啊。」沙僧問：「哥啊，是哪裡找到這麼多整容匠，連夜剃去這麼多頭？」行者把施變化弄神通的事說了一遍，師徒們笑不攏嘴。正高興著呢，忽然見到面前一座高山阻路，四人一同前進，到了山上，忽然聽得呼呼一陣風響。三藏說：「這風來得太急，不正常啊。」接著，霧又騰起，三藏更加不安。

大聖腰一躬，來到半空，用手搭在眉上，睜開火眼，見到那懸崖邊上有一個妖精坐在那裡行風吐霧，還有三四十個小妖精在周圍。行者心想：「如果老孫用鐵棒往下一打，一定能把他們打死，只是這樣做，壞了老孫的名聲。我先回去，照顧照顧豬八戒，讓他來先和這妖精打一打。」於是落下雲頭，來到三藏面前。三藏問：「悟空，這一風霧吉凶如何？」行者說：「師父，我平時還看得出來，這一次卻是看錯了。我只說風霧起處恐怕會有妖怪，原來不是。」三藏問：「是什麼？」行者說：「前面不遠，有一個莊子。莊上的人家好善，在蒸白米乾飯、白麵饃饃齋僧呢。剛才起的霧，想必是那些人家蒸籠冒出的氣。」八戒聽說，當了真，便向長老說：「師父，剛才師兄說，前面莊裡有人家齋僧。你看看這馬，要草要料，豈不麻煩了人家？幸好現在風霧明淨，你們先在這裡坐一會兒，等我去找點嫩草，先餵餵馬，然後再往人家化齋去才好。」唐僧歡喜，說：「好啊！你今天怎麼這麼勤快？快去快來。」呆子暗暗笑著便走，行者趕上扯住，說：「兄弟，他那裡齋僧，只齋長得俊的，不齋醜的。」八戒說：「這麼說，又要變化才是。」行者說：「正是，你變一變再去。」呆子走到山凹裡，拈著訣，念動咒語，搖身一變，變作一個矮胖和尚，手裡敲著一個木魚。

卻說怪物收風斂霧，號令群妖，在大路上擺開一個圈子陣，專門等那過路的人。這呆子倒霉，撞到當中，被群妖圍住，推推擁擁，一齊下手。呆子被他們扯急了，現出原身，腰間取出釘鈀，一頓亂打，打退那些小妖。小妖急忙跑去報告老怪。老怪說：「不用怕，等我前去看看。」說完，掄著一條鐵杵，走上前來，見呆子果然醜惡。妖精壯著膽子，大喝：「你是從哪裡來的？叫什麼名字？快說出來，饒你性命！」八戒便把自己介紹了一通。妖精聽了，又大喝：「原來你是唐僧的徒弟。我經常聽人家說唐僧的肉好吃，正要拿你們呢，你今天卻撞到這裡來，我怎麼能饒了你？不要走！看杵！」那怪上前亂打。兩個在山凹裡，一場好殺。那怪又喝令小妖把八戒一齊圍住。

卻說行者在唐僧背後，忽然失聲冷笑。沙僧問：「哥哥冷笑，有什麼事嗎？」行者說：「豬八戒真是一個呆子呀！聽見說齋僧，就被我哄去了，去了這麼長時間還沒有回來。如果是一頓鈀打退妖精，你看他得勝而回，一定爭嚷功勞；如果戰不過妖精，被捉拿去，卻是我的晦氣，那八戒不知道會罵多少遍弼馬溫呢！悟淨，你別說話，等我去看看。」大聖也不教長老知道，悄悄地從腦後拔了一根毫毛，吹口仙氣，叫：「變！」變作本身模樣，陪著沙僧，隨著長老。他的真身跳到空中，見呆子被妖怪圍困，漸漸難敵。行者忍不住，按落雲頭，厲聲高叫：「八戒不要慌，老孫來了！」呆子聽得是行者聲音，心裡振作，一頓鈀，向前亂打，妖精抵敵不住，說：「這和尚剛才都快打不過了，這會兒怎麼又發起狠來了？」八戒說：「我的兒，不要欺負我！我家裡人來了！」說完，沒頭沒臉打去。妖精抵架不住，領著群妖敗陣去了。行者見妖精敗去，撥轉雲頭，回到原地，毫毛一抖，收上身來。長老肉眼凡胎，毫不察覺。

不一會兒，呆子得勝，轉了過來，累得口水鼻涕，白沫叢生。氣呼呼地向長老說：「師兄捉弄我！妖精把我圍了，苦戰了這一會兒，如果不是師兄的哭喪棒相助，我也別想脫羅網回來了！」行者在一旁笑著說：「這呆子胡說！你如果做賊，就連帶大家。我在這裡看著師父，根本就沒有離開一步！」長老說：「是啊，悟空沒有離開過我。」那呆子跳著嚷著：「師父！你不知道！他有替身！」長老問：「悟空，真的有怪嗎？」行者瞞不過，躬身笑著說：「是有一些小妖，他們不敢惹我們。八戒，你過來，我再照顧照顧你。我們保著師父，走過這險峻山路，要像行軍的一般。」八戒問：「行軍怎麼講？」行者說：「你做開路將軍，在前開路。妖精不來就算了，如果來了，你和他打鬥，打倒妖精，算你的功勞。」八戒心想那妖精手段和他差不多，便說：「我就死在他手裡也沒關係，好的，我先走！」行者笑著說：「這呆子先說晦氣話，怎麼又這麼長進了？」八戒說：「哥啊，你知道壯士臨陣，不死帶傷？先說句錯話，後面才有威風。」行者歡喜，忙請師父騎上馬，沙僧挑著行李，跟著八戒，一路入山。

卻說妖精率著幾個小妖，回到本洞，高坐在石崖上，默默無言。洞中還有許多看家的小妖，上前問候。老妖說：「真可恨啊！我經常聽到人們說，唐僧是十世修行的羅漢，吃他一塊肉，可以延壽長生。沒想到他今天到這裡，手下還有這樣厲害的徒弟！」正說著，下面閃出一個小妖，對老妖精哽哽咽咽地哭了三聲，又嘻嘻哈哈地笑了三聲。老妖大喝：「你又哭又笑，做什麼？」

小妖跪下，說：「大王才說要吃唐僧，唐僧的肉不好吃。」老妖問：「人們都說吃他一塊肉可以長生不老，和天同壽，怎麼說他不好吃？」小妖說：「如果好吃，他也到不了這裡，別的地方妖精，早就把他吃了。他手下有三個徒弟呢。」老妖問：「你知道是哪三個？」小妖說：「他的大徒弟是孫行者，三徒弟是沙和尚，這個是他二徒弟豬八戒。」

老妖問：「你怎麼知道這麼詳細？」小妖說：「我當初在獅駝嶺獅駝洞和那大王居住，那大王不知好歹，要吃唐僧，被孫行者打進門！還虧我有些見識，從後門走了，來到這裡，蒙大王收留，所以知道他的手段。」老妖聽說，大驚失色。這時，又有一個小妖上前，說：「大王不要生氣，也不要害怕。常言說，事從緩來。如果要吃唐僧，等我出個計策捉拿他。」老妖問：「你有什麼計策？」小妖說：「我有個分瓣梅花計。」老妖問：「怎麼叫分瓣梅花計？」小妖說：「把洞中大小群妖，集合在一起，千中選百，百中選十，十中只選三個，必須是能幹、會變化的，都變作大王的模樣，在三個地方埋伏。先叫一個戰豬八戒，再叫一個戰孫行者，再叫一個戰沙和尚：捨出這三個小妖，調開他弟兄三個，大王乘機在半空中伸下拿雲手去捉這唐僧，就如探囊取物，魚水盆內拈蒼蠅，有什麼難的！」老妖聽了，滿心歡喜，說：「這個計策絕妙！這一去，拿不得唐僧便罷；如果拿住了唐僧，就封你做個前部先鋒。」小妖叩頭謝恩，當時洞中大小妖精集合，選出三個有能耐的小妖，都變作老妖，各持鐵杵，埋伏著等待唐僧。

究竟小妖此計如何，且聽下回分解。

第五十二回　唐長老身陷隱霧山　豹子精命喪連環洞

話說唐長老無憂無慮，跟著八戒上了大路，走了多時，只見那路邊撲喇的一聲，跳出一個小妖，奔到前邊，要捉長老。行者叫：「八戒！妖精來了，還不動手？」呆子不認真假，拿著釘鈀趕上亂打，那妖精用鐵杵相迎。兩個一來一往，在山坡下打鬥。這時，又見到那草叢裡跳出一個怪來，直奔唐僧。行者說：「師父！不好了！八戒眼拙，放那妖精來捉拿你了，等老孫打他去！」急忙持棒迎上前大喝：「哪裡去！看棒！」那妖精也不回話，舉杵就打。兩個在草坡下你來我往，正相持著，又聽到山背後風響，又跳出一個妖精，奔向唐僧。沙僧見了，大驚：「師父！大哥和二哥的眼都花了，那妖精過來拿你了！你坐在馬上，等老沙拿他去！」這和尚也不分好歹，持杖擋住妖精打來的鐵杵，亂嚷亂鬥，漸漸地離開了長老。那老怪在半空裡，見唐僧獨坐在馬上，伸下五爪鋼鉤，把唐僧一把抓住。那師父丟了馬，脫了鐙，被妖精一陣風弄去了。

老妖按下風頭，把唐僧拿到洞裡，叫：「先鋒！」那定計的小妖上前跪倒，嘴裡說：「不敢！不敢！」老妖說：「何必這樣謙虛？大將軍一言既出，駟馬難追。我說過，拿不到唐僧便罷，拿住了唐僧，就封你為前部先鋒。今天你的妙計成功，我怎麼能失信於你？你把唐僧拿來，叫小的們挑水刷鍋，搬柴燒火，把他蒸一蒸，我和你都吃他一塊肉，好延壽長生。」先鋒說：「大王，先不要吃。」老怪問：「既然拿來，怎麼先不要吃？」先鋒說：「大王吃了他不打緊，豬八戒也做得人情，沙和尚也做得人情，只是恐怕孫行者那廝狠毒。他如果知道我們吃了他的師父，他也不來和我們打，只把那金箍棒往山腰裡一搠，搠個窟窿，連山都捅倒了，我們的安身之處就沒有了！」老怪問：「先鋒，你有什麼高見？」先鋒說：「依著我，先把唐僧送到後園，綁在樹上，兩三天不要給他飯吃，一來圖他裡面乾淨；二來等他三人不來門前尋找，打聽得他們離開了，我們再把他拿出來，自自在在地受用，好不好？」

老怪笑著說：「正是，正是！先鋒說得有理！」一聲號令，把唐僧拿到後園，用一條繩綁在樹上，眾小妖都去前面聽候。那長老苦挨著繩纏索綁，腮邊流淚，叫：「徒弟呀！你們在哪裡擒怪，哪裡趕妖？我被潑魔捉來，正在這裡受罪，我們什麼時候才能相會？真是痛死我了！」正哭著，只見對面樹上有人叫：「長老，你也進來了！」長老靜下神來，問：「你是什麼人？」那人回答：「我是這座山裡的樵夫，被那山主前天拿來，綁在這裡，正算計著要吃我呢。」長老滴淚，說：「樵夫啊，你死只是一身，沒有什麼牽掛，我卻死得不那麼乾淨。」樵夫說：「長老，你是一個出家人，上無父母，下無妻子，死便死了，有什麼不乾淨？」長老說：「我本是東土往西天取經去的，奉唐朝太宗皇帝御旨拜活佛、取真經，要超度那幽冥無主的孤魂。今天如果喪了性命，這一場功果盡化作風塵，這還怎麼能乾淨啊？」樵夫聽了，落下淚，說：「長老，我死更傷情。我自小失去了父親，和母親相依為命，靠著打柴為生。老母今年八十三歲了，只我一人奉養。如果我喪了命，誰給她埋屍送老？苦啊苦啊！」長老聽了，放聲大哭，說：「可憐！事君事親，都如同一理。你為親恩，我為君恩。」

先不說三藏身遭困苦，卻說孫行者在草坡下戰退小妖，急忙回來，不見了師父，只有白馬、行囊。慌得他牽馬挑擔，在山頭四處尋找。

孫大聖牽著馬、挑著擔，滿山頭尋找師父，忽然見豬八戒氣呼呼地跑來，說：「哥哥，你在做什麼？」行者說：「師父不見了，你看見沒有？」八戒說：「我本是跟著唐僧做和尚的，你卻來捉弄我，叫我做什麼將軍！我拚著命，和那妖精戰了一回，留得性命回來。師父是你和沙僧看著的，怎麼反過來問我？」行者說：「兄弟，我不怪你。你不知怎麼眼花了，把妖精放回來拿師父。我去打那妖精，叫沙和尚看著師父，如今連沙和尚也不見了。」八戒笑著說：「想必是沙和尚帶著師父到哪裡出恭去了。」正說著，沙僧回來。行者問：「沙僧，師父哪裡去了？」沙僧說：「你兩個眼都花了，把妖精放進來拿師父，老沙去打那妖精的，師父自己在馬上坐著來。」行者氣得暴跳如雷，說：「中計了！中計了！」

沙僧問：「中什麼計？」行者說：「這是分瓣梅花計，把我弟兄們調開，他抓了師父去了。天啊！這可怎麼是好！」說著，眼淚就流了出來。八戒說：「不要哭！一哭就成膿包了！反正不遠，只會在這座山上，我們找找去。」

三人沒轍，只得進山尋找，走了二十里，見那懸崖下面有一座洞府，削峰掩映，怪石嵯峨。那石門緊閉，門上橫著一塊石板，上有八個大字：「隱霧山折岳連環洞」。那呆子仗勢行兇，舉著釘鈀把那石頭門打了一個大窟窿，嘴裡大喊大叫，行者也上前叫罵。裡面的先鋒對老怪提議說：「大王，我記得孫行者是一個寬洪海量的猴頭，喜好奉承。我們拿個假人頭出去哄哄他，奉承他幾句，只說他師父被我們吃了。」老怪問：「哪裡弄個假人頭？」先鋒說：「等我做一個。」好妖怪，用一把鋼刀斧，把柳樹根砍作人頭模樣，噴上一點人血，叫一個小怪，用漆盤托著拿到門下，叫：「大聖爺爺。」

孫行者果然喜好奉承，聽見叫大聖爺爺，便叫八戒先不要動手。小怪說：「你師父被我大王拿進洞來，已經把你師父吃了，只剩了個頭在這裡。」行者說：「拿出人頭來，我看是真是假。」那小怪從門窟窿裡拋出那個頭來，豬八戒見了就哭：「可憐啊！師父！」行者說：「這是個假人頭。」八戒問：「怎麼認得是假？」行者說：「真人頭拋出來，落地不響，假人頭拋出帶著梆子聲。你不信，等我拋了給你聽。」拿起來往石頭上一扔，一聲響亮。沙和尚說：「哥哥，響了！」行者說：「響了就是個假的，我叫他現出本相給你們看。」拿出金箍棒，只一下，打破了。八戒一看，原來是一個柳樹根。

眾怪一看騙不了行者，便把過去吃人留下的一顆新鮮人頭，把頭皮啃淨，還用盤子拿出，又從門窟窿裡抛出，血滴滴地亂滾。孫行者認得是一個真人頭，不由得痛哭，八戒、沙僧也一齊放聲大哭。接著，那呆子把頭抱在懷裡，取釘鈀挖了一個坑，把頭埋了。行者、八戒一齊來到石門前，喊聲震天，大叫：「還我唐僧來！」洞中老怪無奈，只得率眾妖前來搏殺。那群妖怪紮下營盤，老怪拿著鐵杵，高呼：「那潑和尚，你認不得我？我是南山大王，數百年放蕩在這裡。唐僧我已經吃掉了，你們敢怎麼著？」行者聽了，一邊罵一邊向前衝了過去。那妖精側身閃過，用鐵杵朝著行者就打。行者輕輕地用棒架住，八戒忍不住，使鈀亂打那先鋒。眾小妖一同圍了過來，真是一場大混戰！孫大聖使出分身法，把毫毛拔下一把，嚼在嘴中，噴出去，叫：「變！」都變作本身模樣，每一個都使一根金箍棒，從前邊往裡打進。那一兩百個小妖，顧前不能顧後，敗走歸洞。這行者和八戒，從陣裡往外殺出來。嚇得那南山大王滾風生霧，得命逃回。那先鋒不能變化，早被行者一棒打倒，現出本相，原來是一個鐵背蒼狼怪。行者身子一抖，收上毫毛，說：「呆子！快去追趕老怪，討師父的命來！」

卻說眾怪逃回洞裡，從裡面把門都堵了，再不敢出頭。行者帶著八戒，趕到門前吆喝，無人答應。八戒用鈀挖，也弄不開這道門。行者、八戒只好回來和沙僧商量。行者說：「這妖精把前門堵了，一定有後門出入。你兩個待在這裡，等我去找找。」

大聖收了棒，轉過山坡，忽然聽得潺潺水響，回頭一看，原來是澗中水響，從上流沖洩下來。又見澗那邊有一座門，門左邊有一個出水的暗溝，溝中流出紅水來，心想：「那一定是後門了。」於是，他變成一個水老鼠，從那出水的溝中鑽到裡面天井。只見那向陽的地方有幾個小妖，拿些人肉，一塊塊地晒。行者跳出溝，搖身一變，又變成一個帶翅的螞蟻。一直飛到中堂，只見老怪坐在那裡正煩惱呢，這時，有一個小妖跑來報告：「我剛才聽得豬八戒、孫行者、沙和尚在外邊痛哭。想必是把那個人頭認作唐僧的頭了。」行者暗中聽說，心內歡喜：「這樣說來，我師父還沒被吃掉呢。」大聖東張西看，見旁邊有個小門，從門縫兒裡鑽進去，裡面是個大園子，只見一叢大樹，樹底下綁著兩個人，其中一人正是唐僧。

大聖念聲咒語，又變作一隻螞蟻，再回到中堂，待在正梁上。只見那些小妖，紛紛嚷嚷地擠在一塊。行者把毫毛拔了一把，嘴裡嚼碎，輕輕地吹出，暗念咒語，變作許多瞌睡蟲，往那眾妖臉上拋去，一個個鑽到眾妖的鼻子裡，小妖漸漸打盹，時間不長，都睡了。行者跳下來，現出原身，把旁門打破，跑到後園，高叫：「師父！」長老悲中作喜，說：「徒弟，快來解開繩子，綁壞我了！」行者上前，把繩子解了，挽著師父就走，又聽得對面樹上綁的人叫：「老爺發發大慈悲，也救我一命！」長老站住，叫：「悟空，把那個人也解下來。」行者問：「他是誰？」長老說：「他是一個樵夫，說有母親年老，十分思念，連他也救了吧。」

行者也上前解了繩索，一同帶出後門。八戒、沙僧見了，歡天喜地，行者便說：「師父，你請先坐坐，等我去除掉妖怪。」說完，跳下石崖，過澗入洞，把那綁唐僧和樵夫的繩索拿進中堂，把睡著的老妖捆倒，用金箍棒挑起來，走出後門。行者到跟前放下，八戒舉鈀就打。行者說：「先別動手！洞裡還有小妖怪呢。你先去找點柴草，叫他們斷根。」樵夫帶著八戒，找來柴草，送到後門。行者點上火，身子抖一抖，收了瞌睡蟲的毫毛。那些小妖才剛醒來，立刻陷入了火海。八戒上前一鈀把老怪打死，現出原身，原來是一個花皮豹子精。

樵夫這時說：「老爺，西南不遠，就是我家。請老爺到我家，見見家母，叩謝老爺大恩大德，好送老爺上路。」長老欣喜，當時就和樵夫同行，見到樵夫母親，樵夫母親安排了素齋酬謝。師徒們飽餐一頓，收拾起程。

三藏師徒四人，下了隱霧山，奔上大路。走了數天，又來到一座城池，走進三層門內，見那裡十分荒涼，街區冷清。師徒順著街行走，有那官人模樣的人見了師徒四人，躬身問：「從哪裡來的？」三藏回答：「貧僧是東土大唐駕下拜天竺國大雷音寺佛祖求經者。有事嗎？」那官人施禮，說：「這裡是天竺外郡，地名鳳仙郡。連年乾旱，郡侯派我們在這裡張榜，招求法師祈雨救民。不知道你們有沒有這個本事？」行者聽了，問：「你的榜文在哪裡？」三藏說：「徒弟們，哪個會求雨，給他求一場甘雨，這是行萬善的事；如果不會就走，不要耽誤了走路。」行者說：「祈雨有什麼難的！」

眾官聽說，叫兩個急忙去郡中報告。那郡侯正焚香默祝，聽得報告，整衣步行，到了市口，把師徒們接到府裡，一一相見，看茶擺齋。吃過齋，唐僧問：「郡侯大人，貴地乾旱多久了？」郡侯說：「這裡是大邦天竺國，鳳仙外郡。一連三年大旱，餓死了一大半人，幸好遇到真僧來到我國。如果能求得寸雨，願奉千金酬謝大德！」行者聽說，笑著說：「如果說千金為謝，那麼半點甘雨都沒有。如果講積功累德，老孫送你一場大雨。」那郡侯原來十分清正賢良，愛民心重，馬上請行者上坐，低頭下拜。行者說：「等老孫叫龍來行雨。」

行者念動真言，誦動咒語，當時見正東方向，一朵烏雲，漸漸落到堂前，正是東海老龍王敖廣。敖廣收了雲腳，化作人形，走向前，向行者躬身施禮，問：「大聖叫小龍來，有什麼要做的？」行者說：「請起，麻煩你遠來，沒大事。這裡是鳳仙郡，連年乾旱，問你，為什麼不來下雨？」老龍說：「報告大聖，我雖然能行雨，卻只是上天遣用之輩。上天不下令，我豈敢擅自來這裡行雨？」行者說：「我路過這裡，見久旱民苦，特意叫你來這裡施雨救濟，你怎麼這樣推托？」龍王說：「豈敢推托？大聖念真言呼喚，不敢不來。只是一來沒有奉上天御旨，二來沒有帶行雨神將。大聖既然有施濟之心，容小龍回到海裡點兵，還煩大聖到天宮奏准，請一道降雨聖旨，請水官放出龍來，我好照旨意數目下雨。」行者見他這樣說，便先讓老龍回海去了。

大聖說聲去，一路觔斗雲，來到西天門外，護國天王領天丁力士上前迎接，問：「大聖，取經的事完成了嗎？」行者說：「差不遠了。今天走到天竺國界，有一外郡叫鳳仙郡。那裡三年不下雨，百姓十分艱苦，老孫想祈雨拯救，呼得龍王到，他說沒有旨意，不敢私自去做，所以特來朝見玉帝請旨。」天王說：「那邊不該下雨呢。我曾經聽得說，那郡侯撒潑，冒犯天地，上帝見罪，立有米山、麵山、黃金大鎖，要一直等到這三件事倒斷，才該下雨。」行者不知這是什麼意思，一定要見玉帝。天王不敢攔阻，讓他進去，來到靈霄殿下，玉帝說：「三年前的十二月二十五日，朕出行監觀萬天，浮游三界，見那上官正把齋天素供，推倒餵狗，口出穢語，所以有冒犯之罪，朕當時立了三事，在披香殿裡。你們可帶著孫悟空去看，如果三事倒斷，便降旨給他；如果不倒斷，先別管這件閒事。」

究竟何為三事，且聽下回分解。

第五十三回　孫大聖勸善施甘霖　黃獅精虛設釘鈀宴

話說四天師帶著行者到披香殿裡看，見有一座米山，大約有十丈高；一座麵粉山，大約有二十丈高。米山邊有一隻拳頭大的雞，在那裡緊一嘴、慢一嘴地吃著米。麵粉山邊有一隻金毛哈巴狗，在那裡長一舌、短一舌地舔著麵粉。左邊懸著一座鐵架子，架上掛著一把金鎖，大約有一尺三、四寸長，鎖梃有指頭粗，下面有一盞明燈，燈焰燎著那鎖梃。行者不知這是什麼意思，回頭問天師，天師說：「那裡觸犯了上天，玉帝立這三事，要一直等到雞吃盡了米，狗舔光了麵粉，燈焰燎斷鎖梃，那邊才該下雨呢。」行者聽了，大驚失色，再不敢啟奏，走出殿，滿面含羞。四大天師笑著說：「大聖不必煩惱，這事只有那裡做做善事才可以解。如果有一念善慈，驚動上天，那米山、麵粉山就會倒下，鎖梃也會斷。你去勸他們行善，自然就無事了。」

那郡侯和三藏、八戒、沙僧、大小官員等接著行者，都前來問。行者把郡侯喝了一聲，說：「只因為你三年前十二月二十五日冒犯了天地，以致黎民百姓有難，如今不肯降雨！」郡侯慌得跪伏在地，問：「老師怎麼知道三年前的事？」行者說：「你把那齋天的素供，怎麼推倒餵狗？老實說來！」那郡侯不敢隱瞞，說：「三年前十二月二十五日，獻供齋天，在本衙內，因妻子不賢，惡言相鬥，一時大怒無知，推倒供桌，潑了素饌，喚狗來吃了。這兩年神思恍惚，沒法解釋，不知上天見罪，遺害黎民百姓。今天遇到老師降臨，萬望明示，上界要怎麼樣才能不再計較。」行者便把行好事的事說了。

郡侯當時就召請本處和尚和道人，啟建道場，各自寫發文書，申奏三天。郡侯領著眾人拈香瞻拜，答天謝地，引罪自責，三藏也和他一起念經。一邊又出飛報，叫城裡城外大家小戶，不論男女，都要燒香念佛。行者這才歡喜。

大聖又縱雲頭，來到南天門外，遇到護國天王。天王問：「你又來做什麼？」行者說：「那郡侯已經歸善了。」天王聽了，也很高興。

正說著，早見值符使者，捧著道家文書、僧家關牒，到天門外傳遞。那符使見了行者，施禮，說：「這是大聖勸善的功勞。」行者說：「你把這個文牒送到哪裡去？」符使說：「送到通明殿，給天師，好傳遞到玉皇大天尊面前。」行者說：「既然是這樣，你先走，我隨後就去。」那符使進了天門。護國天王說：「大聖，不用見玉帝了。你到九天應元府下，借點雷神，就有雨下了。」行者聽了，進入天門，不上靈霄殿，直往九天應元府，見那天尊，說明前後經過，天尊說：「既然如此，叫鄧、辛、張、陶率領著閃電娘子，隨大聖下降鳳仙郡去打雷。」

那四將和大聖一起，不久到了鳳仙境界，在半空作起法。只聽得陣陣雷聲，又見閃電，那鳳仙郡，城裡城外，大小官員、軍民，整整三年沒聽見雷電，今天見有雷聲電閃，一齊跪下，頭頂著香爐，有的手拈著柳枝，念：「南無阿彌陀佛！南無阿彌陀佛！」這一聲聲善念，果然驚動上天。

卻說上界值符使者，把和尚和道人的文牒送到通明殿，四天師傳奏靈霄殿。玉帝見了，說：「那裡既然有了善念，去看看三事如何了。」正說著，披香殿的將官來報：「所立的米山、麵粉山都倒了，現在米麵都沒了，鎖梃也斷了。」玉帝大喜，馬上傳旨：「叫風部、雲部、雨部，各遵號令，去鳳仙郡界，今天今時，聲雷布雲，降雨三尺零四十二點。」四大天師奉旨，傳給各部下界，各逞神威，一齊振作。

行者正和鄧、辛、張、陶令閃電娘子在空中調弄，只見眾神都到，合會一天。甘雨滂沱，一天雨下足了三尺零四十二點，眾神才漸漸收回。

卻說大聖墜落雲頭，對三藏說：「事情已經辦成了，現在可以收拾走路了。」郡侯聽了，急忙行禮，說：「孫老爺說哪裡話！今天這一場，是無量無邊的恩德。下官和老爺要起建寺院，立老爺生祠，勒碑刻名，四時享祀。請先留住。」不容分說，連夜讓多人治辦酒席，起蓋祠宇。天天盛宴。有半月時間，祠宇蓋好。唐僧驚訝地說：「工程浩大，怎麼這麼迅速蓋成？」郡侯說：「下官督促，晝夜不息，所以能蓋好。特請各位老爺前去看看。」三藏師徒四人前去，見那殿閣巍峨，山門壯麗，稱讚不已。行者請師父留下一個寺名，三藏說：「留名叫作甘霖普濟寺吧。」

這時，三藏才得以上路西行。合郡官員，大展旌幢，送出三十里，還不忍分別，最後一直望不見三藏師徒才回去。

唐僧高高興興地告別了郡侯，在馬上向行者說：「賢徒，這一場善果勝過在比丘國搭救兒童，這都是你的功勞啊。」不覺又到了深秋，四人走路多時，又望見城垣，這時從樹叢裡走出一個老人，手持竹杖，唐僧滾鞍下馬，上前問候。

老人扶杖還禮，說：「這裡是天竺國下郡，地名玉華縣。縣中城主，是天竺皇帝的宗室，封為玉華王。這個王十分賢能，專門崇敬僧道，愛戴黎民。老禪師如果前去相見，必受禮遇。」三藏謝了，老人穿過樹林去了。

四人走到城邊街道，見那裡人家，人煙密集，生意昌隆。人們的聲音相貌和中華也沒有區別。走在街上，八戒低了頭，沙僧掩著臉，只有行者攙著師父。兩邊的人看到，齊聲叫：「我們這裡只有降龍伏虎的高僧，還沒見過降豬伏猴的和尚。」過了吊橋，來到城裡，只見那大街兩側酒樓歌館，熱鬧繁華。三藏心中暗喜：「西域景象和我大唐一樣！稱這裡為極樂世界，非常準確。」走了多時，這才到玉華王府，師父換了衣帽，拿了關文，到王府前，引禮官傳奏，那王子果然賢達，傳旨召進。三藏到殿下施禮，把關文獻上，王子看了，又見有各國印信手押，也就欣然把寶印了，押了花字，問：「國師長老，你從大唐到這裡，經過所有的諸邦，一共走了多少路程？」三藏說：「貧僧也沒有記住路程。只是當年蒙觀音菩薩在我王御前顯身，曾經留了頌句，說到西方有十萬八千里。貧僧在路上，已經過了一十四個寒暑了。」王子歡喜，叫典膳官備素齋管待。又請上三藏三位徒弟，進府吃齋。行者叫八戒牽馬，沙僧挑擔，走進玉華王府。王子見那三位徒弟醜惡，心中害怕，叫典膳官請眾僧官去暴紗亭吃齋。

卻說王子退殿進宮，宮中有三個小王子，見他面容改色，問：「父王今天為什麼這麼驚恐？」王子說：「剛才有東土大唐派來拜佛取經的一個和尚，倒換關文，一表非凡。我留他吃齋，他的徒弟進來，一個個醜似妖魔，所以面容改色。」那三個小王子一個個好武好強，聽了，伸出拳頭，說：「也許是哪座山裡走來的妖精，假裝成人，我們拿兵器去！」大王子拿了一條齊眉棍，第二個掄著一把九齒鈀，第三個使出一根烏油黑棒子，氣昂昂地走出王府，嚇得三藏面容失色，丟下飯碗。八戒只管吃飯，不理不睬。沙僧和行者問：「你們三個來到這裡氣呼呼地要幹什麼？」一邊的典膳等官說：「這三位是我王的小殿下。」

八戒放下碗，說：「小殿下，你們拿著兵器做什麼？難道想和我們打架嗎？」

二王子雙手舞鈀，便要打八戒。八戒嘻嘻哈哈地笑著說：「你那鈀只能給我這鈀做孫子！」揭開衣服，從腰間取出鈀來，晃一晃，金光萬道，把二王子嚇得手軟筋麻，不敢舞弄。行者見大的使一條齊眉棍，從耳朵裡取出金箍棒，晃一晃，碗口般粗細，往地下一搗，搗進去三尺深，豎在那裡，笑著說：「我把這棍子送給你吧！」

那王子聽說，放下自己的棍子，去取那棒，雙手盡氣力一拔，一絲不動，端一端，搖一搖，就好像生了根一般。第三個掄著烏油桿棒來打，被沙僧一手劈開，取出降妖寶杖，拈一拈，豔豔生光，嚇得那典膳等官一個個呆在那裡。三個小王子一齊下拜，說：「神師！神師！我們凡人不識神僧，還請施展一回。」行者走過去，輕輕地把棒拿起來，說：「這裡狹窄，不好施展，等我跳到空中，耍一耍給你們看看。」大聖呼哨一聲，一個觔斗，兩隻腳踏著五色祥雲，浮在半空，離地大約有三百步，把金箍棒丟開，一上一下，左旋右轉。八戒在底下喝采，也忍不住駕起風頭，跳到半空，丟開鈀，上三下四，左五右六，前七後八，只聽得呼呼風響。正使得熱鬧，沙僧對長老說：「師父，老沙也去操演操演。」和尚雙腳一跳，掄著杖，也浮在空中，雙手使降妖杖，有如餓虎撲食，緊迎慢擋。嚇得那三個小王子，跪在塵埃裡。暴紗亭大小人員，以及王府裡的老王子，滿城中軍民男女，僧尼道俗，家家念佛磕頭，戶戶拈香禮拜。他三個各逞雄才，使了一路，按下祥雲，把兵器收了，到唐僧面前坐下。

國王父子四人，不擺駕，不張蓋，走到暴紗亭。在長老師徒四人面前，三個小王子拜為門徒，要學武藝。過後，大排宴席。第二天一早，國王又率三個小王子前來見長老師徒四人，三個小王子在行者、八戒、沙僧面前叩頭，行師禮，排素宴，就在宴前各傳招法：學棍的演棍，學鈀的演鈀，學杖的演杖。雖然能做出幾個轉身，使幾樣套數，終歸是有些吃力，走上一路招式，便氣喘吁吁。當天散了宴席。

第二天，三個王子又來稱謝，說：「感謝神師傳授武藝，現在想叫工匠照著師父的神器樣子，減削斤兩，打造一模一樣的，不知師父肯不肯？」八戒說：「好！好！好！我們的器械，你們使不出勁，還有，我們也要用神器護法降魔，正應該另造。」王子又宣召鐵匠，買下鋼鐵萬斤，就在王府內前院支爐鑄造。第一天把鋼鐵煉熟，第二天請行者三人把金箍棒、九齒鈀、降妖杖取出來，看樣打造，晝夜不停。

原來這兵器他們各藏在身，因此有許多光彩護體，如今放在王府內前院，那霞光有萬道沖天，瑞氣有千般罩地，驚動了一個妖精。原來離城只有七十里，有座山叫作豹頭山，那裡有個洞叫作虎口洞，夜裡那妖精忽然見霞光瑞氣，駕著雲頭前來察看。他按下雲近前，一看是這三般兵器放光，又喜又愛，心想：「好寶貝！這是什麼人用的，放在這裡？也是我有緣，拿了去呀！」他心一動，弄起威風，把三樣兵器，都收去了，轉回本洞。

院中幾個鐵匠，連日辛苦，夜裡睡著了。天明起來打造，不見了這三樣兵器，一個個四下尋找。三個王子出宮來看，心驚膽戰，心想：「想必是師父昨夜收拾去了。」急忙奔到暴紗亭，見白馬還在，忍不住叫：「師父還在睡呢！」沙僧說：「起來了。」房門打開，讓王子進來，不見兵器，王子慌慌張張地問：「師父的兵器都收起來了？」行者跳起來，說：「沒有收啊！」王子便說：「三樣兵器，昨夜都不見了。」

正嚷著，老王子出來，問清情況，也面無血色，沉吟半晌，說：「神師兵器，就是有百十多人也動不了；何況孤在這座城裡，現已經過了五代，不是大膽誇下海口，孤也有賢名在外，這城裡的軍民匠人等，也怕孤的法度，一定不敢欺心，還請神師明察。」行者笑著說：「不用再想了，我問殿下，你這州城四面，可有什麼山林妖怪？」王子說：「神師這一問十分有理。孤這州城往北，有一座豹頭山，山裡有一座虎口洞。」

行者笑著說：「不用講了，一定是那裡的歹人知道那是寶貝，昨夜偷去了。」叫：「八戒、沙僧，你們都在這裡保護著師父，守著城池，老孫去察看察看。」又叫鐵匠不可熄了爐火，還要一一煉造。

猴王辭了三藏，呼哨一聲，形影不見，跨到豹頭山上。那山離城只有七十里，一瞬間就到了。來到山峰上觀看，看出有些妖氣，又忽然聽到山背後有人說話，急忙回頭，兩個狼頭怪妖，說著話，向西北方向走去。行者心想：「這一定是巡山的怪物，等老孫跟著他們，看看他們說點什麼。」拈著訣，念個咒，搖身一變，變作一隻蝴蝶，展開翅，趕上去。那妖突然叫：「二哥，我們大王連日僥倖。前些時候得了一個美人，十分快樂。昨晚又得到三樣兵器，真是無價之寶。明天開宴慶釘鈀會，我們都可以好好地吃上一頓。」另外一個說：「我們也真僥倖。拿這二十兩銀子去買豬羊，到了西北方集市時，先吃幾壺酒，把東西開個花賬，落下二、三兩銀子，買件棉衣禦寒，多好！」兩個怪說說笑笑，大步如飛。行者聽說要開慶釘鈀會，心中暗喜；本想打死這兩個怪，一想又不關他們的事，而且手中又沒有兵器。他便飛到前邊，現了本相，在路口上站住。那怪走到身邊，被他一口唾液噴去，念一聲「吒」，使出定身法，把兩個狼頭精定住。睜著眼，嘴也難開；直挺挺，雙腳站住。從他們身上，搜出二十兩銀子，又找到兩個粉漆牌子，一個上面寫著：「刁鑽古怪」，一個上面寫著：「古怪刁鑽」。

大聖取了銀子，解下他們的牌子，返回州城，來到王府，見了王子、唐僧以及大小官員，說了情況。八戒笑著說：「想必是老豬的寶貝，霞彩光明，所以要買豬羊，整治宴席慶賀。現在怎麼做？」行者說：「我們兄弟三人都去，這銀子是買豬羊的，先把這銀子賞了匠人，叫殿下找幾個豬羊。八戒你就變作刁鑽古怪，我變作古怪刁鑽，沙僧裝作一個販賣豬羊的客人，走進那虎口洞裡，方便時，各人拿了兵器，打死那個妖邪，回來再收拾走路。」老王馬上派管事的買了七、八口豬，四、五隻羊。

究竟慶釘鈀會開了沒有，且聽下回分解。

第五十四回　三徒弟大鬧豹頭山　孫悟空奮戰九頭獅

話說他們三人辭了師父，在城外大顯神通。八戒說：「哥哥，我沒有看見刁鑽古怪，怎麼變得他的模樣？」行者說：「那怪被老孫使出定身法定住在那裡，明天這個時候才能醒過來。我記得他的模樣，你站著，等我讓你變化了，你就成他的模樣了。」呆子於是嘴裡念著咒，行者吹口仙氣，片刻變得和刁鑽古怪一模一樣，讓八戒把一個粉牌帶在腰間。行者變作古怪刁鑽，腰間也帶了一個牌子。沙僧打扮成一個販豬羊的客人，一塊兒趕著豬羊，上了大路，奔到山裡來。不久，進了山凹，又遇見一個小妖，生得嘴臉兇惡！那怪挾著一個彩漆的請帖匣子，迎著行者三人叫：「古怪刁鑽，你兩個來了？買了幾口豬羊？」行者說：「你看這趕的不就是嗎？」那怪看看沙僧，問：「這一位是誰？」

行者說：「他就是販豬羊的客人，還短少他幾兩銀子，帶他來這裡取。你到哪裡去？」那怪說：「我到竹節山去請老大王明早赴會。」行者就問：「請多少人？」那怪說：「請老大王坐首席，連本山大王等眾，大約有四十多位。」正說著，八戒說：「去吧，去吧！豬羊都跑開了！」行者說：「你去攔著，等我討他的帖子看看。」那怪見是自家人，揭開取出，遞給行者。行者看時，上面寫著：「明辰敬治肴酌慶釘鈀嘉會，屈尊過山一敘，至感！右啟祖翁九靈元聖老大人尊前。門下孫黃獅頓首百拜。」行者看過，仍遞給那怪。那怪把帖放在匣子裡，直接往東南方向去了。

沙僧問：「哥哥，帖子上寫的是什麼？」行者說：「是慶釘鈀會的請帖，名字寫著門下孫黃獅頓首百拜，請的是祖翁九靈元聖老大人。」沙僧笑著說：「黃獅想必是個金毛獅子成的精，但不知九靈元聖是個什麼東西。」八戒聽說，笑著說：「是老豬的貨了！」行者問：「怎麼見得是你的貨？」八戒說：「古人說，癩母豬專趕金毛獅子，所以知道是老豬的貨物。」他三人說說笑笑，趕著豬羊，望見虎口洞門。漸漸走近，驚動裡面妖王，出來問：「你們兩個來了？買了多少豬羊？」行者回答：「買了八口豬、七隻羊。豬銀該一十六兩，羊銀該九兩，現欠五兩。這個就是客人，跟來拿銀子的。」妖王聽說，叫：「小的們，取五兩銀子，打發他去。」行者說：「主公，這個客人肚子也飢了，我們兩個也沒有吃飯。家中有現成的酒飯，賞他一些吃了，打發他去吧。」正說著，有一個小妖，取了五兩銀子，遞給行者。行者把銀子遞給沙僧，說：「客人，收了銀子，我和你到後面去吃點飯。」沙僧仗著膽，和八戒、行者進洞內，到了二層廳上，正中間桌上，高高地供養著一柄九齒釘鈀，光彩映目，東山頭靠著一條金箍棒，西山頭靠著一條降妖杖。那妖王也跟在後面。

八戒見了釘鈀，跑上去拿下來，掄在手裡，現了原身，照妖精劈臉就打。行者、沙僧也奔到兩山頭各拿了器械，現了原身。三兄弟一齊亂打，那妖王急忙抽身閃過，轉到後邊，取出一柄四明鏟，趕到天井中，支住他們三樣兵器，厲聲大喝：「你們是什麼人！」行者大罵：「你不認得我！我們是東土聖僧唐三藏的徒弟。你把我們這三件兵器偷來，還有道理說?!」他們在豹頭山戰了多時，妖精抵擋不住，向東南巽宮上，乘風飛去。三人進入洞裡，把那一百多個大小妖精全部打死，原來都是一些虎狼彪豹，馬鹿山羊。大聖使出一個手法，把他那洞裡細軟物件以及打死的獸身和趕來的豬羊全部帶出，轉回州城。

這時，城門尚開，人們還沒睡，老王父子和唐僧都在暴紗亭盼著。看到他們帶回來的東西，聽了來龍去脈，老王又喜又憂。喜的是得勝而回，憂的是那妖精日後會報仇。行者說：「殿下請放心，一定幫你掃除盡絕，我中午去時，撞見一個青臉紅毛的小妖送請書，我看他帖子上寫著：『明辰敬治肴酌慶釘鈀嘉會，右啟祖翁九靈元聖老大人尊前。』名字是門下孫黃獅頓首百拜。剛才那妖精敗陣，必然到他祖翁那裡去了。」老王稱謝了，擺上晚齋。師徒們吃過齋，各自休息。

卻說那妖精果然奔到竹節山。那座山中有一座洞天，名叫九曲盤桓洞。洞中的九靈元聖是他的祖翁。到了洞口，敲門進去。見了老妖，說了情由。老妖聽了，默想片刻，笑著說：「原來是他。我的賢孫，你不該招惹他！」妖精問：「祖爺知道他是誰？」老妖說：「那毛臉雷公嘴叫作孫行者，這個人神通廣大，五百年前曾經大鬧天宮，十萬天兵也沒有拿住他。你怎麼能惹他？好了，等我和你去，把那傢伙連同玉華王子都擒來，替你出氣！」妖精聽說，叩頭謝了。

當時老妖叫上猱獅、雪獅、狻猊、白澤、伏狸、摶象諸孫，各持鋒利器械，黃獅領著，各縱狂風，來到豹頭山界。只覺得煙火氣撲鼻，又聽得有哭泣聲。仔細看時，原來是刁鑽、古怪二人在那裡叫主公哭主公呢。到家，見煙火未熄，房舍都燒了。老妖便率眾妖奔向州城。

只見得風滾滾、霧騰騰，嚇得那城外的人四處躲避。行者三人，半雲半霧，出城迎敵。

大聖和八戒、沙僧出了城頭，一夥妖精同大聖三人戰了半天，不覺天晚。八戒口吐黏涎，看看腳軟，虛晃一鈀，敗下陣去，被那雪獅、猱獅二精怪喝住：「哪裡走，看打！」呆子躲閃不及，被他照脊梁上打了一下，倒在地下，只叫：「算了!算了！」兩個精怪把八戒扛去見那九頭獅子，報告：「祖爺，我們拿了一個。」正說著，沙僧、行者也都戰敗。眾妖精一齊趕來，被行者拔出一把毫毛，嚼碎噴去，叫聲：「變！」變作上百個小行者，把那白澤、狻猊、摶象、伏狸和金毛獅怪圍在當中。沙僧、行者又上前痛打。到了晚上，拿住狻猊、白澤，走了伏狸、摶象。金毛獅回去報告老妖，老怪見失了二獅，吩咐：「把豬八戒捆了，不要傷他。等他們還我二獅，再把八戒還給他們。他們如果害了我的二獅，就拿八戒償命！」當晚群妖安歇在城外。

卻說孫大聖把兩個獅子精抬到城邊，老王見了，傳令開門，派二、三十個校尉，拿著繩子出門，綁了獅精，扛到城裡。孫大聖收了毫毛，和沙僧到了城樓上，見了唐僧。那王子一個個頂禮，擺上齋來，就在城樓上吃了。

早又天明。老怪叫黃獅精定計，說：「你們今天要用心拿那行者、沙僧，等我暗自飛空上城裡去，拿他師父和那老王父子，先回到九曲盤桓洞，等你得勝回報。」黃獅領計，便帶著猱獅、雪獅、摶象、伏狸各持兵器前來挑戰。這裡行者和沙僧跳出城頭，那妖精不容分說，一齊擁來。大聖弟兄兩個，各運機謀，擋住五個獅子。那老怪駕著黑雲，來到城樓上，搖一搖頭，嚇得那城上文武大小官員和守城人夫都滾下城去，被他闖入樓裡，張開嘴把三藏和老王父子一起銜出，又到坎宮地下，把八戒也用嘴銜了。原來他的九個頭就有九張嘴，一嘴銜著唐僧，一嘴銜著八戒，一嘴銜著老王，一嘴銜著大王子，一嘴銜著二王子，一嘴銜著三王子，六個嘴銜著六個人，還空了三張嘴，大喊：「我先去了！」這五個小獅精見他得勝，一個個士氣大振。行者聽得城上人喊嚷，知道中了他的計，急忙叫沙僧小心，他卻把胳膊上的毫毛全部拔下，入嘴嚼爛噴出，變作千百個小行者，一擁上前，拖倒猱獅，活捉了雪獅，拿住了摶象獅，扛翻了伏狸獅，把黃獅打死，嚷嚷著到了州城。那城上的守官看見，開了門，用繩子把五個獅精捆了，抬進城去。

第二天，大聖和沙僧駕起祥雲，不久，到了竹節山。找到一座洞府，兩扇花斑石門緊緊關閉。門上橫嵌著一塊石板，鐫了十個大字：「萬靈竹節山九曲盤桓洞」。大聖前去叫喊。老妖聽到，叫：「小的們，好好在這裡看守，等我出去把那兩個和尚抓來。」他大開了洞門，也不講話，逕直奔向行者。行者用鐵棒當頭支住，沙僧掄著寶杖就打。那老妖頭搖一搖，左右八個頭，一齊張開嘴，把行者、沙僧輕輕地又銜到洞內，叫：「取繩子來！」那刁鑽古怪、古怪刁鑽與青臉昨夜趁亂逃回，拿出兩條繩子，把他們二人結結實實地捆了。老妖吩咐：「先打這個猴頭一頓，給我黃獅孫報冤仇！」幾個小妖各持柳棍，專打行者。行者是熬煉過的身體，那些柳棍，只能算是給他拂癢，他哪裡作聲？憑著怎麼捶打，都不介意。一直打到天晚。夜快深了，這才停了手，眾妖散去休息。

行者使出一個遁法，身子一小，脫出繩子來，抖一抖毫毛，從耳朵裡取出棒來，晃一晃，有吊桶粗，二丈多長，把幾個小妖打作三個肉餅，又剔亮了燈，放了沙僧。八戒被捆急了，忍不住大聲叫：「哥哥！我的手腳捆腫了，快來先解開我！」這呆子喊了一聲，卻驚動了老妖。老妖爬起來，問：「是誰要解放？」行者聽見，一口吹熄了燈，也顧不得沙僧等，揮著鐵棒，打破幾重門走了。

卻說大聖出了九曲盤桓洞，跨祥雲轉回玉華州，見那城頭上各邊的土地神和城隍之神迎空拜接。那土地戰戰兢兢地叩頭，說：「那老妖前年下降竹節山。那九曲盤桓洞原是六獅的窩，那六個獅子，自從老妖到了這裡，就都拜為祖翁。祖翁是個九頭獅子，號為九靈元聖。如果要滅他，必須到東極妙巖宮，請他主人公，才可以收伏。」行者聽了，思憶半晌，心想：「東極妙巖宮，是太乙救苦天尊啊。他座下正是隻九頭獅子。」

大聖一路觔斗雲，連夜前行。進了東天門，不久，便到了妙巖宮前，太乙救苦天尊叫侍衛眾仙迎接。迎到宮中，行者朝上施禮，說明來意。天尊聽了，令仙將到獅子房叫出獅奴來問，那獅奴熟睡，被眾將推醒，揪到中廳。天尊問：「獅獸在哪裡？」那獅奴垂淚叩頭，只叫：「饒命！饒命！」天尊說：「孫大聖在這裡，先不打你。你快說為什麼不小心，走了九頭獅子。」獅奴說：「爺爺，我前天在大千甘露殿中見到一瓶酒，偷去喝了，不覺沉醉睡著，沒有拴鎖，所以九頭獅子逃走了。」天尊說：「那酒是太上老君送的，叫做輪迴瓊液，你吃了該醉三天不醒。那獅獸走了幾天了？」大聖說：「據土地說，他前年下降，到今有二、三年了。」天尊笑著說：「對了！對了！天宮裡一日，在凡世就是一年。」叫獅奴：「你先起來，饒你死罪，跟我和大聖前去收他來。你們眾仙都回去，不用跟隨。」

天尊、大聖、獅奴踏著雲徑，來到竹節山。

天尊說：「我那元聖也是一個久修得道的真靈：他喊一聲，上通三聖，下徹九泉。孫大聖，你去他門前挑戰，引他出來，我好收他。」行者聽了，拿著棒跳到洞口，大罵：「潑妖精，還我人來！潑妖精，還我人來！」連叫了數聲，那老妖睡著了，沒有答應。行者性急，掄起鐵棒，打了進去，嘴裡不住地罵。老妖驚醒，大怒，爬起來搖搖頭，便張嘴來銜。行者回頭跳出。妖精趕到外邊，罵著：「賊猴！哪裡走！」行者站在高崖上，笑著說：「你還敢這麼大膽無禮！真不知死活！這不是你主公老爺？」那妖精趕到崖前，早被天尊念聲咒語，喝住：「元聖！我來了！」那妖認得是主人，不敢反抗，四隻腳伏在地上，不停磕頭。旁邊跑過獅奴，一把揪住項毛，用拳在項上打了一百多下，嘴裡罵著：

「你這畜生，怎麼敢偷走，叫我受罪！」那獅獸啞口無言，不敢搖動。獅奴打得手乏，這才住手，天尊騎了，喝聲走。他就駕起彩雲，轉回妙巖宮去。

大聖望空稱謝了，進到洞裡，先解了玉華王，然後解下唐三藏、八戒、沙僧和三個王子，搜出他洞裡的東西，把眾人領出門外。八戒取了枯柴，在洞前洞後堆上，放起火，把一個九曲盤桓洞，燒作烏焦破瓦窯！大聖又發放了眾神，還叫土地在這裡鎮守，卻令八戒、沙僧各自使法，把玉華王父子馱回州城，他則攙著唐僧。不久，到了州城，天色漸晚，妃后官員，都來接見。擺上齋宴，然後長老師徒還在暴紗亭安歇，王子們入宮自去。一夜無話。

第二天，玉華王又傳下旨意，大開素宴，大小官員一一謝恩。行者又叫屠子來，把那六個活獅子殺了，連同那個黃獅子，都剝了皮，準備吃肉。殿下十分歡喜。那鐵匠造出三樣兵器，過來對行者磕頭，說：「爺爺，小的們做出兵器了。」行者說：「各重多少？」鐵匠說：「金箍棒有千斤，九齒鈀和降妖杖各有八百斤。」行者說：「也可以了。」請出三位王子，各人拿了兵器。三藏又叫大聖等快傳武藝，不要誤了行程。他們三人就各掄著兵器，在王府院裡，一一傳授。沒幾天，那三個王子都操演精熟。

王子安排針工，照依色樣，取青錦、紅錦、茶褐錦各數匹，給行者、八戒、沙僧三位各做了一件錦布直裰。三人高高興興地接受了，各自穿了，收拾了行裝起程。

究竟到靈山還有多少路程，且聽下回分解。

第五十五回　金平府元夜觀燈　玄英洞唐僧遭難

話說唐僧師徒四人離了玉華城，一路平穩。走了五、六天，又見到一座城池，城外兩邊茶坊酒肆喧譁，米市油房熱鬧。又走過幾條巷口，還不到城裡，忽然見一座山門，門上有「慈雲寺」三字，唐僧說：「進去歇歇，吃吃齋吧？」行者說：「好！好！」

這時，廊下走出一個和尚，對唐僧作禮，問：「老師從哪裡來？」唐僧回答：「弟子是中華唐朝來者。」那和尚倒身下拜，慌得唐僧攙起，問：「院主為什麼行大禮？」那和尚合掌說：「我這裡向善的人，看經念佛，都指望修到你那中華地界托生。」然後和唐僧三位徒弟見了。裡面又走出幾個和尚作禮。先見的那和尚對後來的說：「這位老師是中華大唐來的人物，那三位是他高徒。」眾和尚聽了，面露喜色。更多的和尚都來相見。唐僧問：「貴處是什麼地名？」

眾和尚回答：「這裡是天竺國外郡，名叫金平府。」唐僧問：「貴府到靈山還有多遠？」眾和尚說：「西去靈山，我們沒有走過，不知道還有多少路，不敢亂說。」唐僧謝了。

片刻，擺上齋來。吃過齋，唐僧要行，眾和尚挽留：「老師安心在這裡住上一、二天，過了元宵節，在這裡玩玩也好。」唐僧驚問：「弟子在路，只知有山有水，怕的是逢怪逢魔，把光陰都錯過了，已經不知什麼時候是元宵佳節了。」眾和尚笑著說：「老師拜佛悟禪心重，所以不以此為念。今天是正月十三。」唐僧無奈，只好先住下了。

連住了兩天，唐僧對眾和尚說：「弟子有掃塔心願，趁著今天上元佳節，請院主開了塔門，讓弟子了了願心。」眾和尚開了門。沙僧取了袈裟，跟著唐僧，到了第一層，披了袈裟，拜佛禱祝後，用笤帚掃了第一層，又卸了袈裟，交給沙僧，又掃第二層，一層層一直掃到絕頂。那塔上層層有佛、處處開窗，掃一層觀賞一層。掃完，已經天晚。這一夜正是十五元宵節，眾和尚說：「老師父，我們前天晚上只在荒山和關廂看燈。今晚正節，進城裡看看金燈好不好？」唐僧欣然答應，同行者三人以及本寺和尚進城看燈。一路走一路看。來到金燈橋上，唐僧和眾和尚走近，原來是三盞金燈。燈有缸來大，上面照著玲瓏剔透的兩層樓閣，都是細金絲編成的；裡面托著琉璃薄片，其光映月，其油噴香。唐僧回頭問眾和尚：「這個燈用的是什麼油？怎麼能這麼異香撲鼻？」眾和尚說：「老師不知，我這府後有一縣，名叫旻天縣，每年有二百四十家燈油大戶。府縣的各項差傜還好說，唯獨這些大戶負擔很重，每家一年，要為此花費二百多兩銀子。這個油不是尋常的油，是酥合香油。這油每一兩價值銀子二兩，每一斤價值三十二兩銀子。三盞燈，每缸有五百斤，三缸共是一千五百斤，用銀四萬八千兩。還有其他雜項繳納使用，有五萬多兩，只是點得三夜。」行者問：「這麼多油，三夜怎麼就點得盡？」眾和尚說：「這缸內每缸有四十九個大燈馬，都是燈草紮的，裹了絲棉，有雞蛋般粗細，只點過今夜，見到佛爺現身，明天夜裡油沒了，燈就昏了。」八戒在一旁笑著說：「想必是佛爺連油都收去了。」眾和尚說：「正是這麼說，滿城裡人家，從古到今，都是這麼傳說。油乾了，人們都說是佛祖收了燈，自然五穀豐登；如果有一年不乾，當年就成荒旱，風雨不調。所以人家都要供獻。」

正說著，只聽到半空中呼呼風響，嚇得那些看燈的人四散。那些和尚也站不住，說：「老師父，回去吧。風來了，是佛爺降臨，到這裡看燈來了。」唐僧問：「怎麼見得是佛來看燈？」眾和尚說：「年年如此，不到後半夜就有風來，知道是諸佛降臨，所以人們都要迴避。」唐僧說：「我弟子原是思佛念佛拜佛的人，今晚逢佳景，有諸佛降臨，就在這裡拜拜，多好。」眾和尚幾次請唐僧回去，唐僧堅持不回。片刻，風中果然現出三位佛身，往燈這裡來了。慌得唐僧倒身下拜。行者急忙扯起，說：「師父，不是好人，必定是妖邪。」話沒說完，只見燈光昏暗，呼的一聲把唐僧抱起，駕風而去。嚇得八戒在兩邊尋找，沙僧左右招呼。行者叫：「兄弟！不要在這裡叫喚，師父樂極生悲，已經被妖精弄去了！」那幾個和尚害怕，問：「爺爺，怎麼見得是被妖精弄去？」行者笑著說：「剛才風到現出佛身的，就是三個妖精。我動作遲了一些，所以他們三個化風而去了。」沙僧說：「師兄，現在應當怎麼辦？」行者說：「不必遲疑。你們兩個和大家回寺裡去，看守馬匹行李，老孫乘這陣風前去追趕。」

大聖一個觔斗雲，浮在半空，聞著那腥風氣味，往東北方追趕。趕到天亮，見到一座大山，十分險峻。大聖在山崖上，只見四個人，趕著三隻羊，從西坡下走來。大聖火眼金睛，仔細觀看，認得是年、月、日、時四值功曹使者，隱像化形前來。大聖拿出鐵棒，晃一晃，碗口般粗，跳下崖來，喝住：「你們藏頭縮脖地往哪裡走！」四值功曹見他說出，慌得喝散三羊，現了本相，施禮：「大聖，恕罪！恕罪！」行者問：「最近也沒有用著你們，你們一個個都懈怠了，見也不來見我！這是怎麼說！你們不在暗中保護我師父，要去哪裡？」功曹說：「你師父在金平府慈雲寺貪歡，所以樂極成悲，今被妖邪捕獲。他身邊有護法伽藍保著呢，我們知道大聖連夜追尋，恐怕大聖不認識山林，特來傳報。」行者說：「你們既然要傳報，怎麼隱姓埋名，趕著三個羊，吆吆喝喝做什麼？」功曹說：「用這三羊，以應開泰之意，叫做三陽開泰，破解你師父成悲所在。」行者氣恨恨地要打，聽到這樣說，收了棒，回嗔作喜，問：「這座山，可是妖精待的地方？」功曹回答：「正是，正是。這座山叫青龍山，裡面有洞名叫玄英洞，洞裡有三個妖精，大的稱作辟寒大王，第二個稱作辟暑大王，第三個稱作辟塵大王，這三個妖精在這裡有千年了。他們自小愛食酥合香油。當年成精，到這裡假裝佛像，哄了金平府百姓官員，設立金燈，燈油用酥合香油。他們年年一到正月半，就變佛像前來收油；今年見你師父，他們認得是聖僧之身，把你師父抓在洞內，不久就要割剮你師父肉，用酥合香油煎著吃呢。你快去救吧。」行者聽說，喝退了四功曹，轉過山崖，走了幾里，只見澗邊有一石崖，崖下是座石屋，屋前有兩扇石門，半開半掩。門旁立有石碣，上有六字：「青龍山玄英洞」。行者不敢擅入，站在外頭喊叫。

三個老妖正把唐僧拿在洞中，不問青紅皂白，叫小的脫去唐僧的衣裳，用清水洗淨，算計著要細切細銼，用酥合香油煎著吃，一聽到外面叫喊，那老妖一時心血來潮，又把唐僧推過來，問清楚是哪裡來的人。聽唐僧說徒弟是孫悟空，三個妖王個個心驚，都說：「幸好沒有吃了他。小的們，先把唐僧用鐵鏈鎖在後面，等拿著他三個徒弟再吃。」三個老妖帶著一群山牛精、水牛精、黃牛精，各持兵器，走出門，大喝：「是什麼人敢在我們這裡吆喝！」行者閃在石崖上，仔細觀看，原來都是一些牛頭鬼怪，各持槍棒。有三面大旗，旗上寫著「辟寒大王」、「辟暑大王」、「辟塵大王」。孫行者看了一會，忍不住，上前高叫：「潑賊怪！認得老孫嗎？」

那妖大喝：「你是那鬧天宮的孫悟空？真是聞名不如見面，見面羞殺天神！你原來是這麼一個猢猻，敢說大話！」三個老妖，舉三般兵器，衝了上來。行者一條棒和那三個妖魔鬥了一百五十個回合，天色快黑了，勝負不分。只見辟塵大王，跳過陣前，把旗子搖了一搖，那夥牛頭怪簇擁上前，把行者圍在垓心，各掄著兵器亂打。行者見事不妙，一個觔斗雲，敗陣而走。那妖也不來趕，招回群妖，安排了晚飯，眾妖吃了。也叫小妖送了一碗給唐僧，只等拿住行者才要整治。

卻說行者駕雲回到慈雲寺，叫：「師弟！」八戒、沙僧正在盼望，行者說了情形。八戒、沙僧便要和行者一同前去殺魔救師父。行者吩咐寺裡的和尚：「看守好行李、馬匹，等我們把妖精捉來，對本府刺史證實他們是假佛，今後免去燈油供獻，以解全縣小民的負擔，可好？」眾和尚響應，稱謝不已。他們三個縱起祥雲，出城而去。

行者和二弟滾著風，駕著雲，片刻來到青龍山玄英洞口，八戒上前要打門，行者說：「先別慌，等我進去看看師父生死如何，才好和他們相鬥。」沙僧問：「這個門關得很緊，怎麼能夠進得去？」行者說：「我自有法力。」大聖收了棒，拈著訣，念聲咒語，叫：「變！」變作一隻火焰蟲。他飛進去，只見幾隻牛一個個呼吼如雷，都睡熟了。又來到中廳，沒有聲息，不知那三個妖精睡在哪裡。才轉過廳房，向後又照，只聽得啼泣聲，正是唐僧鎖在後房簷柱上哭呢。行者滿心歡喜，展開翅，飛近師父跟前。叫：「師父，我來了！」

唐僧大喜：「悟空，八戒、沙僧也在外邊嗎？」行者說：「在外邊，剛才老孫看了，妖精都睡著了。我先解了鎖，弄開門，帶你出去吧。」唐僧點頭稱謝。

行者使出解鎖法，用手一抹，那把鎖開了。行者領著師父往前走，正好有幾個執器械的，敲著鑼從後面來，撞著他師徒兩個。眾小妖一齊叫喊：「好和尚啊！要往哪裡去！」行者不容分說，拿出棒晃一晃，碗口般粗，就打死了兩個，其餘的扔了器械，來到中廳打著門叫：「大王！不好了！不好了！」那三個妖怪聽見，爬起來，只叫：「拿住！拿住！」嚇得唐僧手軟腳軟。行者也顧不上師父，一路揮棒，叫：「兄弟們在哪裡？」八戒、沙僧正舉著鈀杖等著，問：「哥哥，怎麼樣？」行者把經過的事說了一遍。

三個妖王叫小的們把前後門緊緊關閉，裡面沒有聲音了。沙僧說：「關閉了門，想必是暗中傷害我師父，我們動手吧！」行者說：「說得是，快一點打門。」呆子賣弄神通，舉鈀盡力打去，把石門打得粉碎，三個妖王十分煩惱，率小妖出門迎敵。這裡已經是深夜，月明如晝。走出來，也不說話，打鬥起來。三僧三怪，打鬥很久，不見輸贏。辟寒大王大喊一聲，叫：「小的們上來！」眾妖精各持兵刃前來，把八戒絆倒在地上，幾個水牛精，揪揪扯扯，拖到洞裡捆了。沙僧見沒了八戒，拿著寶杖，朝著辟塵大王虛晃一下，就要走，又被群妖一擁上來，也被捉去捆了。行者一個觔斗雲，脫身而去。

行者思考了一番，一想還是應當上天去求玉帝，查查他們的來歷，以便降魔。好大聖，來到西天門外，忽然見到太白金星和增長天王，殷、朱、陶、許四大靈官講話。行者告知來歷。金星冷笑，說：「大聖既然和妖怪相持，難道看不出他們的出處？」行者說：「認是認得，是一夥牛精。只是他們大有神通，一時不能降伏。」金星說：「那是三個犀牛精。因有天文之象，許多年後修悟成真，也會飛雲步霧。行走在江海之中，能開水道。那辟寒、辟暑、辟塵都是角有貴氣。如果要拿住他們，只需四木禽星見面就能降伏。」行者連忙問：「是哪四木禽星？麻煩長庚老一一明示。」金星笑著說：「這星就在斗牛宮外，羅布乾坤。你去啟奏玉帝，就知道了。」

行者拱拱手稱謝，來到南天門。啟奏，說了前事，玉帝傳旨：「讓哪路天兵相助？」

行者啟奏：「老孫剛才在西天門，遇到長庚星說，那些怪是犀牛成精，只有四木禽星可以降伏。」玉帝當即派許天師和行者去斗牛宮點四木禽星下界收降。來到宮外，早有二十八宿星辰前來迎接，天師說：「我奉聖旨，叫四木禽星隨孫大聖下界降妖。」角木蛟、斗木獬、奎木狼、井木犴應聲說：「孫大聖，叫我們到哪裡降妖？」行者笑了，說：「原來是你們。這長庚老兒有話不說，讓我不解其意，早說是二十八宿中的四木，老孫直接來請，又何必勞煩旨意？」四木說：「大聖不必遲疑，你先去挑戰，引他們出來，我們隨後動手。」行者答應，又回到洞前，大罵：「偷油的賊怪！還我師父來！」那門已經被八戒打破，幾個小妖弄了幾塊板子擋住，在裡邊聽到叫罵，急忙跑進來報告：「大王，孫和尚在外面罵呢！」辟塵大王說：「他敗陣去了，怎麼又來了？想必是到哪裡搬了救兵來了。」辟寒、辟暑二大王說：「怕他什麼救兵！快取被掛來！」那夥妖精不知死活，一個個各持槍刀，搖旗擂鼓，走出洞來，三個妖王，調出小妖，跑個圈子陣，把行者圈在垓心。那邊四木禽星一個個各掄兵刃在手，說：「孽畜！不要動手！」那三個妖王看到他們四星，自然害怕，都說：「不好了！不好了！小的們，各顧性命走吧！」只聽得呼呼吼吼，眾小妖都現了本身，原來是那山牛精、水牛精、黃牛精，滿山亂跑。那三個妖王，也現了本相，放下手來，甩動四隻蹄子，往東北方向跑去。這大聖帶著井木犴、角木蛟緊追，毫不放鬆。只有斗木獬、奎木狼在東山凹裡、山頭上、山澗中、山谷內，把那些牛精或打死或活捉。又到玄英洞裡解下了唐僧、八戒、沙僧，放起火來，把一座洞燒成灰燼。

先不說他們三人得了性命回到寺裡，卻說斗木獬、奎木狼二星官駕著雲一直向東北方向追趕妖怪。二人在半空中，尋找不見，一直來到西洋大海，遠遠望見孫大聖在海上吆喝。

究竟妖怪下場如何，且聽下回分解。

第五十六回　四星挾捉犀牛怪　三藏撞婚假公主

話說他們兩個按落雲頭，問：「大聖，妖怪到哪裡去了？」行者恨恨地說：「你們兩個怎麼不來追降？這會兒卻冒冒失失地問什麼？」斗木獬說：「我見大聖和井、角二星打敗妖魔，前去追趕，心想一定擒拿住了。我們二人在那裡乘機掃蕩了群精，到玄英洞裡救出了你師父、師弟。搜了山，燒了洞，把你師父托付給你二弟領回慈雲寺。等待多時，不見你們回來，所以又追尋到了這裡。」行者聽了，這才高興地謝了，說：「這樣說，你們卻是有功，費心了！那三個妖魔，被我趕到這裡，鑽下海去。井、角二星，緊緊追拿，叫老孫在岸邊抵擋。你兩個既然來了，先在岸邊把截，等老孫也去看一看。」

大聖掄著棒，拈著訣，辟開水路，一直進入波濤深處，只見那三個妖魔在水底下正和井木犴、角木蛟捨生忘死地苦鬥呢。他就跳近前，大喊：「老孫來了！」那妖精抵住二星官，措手不及，正在危難之際，聽到行者叫喊，轉頭往海心裡飛跑。這怪頭上有角，極能分水，只聽得嘩嘩嘩，衝開明路。後邊二星官和孫大聖合力追趕。

卻說西海中有一個探海的夜叉，巡海的介士，遠遠望見犀牛分開水勢，又認得孫大聖和二天星，當時就來到水晶宮，對龍王慌慌張張報告：「大王！有三隻犀牛，被齊天大聖和二位天星趕來了！」老龍王敖順聽了，命太子摩昂：「快點水兵，想必是犀牛精辟寒、辟暑、辟塵三個惹了孫行者。今天既然到了海裡，快快拔刀相助。」摩昂得令，率兵出戰，一齊吶喊，在水晶宮外擋住犀牛精。犀牛精不能前進，又往後退，早有井、角二星和大聖攔阻，慌得他們只好各自逃生，四散奔走，辟塵被老龍王領兵圍住。孫大聖見了心歡，叫：「慢來！捉活的，不要死的。」摩昂聽令，一擁上前，把辟塵扳倒在地，用鐵鉤子穿了鼻，攢蹄捆倒。老龍王又傳下號令，叫分兵追趕另外兩個，協助二星官擒拿。當時小龍王率眾前來，只見井木犴現出原身，按住辟寒，大口小口地啃著吃呢。摩昂高叫：「井宿！井宿！不要咬死他，孫大聖要活的，不要死的呢。」連喊數聲，已經被他把脖子咬斷了。摩昂吩咐蝦兵蟹卒，把這個死犀牛抬回水晶宮，又和井木犴向前追趕。只見角木蛟把那辟暑趕回來，正撞著井宿。摩昂率龜鱉鼉鼉，撒開簸箕陣圍住，那怪只得叫：「饒命！饒命！」井木犴走上前，一把揪住耳朵，奪了他的刀，叫：「不殺你！讓孫大聖發落去。」

卻說如此大勝，行者足踏祥光，回到金平府。眾神推落犀牛，一簇彩雲降到府堂上面。嚇得這府縣官員、城裡城外的人，家家設香案，戶戶拜天神。八戒取出戒刀，把辟塵的頭一刀砍下，又一刀把辟暑的頭砍下，隨後取鋸子鋸下四隻角來。孫大聖更有主張，叫：「四位星官，把這四隻犀角拿上界去，進貢玉帝，回繳聖旨。」又把自己帶來的二隻：「留一隻在府堂鎮庫，作為今後免徵燈油的證見；我們帶一隻去，獻給靈山佛祖。」四星心中大喜，拜別大聖，駕彩雲回奏去了。

府縣官留住他們師徒四人，大排素宴，張出告示，曉諭軍民，以後不許點設金燈；叫屠夫宰剝犀牛，把牛皮硝熟熏乾，製造鎧甲，把肉散給官員。又買民間空地，起建四星降妖廟宇。為唐僧四眾建立生祠，樹碑刻文，以為報謝。八戒心滿意足，大吃大喝，又把洞裡搜來的寶物，每樣各留一些放在袖子裡，到各家吃齋宴時送給人家。

住了近一個月，還沒能起身，大戶人家請客宴席不斷。長老於是吩咐：「悟空，把剩下的寶物都送給慈雲寺的和尚，以為酬禮。瞞著那些大戶人家，天不亮就走吧。只管貪樂，會誤了取經，惹佛祖見罪，又生災厄，那樣就不好了。」行者於是按照長老的吩咐，把該做的事情做了。師徒四人，悄悄地收拾好行李，長老搖著手，說：「趁現在靜悄悄的，不要驚動寺裡的和尚，我們走吧。」上馬，開了山門，找路去了。

寺裡的和尚，天亮不見了三藏師徒，都說：「沒能留住，沒能告別，把一個活菩薩放走了！」正說著，只見府南邊有幾個大戶來請，眾和尚說：「昨晚沒有留心，今夜他們都駕雲去了。」眾人一齊望空拜謝。

卻說唐僧四人，一路平寧，走上半個多月。忽然一天，遇到高山，走了許多路，又轉過幾個山岡，路邊見到一座大寺。山門上，大書：「布金禪寺」。三藏在馬上沉思：「布金，布金，這裡恐怕是舍衛國的國界吧？」八戒便說：「師父，奇啊！我跟師父幾年，師父從來不認識路，今天也認得路了。」三藏說：「不是，我經常看經誦典，說是佛在舍衛城祇樹給孤園。這園說是給孤獨長者向太子買了，請佛講經。太子說：『我這園不賣。他如果要買，除非黃金滿布園地。』這話給孤獨長者聽到，於是用黃金為磚，布滿園地，才買得太子園，才請得世尊說法。我想這布金寺怕就是這個故事發生的地方吧？」八戒笑著說：「造化！如果就是這個故事，我們也去摸塊磚送人。」大家又笑了一回，三藏才下馬。

進了山門，只見一路有來來往往的行腳，轉過金剛殿後，一位和尚走了出來，那和尚把他們帶進方丈。

話說這時寺中聽說來了東土大唐取經和尚，寺中大大小小，一一都來參見。喝過茶，擺上齋供。

寺裡的和尚問起東土，三藏說到古跡，才問起布金寺名的由來。

那和尚回答：「這寺原來是舍衛國給孤獨園寺，又叫園。因是給孤獨長者請佛講經，金磚布地，又改成今天這個名字。這寺往前望去，就是舍衛國。那時給孤獨長者正在舍衛國居住，我們這荒山原是長者之園，因此叫給孤布金寺。寺後邊還有園基址，近年來，如果遇到大雨滂沱，還能淋出金銀珠子，運氣好的，常能拾著。」三藏說：「話不虛傳，果然是真！」又問：「剛才進寶山，見門下兩廊有許多騾馬車擔的行商，為什麼在這裡歇宿？」眾和尚回答：「我們這座山叫百腳山。以前很是太平，近年因為天氣循環，不知怎麼回事，生出幾個蜈蚣精，常在路下傷人。雖然不至於傷害了性命，人們仍不敢走。山下有一座關，叫做雞鳴關，到雞鳴時，才敢過去。那些客人因為來晚了，不好上路，借荒山一宿，等雞鳴後再走。」三藏說：「我們也等雞鳴後再去吧。」師徒們正說著，又見拿上齋來，請唐僧等吃了。這時上弦月皎，三藏和行者在月下散步，見一個道人來報：「我們老師爺要見見中華人物。」三藏急忙轉身，只見一個老和尚，手持竹杖，向前作禮，問：「這一位就是中華來的師父？」三藏答禮，說：「不敢。」老和尚稱讚不已。問：「老師高壽？」三藏回答：「四十五歲了，請問老院主尊壽？」老僧笑著說：「比老師長一個花甲。」

正說著話，忽然聽到啼哭聲，三藏聽著，哭的是爹娘不知苦痛一類的話，便回頭問眾和尚：「是什麼人在那裡這樣悲切？」老和尚見問，便讓眾和尚先回去煎茶，見無人這才對唐僧行者下拜，說：「去年今天，弟子夜晚，聽得一陣風響，就有悲怨聲音。弟子下床，到園基上查看，原來是一個美貌女子。我問她：『你是誰家女子？為什麼到了這裡？』那女子回答：『我是天竺國國王的公主。因為月下觀花，被風颳到這裡。』我把她鎖在一間空房裡，那房砌成監房模樣，門上只留下一個小孔，僅能遞進碗去。當天我向眾和尚傳道，說是有個妖邪被我捆了，我們和尚家是慈悲之人，不肯傷她性命。每天給她兩頓粗茶淡飯。那女子也聰明，明白我的意思，恐怕為眾和尚玷汙，於是裝瘋作怪，尿裡眠，屎裡臥。白天說胡話；到夜深人靜時，因想念父母而啼哭。我幾次進城化緣打探公主事，有個公主仍在城中，想必是妖精裝的。所以，我更不能把她放出去。今天幸好老師來國，萬望到了國中，廣施法力，分辨明白。」三藏和行者聽了，記在心上。正說著，只見兩個小和尚送茶來，用罷茶水，師徒們安歇了。

當夜睡還未久，早已經聽到雞鳴，前邊行商都亂哄哄地起來了，在那裡點燈做早飯。這長老也叫醒八戒、沙僧，收拾好行李，牽出馬來，三藏、行者對眾和尚辭謝，老和尚又對行者說：「昨晚所說的事情，請留意在心！」行者笑著說：「照辦！我到城中，一定見貌辨色，查個明白。」那夥行商，哄哄嚷嚷的，也一同上了大路，過了雞鳴關。走了很久，才見到城垣。當天進入東市街，眾商各投旅店。他們師徒四人進城，正走著，見到一個會同館驛，三藏等人進入。驛丞問：「國師，唐朝在什麼地方？」三藏回答：「在南贍部洲中華之地。上國建國多久了？」驛丞回答：「我們這個地方是大天竺國，從太祖太宗傳到今天，已經有五百多年。現在位的爺爺，愛山水花卉，號稱怡宗皇帝，改元靖宴，現已經有二十八年了。」三藏問：「今天貧僧要去見駕倒換關文，不知能不能遇到？」驛丞說：「好！正好！最近國王的公主娘娘年滿二十，現正在十字街頭高結綵樓，抛打繡球，撞天婚招駙馬。今天正當熱鬧，想必我國王爺爺還沒有退朝，如果想倒換關文，趁這時去正好。」三藏欣然要走，只見擺上齋來，和驛丞、行者等吃了。

過了中午，三藏說：「我現在正好去了。」三藏穿了袈裟，行者拿了引袋一同前去。只見街坊上，士農工商，文人墨客，愚夫俗子，都在說：「看抛繡球去啊！」三藏站在路邊對行者說：「這裡人物衣冠，宮室器用，言談舉止，也和我大唐一般。我想我家先母也是拋打繡球遇著姻緣，結了夫婦。這裡也是這樣的風俗。」行者說：「我們也去看看好不好？」三藏說：「不好！你我衣著不合適。」

行者說：「師父，你忘了那給孤布金寺老僧的話：一是去看綵樓，二是去分辨真假。現在皇帝必在聽公主的喜報，哪裡有心在朝理事？先去看看再來！」三藏聽說，便和行者前去看打繡球。

話說天竺國王，因愛山水花卉，前年帶著后妃、公主在御花園月夜賞玩，惹動了一個妖邪，把真公主弄走，她卻變作一個假公主。知道唐僧今年今月今日今時到這裡，她藉機招親，搭起綵樓，想招唐僧為偶，採取元陽真氣，以成太乙上仙。卻說三藏和行者擠在人叢裡，走到樓下，那公主這才拈香焚起，祝告天地。左右有五、六十名繡女。

那樓八窗玲瓏，公主轉睛觀看，見唐僧走了過來，把繡球取過來，親手拋在唐僧頭上。唐僧一驚，毗盧帽子被打歪了，雙手忙扶著那球，那球滾到他的衣袖裡。樓上齊聲喊：「打著一個和尚了！打著一個和尚了！」十字街頭，那些客商和眾人亂哄哄，都來搶繡球，被行者大喝一聲，把牙搓一搓，把腰躬一躬，有三丈高，使出神威，弄出醜臉，嚇得那些人不敢走近。頓時人散，行者還現出了本相。那樓上繡女宮娥以及大小太監，都來對唐僧下拜，齊聲說：「貴人！貴人！請進朝堂賀喜。」三藏急忙還禮，扶起眾人，回頭埋怨行者，說：「你這個猴頭，又來戲弄我！」行者笑著說：「繡球打在你的頭上，滾在你的袖裡，關我什麼事？埋怨什麼？」三藏說：「現在怎麼辦？」行者說：「師父，你先放心吧，可入朝見駕，我回驛讓八戒、沙僧等候。如果公主不招你便罷，倒換了關文走人；如果必要招你，你對國王說，召我徒弟來，我要吩咐他一聲。那時召我三個入朝，我乘機辨別真假。」唐僧無話可對，行者轉身回驛。

長老這時被眾宮娥擁到樓前。公主下樓，玉手相攙，同登寶輦，回轉朝門，和國王相見。國王說：「你是東土聖僧，正是千里姻緣一線牽。朕雖然不樂意，只是得由著公主的意思。不知道公主願意不願意？」那公主叩頭，說：「父王，常言說得好，嫁雞隨雞，嫁狗隨狗。女兒有誓願在先，告奏天地神明，撞天婚拋打。今天打著聖僧，就是前世緣分！我願招他做駙馬。」長老聽到這樣說，便按照行者的吩咐，提到這件事需要和三個徒弟商量。國王聽說唐僧還有徒弟三人，當時就派官到會同館驛，宣召唐僧徒弟。

卻說行者自從綵樓下告別了唐僧，走了兩步，笑了兩聲，高高興興地回驛，把師父遇到的事情向八戒、沙僧說了一遍。行者說：「先收拾行李，別讓師父著急。來叫我們時，我們好進朝保護他。」八戒說：「哥哥又說差了。師父做了駙馬，到宮中和皇帝的女兒交歡，又不是爬山撞路，遇怪逢魔，要你保護他做什麼！他那樣一把年紀，難道還不知道被窩裡的事？」行者一把揪住八戒的耳朵，掄拳罵著：「你這個淫心不斷的蠢貨！說什麼胡話！」正吵鬧著，只見驛丞來報：「聖上有旨，派官來請三位神僧。」

孫行者三人來見國王，也不下拜，國王問起身世，行者三人各自說了自家的來歷。國王見說，又驚又喜，喜的是女兒招了活佛，驚的是三個都是妖神。正在驚喜之間，忽然有正臺陰陽官啟奏：「婚期已定本年本月十二日。」國王問：「今天是什麼日子？」陰陽官奏：「今天是初八。」國王大喜，讓當駕官打掃御花園館閣樓亭，先請駙馬和三位高徒安歇，等著安排合巹佳宴，為公主匹配。

究竟唐僧如何脫身，請聽下回分解。

第五十七回　四僧宴樂御花園　玉兔歸正廣寒宮

話說三藏師徒四人都到御花園裡，天色漸晚，擺了素膳。不一會兒，又點上燈，擺設鋪蓋，各自睡下。長老見左右無人，責怪行者，行者賠著笑，說：「老孫想著那個給孤布金寺長老的話，分辨真假。剛才看到那國王面，有些晦暗，只是沒能見到公主是什麼樣子。」長老問：「你見公主準備做什麼？」行者說：「老孫火眼金睛，只要見面，就能認得真假善惡、富貴貧窮，正好辨明邪正。」沙僧和八戒笑著說：「哥哥這些天又學得會相面了。」三藏喝住：「先不要逗嘴！她如今一定要招我為夫，怎麼應付？」行者說：「等到十二日會喜時，那公主一定出來參拜父母，等老孫在一旁觀看。如果是個真女人，你就做了駙馬，享用榮華富貴吧。」三藏聽了，罵著：「好猢猻！你還要害我呢！你再無禮，我就念咒，叫你受不了！」行者聽說要念咒，慌得跪在面前，說：「別念別念！如果是真女人，等拜堂時，我們一齊大鬧皇宮，領你去就是了。」師徒說話，不覺夜已深了，八戒說：「師父，夜深了，有事明早再議，睡吧！睡吧！」

等得金雞報曉時，國王登殿設朝，散朝後，國王排駕，請唐僧到御花園內觀賞。不覺待了三四天，正值十二日佳辰，光祿寺三部各官回奏：「臣等自從八日奉旨，駙馬府已經修完，專等妝奩鋪設。合巹宴也準備好，葷素共五百多席。」國王心喜，正要請駙馬赴席，忽然有內宮官在御前啟奏：「萬歲，正宮娘娘有請。」國王於是退到內宮，只見三宮皇后、六院嬪妃，領著公主，在昭陽宮談笑。

卻說國王駕到，那后妃領著公主，以及綵女宮娥都來迎接。國王說：「公主賢女，自從初八結綵拋球，幸遇聖僧，想必是心願已足。今天正是佳期，快去赴合巹宴，不要錯過時辰。」那公主走近前，倒身下拜，回奏：「父王，乞赦小女萬千之罪。有一事啟奏：這幾天聽宮官傳說，唐聖僧有三個徒弟，生得十分醜惡，小女不敢見。萬望父王把他們打發出城才好，不然驚傷弱體，反而不美。」國王說：「孩兒不說，朕幾乎忘了，確實生得有些醜惡，這幾天讓他們在御花園裡留春亭裡待著。趁今天上殿，打發他們關文，叫他們出城，才好會宴。」公主叩頭謝了恩，國王出駕上殿，傳旨：「請駙馬和其他三位。」原來那唐僧捏指頭算日子，熬到十二日，天還沒亮，就和他們三人商量：「今天是十二了，這事怎麼辦啊？」行者說：「那國王我已經看出他有些晦氣，只是見不到公主的面，你只管放心。如今來請，一定是打發我們出城，你不要怕。我隨後就來，緊緊地隨護著你。」師徒們正講著，果然當駕官和儀制司來請。行者笑著說：「去吧！去吧！必定是給我們送行，好留師父會合。」國王見了，叫請行者三位近前，說：「你們把關文拿上來，朕用寶花押交付你們，再給你們路上的費用，送你三位早去靈山見佛，如果取經回來，還有重謝。就留駙馬在這裡，不必掛念。」行者稱謝，讓沙僧取出關文遞上去。國王看了，用了印，押了花字，又取出黃金十錠，白金二十錠，做為親禮。行者用手捏著三藏手掌，使個眼色，說：「你在這裡放心待著，我們取了經，回來看你。」那長老似信不信的，不肯放手。眾官看見，以為相別。

國王請駙馬上殿，派眾官送三位出城，長老只得放了手上殿。

行者三人，同眾官出了朝門，各自相別。八戒問：「我們真的走啊？」行者不吭氣，只管走到驛中。驛丞接入，看茶擺飯。行者對八戒、沙僧說：「你們兩個等在這裡，千萬不要出來。驛丞不論問什麼事，都要含糊答應。記住，不要和我說話，我保護師父去了。」大聖拔一根毫毛，吹口仙氣，叫：「變！」變作本身模樣，和八戒、沙僧一同在驛內，真身卻晃一晃跳在半空，變作一隻蜜蜂，輕輕地飛到朝中。遠遠見唐僧在國王左邊繡墩上坐著，愁眉不展。行者飛到他的毗盧帽上，悄悄地爬到耳邊，叫：「師父，我來了，別憂慮。」這句話，只有唐僧聽見，那夥凡人根本沒有知覺。唐僧聽見，這才心寬。不一會兒，宮官來請：「萬歲，合巹嘉宴已經排設在鵲宮上，娘娘和公主都在宮裡伺候，特請萬歲和貴人會親。」國王喜之不禁，同駙馬進宮去了。

唐僧跟著國王來到後宮，只聽到鼓樂喧天，又聞得異香撲鼻，低著頭，不敢仰視。行者暗中立在毗盧帽頂上，運出神光，睜火眼金睛觀看，不久，皇后嬪妃簇擁著公主出了鵲宮，行者早已看出，那公主頭頂上微露出一點妖氛，不十分兇惡，忙爬近耳邊，叫：「師父，公主是個假的。」長老說：「是假的，怎麼才能現出本相？」行者說：「使出法力，就在這裡拿下。」長老說：「不可以！不可以！驚了主駕不好，先等君后退去，再使法力。」行者性急，哪裡容得，大喝一聲，現了本相，趕上前揪住公主，罵著：「好孽畜！妳在這裡弄假成真，如此受用也就足夠了，還如此貪心，騙我師父，想破他的真陽，滿足妳的淫興呢！」嚇得國王、后妃、宮娥綵女，一個個東躲西藏，各顧性命。

卻說妖精見事不妙，掙脫了手，脫了衣裳，搖落了頭上的釵環首飾，跑到御花園土地廟裡，取出一條錐嘴樣的短棍，轉身亂打行者。行者跟來，兩個在半空打鬥，長老扶著國王，只叫：「不要吃驚！請勸娘娘和眾位不要怕。你的公主是個假作真形的，等我徒弟拿住她，就能知道好歹。」那些妃子中有膽大的，把那衣服釵環拿給皇后看了，說：「這是公主穿的、戴的，現在都丟下了，光著身子和那和尚在天上打鬥的，必定是個妖邪。」這時，國王后妃等人才穩住神。

卻說妖精和大聖鬥了半天，不分勝敗。行者把棒丟起，叫一聲：「變！」一變十，十變百，百變千，半天裡，好似蛇遊蟒攪，亂打妖邪。妖邪慌了手腳，身子一閃，化成一道清風，奔向碧空。行者念聲咒語，把鐵棒收作一根，縱祥光一直趕來。將近西天門，望見那旌旗閃爍，行者厲聲高叫：「把天門的，擋住妖精，不要放她走了！」那天門上有護國天王率領著龐、劉、苟、畢四大元帥，各展兵器攔阻。妖邪不能前進，急忙回頭，捨生忘死，使短棍又和行者相持。大聖用心力掄著鐵棒，那怪說：「我認得你，你是五百年前大鬧天宮的弼馬溫，我理當讓你。但只是破人親事，有如殺父母之仇，情理不容，所以要打你這欺天罔上的弼馬溫！」那大聖最惱人家說弼馬溫三字，於是心中大怒，舉鐵棒劈面就打。妖邪掄杵來迎，在西天門前，來往十多回合，妖邪力弱難敵，又鬥了十多回合，虛丟一杵，身子晃一晃，金光萬道，奔向正南，大聖隨後追趕，來到一座大山，妖精按下金光，鑽入山洞，突然不見。行者怕她隱身回國，加害唐僧，細細地認了這座山的模樣，返雲頭轉回國內。

大聖從雲端裡落下，叫：「師父，我來了！」國王聽說，扯著唐僧問：「既然假公主是個妖邪，我的真公主在什麼地方？」行者應聲說：「等我拿住假公主，你那真公主自然就回來了。」國王聽了，感謝不已，於是和唐僧攜手出宮，來到殿上，眾后妃各自回宮。

大聖一個觔斗雲，飛空而去，在正南方那座山上尋找。原來那妖邪敗了陣，到了這座山，鑽到窩裡，把門用石塊擋住，藏隱不出。行者找了一會兒，不見動靜，心裡焦惱，掐著訣，念動真言，叫出那座山中的土地山神審問。二神說：「大聖，這座山叫作毛穎山，山中有三處兔穴。亙古至今沒有妖精。大聖要找妖精，還是到西天路上去才有。」說完，帶著行者去那三窟中尋找，山腳下一個窟邊，有幾隻草兔受驚跑掉了。尋到絕頂上的窟中看時，只見兩塊大石頭把窟門擋住。土地說：「這一定是妖邪被趕急了鑽進去了。」行者用鐵棒撬開石塊，那個妖邪果真藏在裡面，呼的一聲跳出來，舉起藥杵來打。行者掄起鐵棒架住，那妖邪嘴裡罵著山神土地：「誰叫你們帶著他到這裡來找我！」邊說邊抵著鐵棒，邊戰邊退，奔到空中。正在危急時，天又晚了。行者更加發狠，恨不得一棒將她打死，忽然聽得九霄碧漢間，有人叫：「大聖，別動手！棍下留情！」行者回頭看時，原來是太陰星君，後面帶著眾多姮娥仙子，降彩雲站在面前。慌得行者收了鐵棒，躬身施禮，問：「老太陰，從哪裡來的？老孫有失迴避了。」太陰說：「和你對敵的這個妖邪，是我廣寒宮搗玄霜仙藥的玉兔，私自偷開玉關金鎖走出宮來，時已一載。我算她有傷命之災，所以特來救她性命，請大聖看老身顏面饒了她吧。」行者諾諾連聲，只說：「不敢！不敢！怪不得她會使搗藥杵！原來是隻玉兔！」太陰說：「那公主也不是凡人，原來是蟾宮中的素娥。十八年前，她曾打了玉兔一巴掌，思凡下界。一靈之光，投胎到國王正宮皇后腹中，得以降生。這玉兔記著那一掌之仇，所以去年走出廣寒，拋下素娥在荒野。只是不該想配唐僧，這個罪真是不可饒恕。幸虧你留心，識破真假，如今也沒有傷著你的師父。萬望看在我面上，恕她的罪，讓我收她去吧。」行者笑著說：「既然有這些因果，老孫也不敢違抗。只是你收了玉兔，恐怕那國王不信，還要麻煩太陰君和眾仙妹把玉兔拿到那邊，對國王明證明證，然後叫那國王取回素娥公主。」太陰君答應，用手指定妖邪，大喝：「那孽畜還不歸正同來！」玉兔打了個滾，現了原身。大聖見了，非常高興，踏雲光在前引路，太陰君領著眾姮娥仙子，帶著玉兔，轉到天竺國界。這時正當黃昏，看看月上，到了城邊，聽得譙樓上擂鼓。那國王和唐僧還待在殿裡，八戒、沙僧和眾官都在階前，正準備退朝，只見正南方向一片彩霞，光明如畫。眾人抬頭看，又聽到大聖厲聲高叫：「天竺陛下，請出你那皇后嬪妃。這寶幢下是月宮太陰星君，兩邊的仙妹是月裡嫦娥。這個玉兔卻是你家的假公主，今天現出真相來了。」那國王急召皇后嬪妃和宮娥綵女等，朝天禮拜，他和唐僧及眾官也都望空拜謝。行者接著把真假公主的來歷向國王說了一通，笑著說：「不用煩惱，你的公主現在給孤布金寺裡裝瘋。今天先散去，明天天亮時我還給你一個真公主。」

這一夜，國王退了妖氣，精神倍增，天亮時，國王臨朝。散朝後，命請唐僧四人商量找真公主事。長老四人前來。國王欠身，說：「昨天所說的真公主，還麻煩神僧幫助找一找。」長老便把在布金寺中聽到的情形說給國王。國王聽了，放聲大哭。驚動三宮六院，都來問清前因，沒有一個人不痛哭。過了很久，國王又問：「布金寺離城裡有多遠？」三藏回答：「只有六十里。」國王於是傳旨：「東西二宮守殿，掌朝太師衛國，朕同正宮皇后率領眾官以及四位神僧，去寺中取公主去。」

當時擺駕，一行出朝。行者跳在空中，腰一扭，先來到寺裡。眾和尚慌忙跪接，問：「老爺去的時候，和眾位步行，今天怎麼從天上下來？」行者笑著說：「你那老師在什麼地方？快叫他出來，擺設香案接駕。天竺國王、皇后、眾官和我師父都來了。」眾和尚不解其意，請出老和尚，老和尚見了行者，倒身下拜，說：「老爺，公主的事怎麼樣了？」行者把假公主拋繡球，想配唐僧等事，說了一遍。那老和尚又磕頭拜謝，眾和尚這才知道後房裡鎖的是一個女子。一個個驚驚喜喜，設了香案，擺列到山門外，穿了袈裟，撞起鐘鼓等候。不久，聖駕早到，國王到山門外，眾和尚齊齊整整，俯伏接拜，孫行者站在中間，國王問：「神僧怎麼先到這裡了？」行者笑著說：「老孫腰扭一扭就到了，你們怎麼走了這麼半天？」隨後唐僧等人也都到了。長老引駕，到了後面房邊，那公主還裝瘋胡說。老和尚跪著指一指，說：「這個房內就是去年風吹來的公主娘娘。」

國王令人打開門。國王和皇后見了公主，認得，三人抱頭大哭。哭了一會兒，令取出香湯，讓公主沐浴更衣，上輦回國。

這時，行者對國王拱手說：「老孫有一事要說。」國王答禮，說：「神僧有事吩咐，朕馬上照辦。」行者說：「這座山名叫百腳山。這一段時間說有蜈蚣成精，黑夜傷人，往來行旅，十分不便。我想蜈蚣只有雞可以降伏，可以選大雄雞上千隻，撒放在這山中，除去毒蟲。然後把這座山的名改一改。賜文一道敕封，就當感謝這裡的和尚存養公主的恩德。」國王大喜，於是把這座山改作寶華山，讓工部辦料重修，賜與封號，叫做「敕建寶華山給孤布金寺」。把那老和尚封為「報國僧官」，永遠世襲，賜俸三十六石。第二天一早，唐僧告辭國王西去。國王見他們拜佛心重，苦留不住，叫擺鑾駕，派官遠送。前面路上，又見眾和尚叩送。行者見送的人不肯回去，拈訣往巽地上吹口仙氣，一陣暗風，把送的人都迷了眼，這才脫身而去。

唐僧師眾使法力阻住布金寺和尚。那些和尚見黑風一過，不見他師徒，以為活佛臨凡，磕頭而回。他們師徒繼續西行，正是春盡夏初時節。在那平安路上，行走半月，前邊又見到一座城垣。說話間，不覺已到城邊，三藏下馬，過了吊橋，進了城門，長街上，只見廊下坐著兩個老人聊天。長老上前合掌叫：「老施主，貧僧問候了。」

那二個老人答禮，問：「長老有什麼事？」三藏說：「貧僧是遠方來拜佛祖的，剛到這裡，不知這裡是什麼地名，哪裡有好心的人家能化齋一頓？」老人說：「我們這裡是銅臺府，府後有一縣叫做地靈縣。長老如果要吃齋，不用募化，過了這個牌坊，南北街，坐西向東，有一個虎坐門樓，是寇員外家，他門前有個萬僧不阻牌子。像你這樣遠方的和尚，可盡量享用。去！不要打斷我們的話頭。」三藏謝了，和三人緩步長街，轉過拐角，果然見到一條南北大街。正行著，見一個虎坐門樓，門裡邊影壁上掛著一面大牌，書寫著「萬僧不阻」四字。在門口歇下馬匹行李。片刻，有個蒼頭出來，提著一把秤、一只籃子，猛然看見，慌忙跑進去報告：「主公！外面有四個異樣的和尚來了！」那員外拄著拐，正在天井中散步，嘴裡不住地念佛，一聽說，丟了拐，出來迎接，見到他四人，也不怕醜惡，只叫：「請進，請進。」三藏謙謙讓讓，一同進到裡面。轉過一條巷子，員外帶路，到一座房裡，說：「這裡是款待老爺們的佛堂、經堂、齋堂。」三藏稱讚不已，取出袈裟穿了拜佛，然後三藏脫了袈裟，這才和員外見了，又請行者三人見了。

究竟三藏師徒後面又遇到了什麼事情，請聽下回分解。

第五十八回　寇員外喜待高僧　唐長老不貪富貴

話說三藏說：「貧僧是東土大唐欽差，詣寶方謁靈山見佛祖求真經者。聽說尊府禮待和尚，所以特來拜見，求一齋就行。」員外面生喜色，笑吟吟地說：「弟子賤名寇洪，字大寬，六十四歲。四十歲時，許齋萬僧，才算圓滿。今已經齋了二十四年，有一簿齋僧的賬目。連日無事，把齋過的僧名算一算，已齋過九千九百九十六員，只少四位，不得圓滿。今天天降老師四位，滿足萬僧之數，請留尊諱，好歹住上一段時間，待做了圓滿，弟子用轎馬送老師上山。這裡到靈山只有八百里，已不遠了。」三藏聽了，十分歡喜。

幾個大小家童，往宅裡搬柴打水，取米麵蔬菜，整治齋供，驚動員外媽媽，問：「是哪裡來的和尚，這麼用心？」童僕說：「才有四位高僧，爹爹問他們，說是東土大唐皇帝派來的，往靈山拜佛爺爺，來到我們這裡，不知走了多少路。爹爹說是天降的，吩咐我們快快整齋，供養他們。」那老嫗聽說也喜，叫丫鬟：「取衣服給我穿，我也去看看。」童僕說：「奶奶，只有一位能看，另外三位看不得，長得醜呢。」老嫗說：「你們不懂，形容醜陋，古怪清奇，必是天人下界。快先去報你爹爹知道。」童僕跑到經堂對員外說：

「奶奶來了，要拜見東土老爺呢。」三藏聽見，起身下座。老嫗已到堂前，見唐僧相貌軒昂，丰姿英偉。轉面見行者三人模樣非凡，雖然知道他們是天人下界，也有幾分悚懼，朝上跪拜。三藏急急還禮，說：「有勞菩薩錯敬。」老嫗問員外：「四位師父，怎不一起坐下？」八戒掬著嘴說：「我們三個是徒弟。」他這一聲，有如深山虎嘯，那媽媽害怕。正說著，又見一個家童來報：「兩個叔叔也來了。」三藏急轉身看時，原來是兩個少年秀才，走上經堂，對長老倒身下拜，慌得三藏急忙還禮。員外上前扯住，說：「這是我兩個小兒，名叫寇梁、寇棟，在書房裡讀書才回來吃午飯，知道老師下降，前來參拜。」三藏大喜，說：「賢哉！正是欲高門第須為善，要好兒孫在讀書。」二秀才啟上父親，問：「這老爺從哪裡來？」

員外笑著說：「路遠了，南贍部洲東土大唐皇帝欽差到靈山拜佛祖爺爺取經的。」秀才說：「我看《事林廣記》上，天下只有四大部洲。我們這裡叫做西牛賀洲，還有個東勝神洲。不知道南贍部洲到這裡，要走多少年？」三藏笑著說：「貧僧在路上，耽誤的日子多，走的日子少。常遭毒魔狠怪，千辛萬苦，虧了我三個徒弟保護，走了一十四個寒暑，才得以到這裡。」秀才聽了，稱獎不盡，說：「真是神僧！真是神僧！」正說著，又有個小的來請：「齋宴已經擺好，請老爺前去進齋。」員外叫媽媽和兒子回宅，他卻陪著四人進齋堂吃齋。師徒們盡情受用了一頓。長老起身對員外謝了，就要走路。員外攔住，說：「老師，放心住上幾天。常言說，起頭容易結梢難。等我做過了圓滿，送你們上路。」三藏只好住下了。一住就是三天三夜，道場結束。唐僧想著雷音，一心要去，又來辭謝。

卻說唐僧師徒早起，又有那一班人供奉。長老吩咐收拾行李。呆子聽說要走，嘟嘟囔囔，只得把衣缽收拾好。沙僧刷了馬匹，套起鞍轡伺候。行者把九環杖遞在師父手裡，把通關文牒的袋子，掛在胸前，只是一齊要走。員外又在裡面鋪設了宴席送行。

先不說寇員外送到十里長亭，同眾人回家。卻說他們師徒四人，走了四、五十里，天晚了，長老說：「天晚了，到哪裡借宿？」行者舉目遙觀，只見大路旁邊有幾間房子，急忙對師父說：「到那裡去安歇，到那裡去安歇。」到了眼前，原來是一座倒塌的牌坊，坊上有一舊匾，匾上有落了顏色積塵的四個大字：「華光行院」。裡面廊房都倒了，牆壁也倒了，不見人的蹤跡，只有一些雜草。正想抽身出來，沒想到天上黑雲蓋頂，大雨滂沱。沒辦法，就在那破房下面，尋個能避風雨的地方，躲避一下。苦挨了一夜沒睡。

卻說銅臺府地靈縣城有一夥兇徒，宿娼、飲酒、賭博，無惡不作，手中沒錢，十多個人做賊，算計本城裡哪一家是第一個財主，哪一家是第二個財主，準備前去打劫。有一個人說：「別在這裡算計了，今天為那唐朝和尚送行的寇員外，家裡就十分富裕。我們現在趁著下雨，晚上街上也沒有人防備，到他家裡，劫他一些錢財，我們再去嫖賭，不是很好！」眾賊歡喜，齊了心，帶了短刀、蒺藜、拐子、悶棍、麻繩、火把，冒雨前來，打開寇家大門，吶喊殺入。那夥賊，拿著刀，點著火，把他家箱籠打開，把金銀寶貝、首飾衣裳盡情搜劫。那員外捨不得，拚了命，走出門來對眾強人哀告。那伙強人不容分說，趕上前，把寇員外一腳踢翻在地。眾賊得手，走出寇家，順著城牆邊放下軟梯，一一爬出，冒著雨連夜奔西而去。那寇家童僕見眾賊退了，前來看時，老員外已經死在地下。

天還沒亮，那員外的媽媽把這一變故怪罪到唐僧身上。心想，只因為送他西行，以致惹出這場災禍，生出妒害心思，扶著寇梁說：「孩子啊，不要哭了。你老子今天齋僧，明天齋僧，哪知今天做圓滿，齋著那一夥送命的和尚來了！」寇梁兄弟說：「母親，怎麼是送命的和尚？」那媽媽說：「賊殺進房來，我就躲在床下，戰戰兢兢地留心向燈亮的地方看，你說是誰？點火的是唐僧，持刀的是豬八戒，搬金銀的是沙和尚，打死你老子的是孫行者。」

二子聽說，信以為真。一家子吵吵鬧鬧，不知不覺天已經亮了。寇家一邊傳請親人，置辦棺木；一邊兄弟二人，赴府申冤。

銅臺府刺史正堂大人，為人正直，當時坐了堂，寇梁兄弟進入，遞上狀子，刺史看了如此這般，命馬步快手和民壯人役，集合了一百五十人，每個人手持鋒利器械，出了西門，來趕唐僧四人。

卻說師徒四人，在那華光行院破屋下，挨到天亮，這才出門。那夥強盜出了城外，也向西方大路走來，走過華光行院西去大約二十里，藏在山凹中，分那些金銀等物。正分著，見唐僧四人順著大路前來，眾賊笑了，說：「來得好！這些和尚一路走來，又在寇家待了很久，不知身邊有多少東西，我們乾脆截住他，奪了錢財，搶了白馬！」眾賊持著兵器，跑上大路，叫：「和尚，不要走！快留下買路錢，饒你性命！」嚇得唐僧在馬上亂抖，沙僧和八戒心慌。

大聖走近前，叉手當胸，問：「你們想幹什麼？」賊徒大喝：「這傢伙不知死活，敢來問我們！你沒眼睛，不認得我是大王爺爺！快把買路錢拿來，放你過去！」行者聽了，滿面賠笑，說：「原來你們是剪徑的強盜！」

賊徒發狠叫：「殺了他！」行者一低頭，從地上抓起一把塵土，往上一灑，念個咒語，是個定身法，大喝一聲：「住！」那夥賊有三十多人，一個個咬著牙，睜著眼，直直地站住，不得動身。行者叫八戒、沙僧：「讓師父下馬坐一坐。兄弟，你們把賊都捆了，讓他們招供招供。」沙僧說：「沒繩子啊。」行者拔下一些毫毛，吹口仙氣，變做三十條繩子，一齊下手，把賊扳翻，手連腳地捆住，行者又念念解咒，那夥賊漸漸甦醒。

行者三人各持兵器盤問，眾賊供出在銅臺府城中寇員外家洗劫的事來。三藏聽說，吃了一驚，慌忙站起，問：「悟空，寇老員外十分好善，怎麼惹出這一災難？」行者笑著說：「只因為送我們起身，那樣鋪張，彩帳花幢，盛張鼓樂，所以驚動這夥強盜，以致去他家搶劫。今天幸好又遇著我們，奪下了這許多金銀服飾。」三藏說：「我們打擾了人家半個月，無以回報，不如把這些財物護送到他家裡，卻不是一件好事？」行者答應，和八戒、沙僧一起，到山凹裡取了那些贓物，收拾了，馱在馬上。又叫八戒挑了一擔金銀，沙僧挑著自己行李。行者本想把這夥強盜一棍子盡情打死，又怕唐僧怪他傷人性命，只得身子一抖，收上毫毛。那夥賊鬆了手腳，爬起來，一個個落草逃生去了。

正走著，忽然見前面槍刀林立。眾兵奔到身邊，擺開一個圈子陣，把他們師徒四人圍住。一擁上前，先把唐僧抓下馬，用繩子捆了，又把行者三人，也一齊捆了，穿上槓子，兩個抬一個，趕著馬，奪了擔，往府城走去。到了府城，刺史翻看了賊贓，叫寇家領去，把三藏等提到廳前，正要審問，忽然聽得有人來報：「老爺，都下陳少保爺爺到了，請老爺出外迎接。」那刺史命刑房吏：「把賊收監，好好看著，等我接過上司，再來拷問。」

可憐四人被捉，一個個被推入轄床，扣拽了滾肚、敵腦、攀胸，禁子們又來亂打。三藏苦痛難禁，只叫：「悟空！怎麼好！怎麼好！」行者說：「他打是要錢呢。」三藏說：「我哪裡有錢啊？」行者說：「如果沒錢，衣物也行，把那袈裟給了他們吧。」三藏聽說，心如刀絞，沒奈何，只得開口說：「悟空，隨你吧。」行者便叫：「各位長官，不必打了。我們擔進來的那兩個包袱裡，有一件錦袈裟，價值千金。你們解開拿去吧。」眾禁子聽說，一齊動手，把兩個包袱解開看。只見幾層油紙包裹著一件東西，霞光豔豔，知道是好東西，都要爭著看。卻驚動司獄官，走來見了，是一件袈裟，又把其他衣服和引袋都查看了，打開袋內關文一看，見有各國的寶印花押，便說：「幸虧我來看了！不然，你們都鬧出事來了。這和尚不是強盜，千萬不要動他衣物，等明天太爺再審，就知結果。」眾禁子聽說，把包袱照舊包裹，交給獄官收了。

挨到下半夜，行者見眾人都睡著了，心想：「師父應該有這一夜牢獄之災，老孫不開口分辯，不運用法力，也是因為如此。如今天快亮了，災將滿了，我得去打點打點，天亮好出牢門。」他弄出本事，身子小了一小，脫出轄床，搖身一變，變作一隻蜢蟲，從房簷瓦縫裡飛出。飛入寇家，只見那堂屋裡已經停放著棺材，裡面點著燈，擺列著香燭花果，那媽媽還在那裡啼哭；又見他的兩個兒子也在哭，兩個媳婦拿著兩碗飯供獻。

行者釘在棺材頭上，咳嗽了一聲，嚇得那兩個媳婦忙往外跑，寇梁兄弟伏在地下不敢動，只叫：「爹爹！」那媽媽膽大，在棺材頭上拍了一下，問：「老員外，你活了？」

行者學著那員外的聲音，說：「我沒活。」兩個兒子更慌了，不住地叩頭垂淚，只叫：「爹爹！」媽媽硬著膽子又問：「員外，你沒活，怎麼能說話？」行者說：「我是閻王派的鬼使押到家裡和你們講話的。」又說：「那張氏枉口誑舌，陷害無辜。」那媽媽聽見叫她名字，慌得跪倒磕頭，說：「好老兒啊！這麼大年紀還叫我的名字！我怎麼枉口誑舌？害什麼無辜了？」

行者大喝：「哪裡有什麼唐僧點火，八戒殺人，沙僧劫銀，行者打死你父親？你胡亂誑言，讓那好人受難。那唐朝四位老師，路遇強徒，奪下財物，送來謝我，是多大的好意！你卻叫兒子們告狀，官府還沒細審，如今把他們監禁起來，那獄神、土地、城隍都慌了，坐立不寧，報告閻王。閻王派鬼使押著我來家，叫你們趁早解放了他們；不然，讓我在家鬧上一月，把全家老幼以及雞狗之類，一個也不存留！」寇梁兄弟磕頭哀告，說：「爹爹請回，千萬不要傷害老幼，等天亮就去本府投遞解狀，只求平安無事。」行者聽了，叫：「燒紙，我去呀！」他一家人都來燒紙。行者一翅飛起，又飛到刺史住宅裡。那房內裡已有燈光，刺史已經起床，從房裡走出來，彎著腰前來梳洗。行者猛地咳嗽一聲，把刺史嚇得慌慌張張，行者裝腔作勢地叫：「坤三賢姪，你做官承繼祖蔭，一直清廉，怎麼昨天無知，把四個聖僧當作賊，不審來因，就囚在牢禁裡！那獄神、土地、城隍不安，報告了閻君，閻君派鬼使押著我來對你說，讓你推情察理，快快解放了他們；不然，就叫你去陰司說個明白。」刺史聽說，心中悚懼，說：「大爺請回，小姪升堂，馬上釋放。」行者說：「既然如此，燒紙來，我去見閻君回話。」刺史添香燒紙拜謝。行者又飛出來，東方早已發白。等飛到地靈縣，又見那全縣的官吏都在堂上，心想：「蜢蟲說話，被人看見，露出馬腳來不好。」於是，他在半空，改了一個大法身，從空中伸下一隻大腳來，踏在縣堂上，叫：「眾官聽著：我是玉帝派來的浪蕩游神。你們這府監裡屈打了取經的佛子，驚動三界諸神不安，叫我告訴你們，趁早放了他們；如果有什麼差池，我再來一腳，先踢死全府縣官，然後再踢死四境居民，把城池踏為灰燼！」全縣官吏，慌得一齊跪倒，磕頭禮拜。行者這才收了法身，仍變作蜢蟲，從監房瓦縫裡飛入，依舊鑽在轄床中間睡下。

卻說刺史升堂，才抬出投文牌，早有寇梁兄弟抱牌跪門叫喊。二人把解狀遞上，刺史正在思忖，只見那地靈縣知縣等官吏，急急跑上堂來，亂嚷：「老大人，不好了！不好了！剛才玉帝派浪蕩游神下界，叫你快放獄中好人。昨天拿的那些和尚，不是強盜，都是取經的佛子。如果遲延，就要踢死我們，還要把城池連同百姓踏為灰燼。」刺史大驚失色，忙叫刑房吏火速寫牌提出。當時開了監門，放出唐僧四人，刺史、知縣以及府縣大小官員，都下來迎接。唐僧合掌躬身，把前情說了一遍。

這時，行者、八戒、沙僧三人一個個便向那大小官員逞兇，眾官忙以寇家來做擋箭牌。三藏勸著：「徒弟，我們先到寇家，一則前去弔唁，二是和他們對證，看看是什麼人把我們當成賊。」沙僧就在府堂上把唐僧扶上馬，一擁而出。那些府縣眾官，也都來到寇家，嚇得那寇梁兄弟在門前不住地磕頭，接進廳。只見孝堂裡，一家子都在孝幔裡啼哭，行者叫：「那打誑語栽害好人的媽媽，先別哭！等老孫把你老公叫來，看看他說是哪個打死的，羞一羞！」眾官員以為孫行者說笑話。行者說：「各位大人，請陪我師父坐坐。八戒、沙僧好好保護，我去去就來。」大聖跳出門，望空就起。眾人這才恍然大悟。

大聖一路觔斗雲，來到幽冥地界，撞入森羅殿上，十閻王接到大聖，行者說：「銅臺府地靈縣齋僧的寇洪鬼魂，是哪個收了？快查一查報我。」十閻王說：「寇洪善士，沒有鬼使勾他，是他自己到了這裡，遇著地藏王的金衣童子，引見到地藏那裡去了。」行者告別，又來到翠雲宮，見到地藏王菩薩，說起前事，菩薩大喜，說：「寇洪陽壽，已經到了，我因為他齋僧，是個善士，收他做了一個掌善緣簿子的案長。既然大聖來取，我再延延他的陽壽，叫他跟大聖去。」金衣童子於是領出寇洪，寇洪見了行者，叫：「老師！老師！救我一救！」行者說：「你被強盜踢死。這裡是陰司地藏王菩薩待的地方，我老孫特意來取你回到陽間，現蒙菩薩放回，又延了你的陽壽，等十二年之後，你再來吧。」那員外頂禮不盡。行者謝辭了菩薩，把他吹化為氣，放在衣袖裡，一同離幽府，回到陽間。駕雲頭到了寇家，叫八戒打開棺材蓋，把他魂靈推付本身。片刻，透出氣來又活了。那員外爬出棺材，對唐僧四人磕頭，說：「師父！師父！寇洪死於非命，蒙師父到陰司救活，深謝大恩！」問到兇手，寇洪說出真實情形，眾人信服。

唐僧四人，又再上路。眾人送出老遠才回。

究竟三藏師徒見到佛祖沒有，且聽下回分解。

第五十九回　脫胎換骨成正果　功成行滿見真如

話說寇員外重獲新生，整理了幢幡鼓樂，僧道親友，依舊送行。唐僧四人，上了大路，果然西方佛地，和其他地方不同。這裡家家行善，戶戶齋僧。師徒們又走了六、七天，見到遠方一帶高樓，三藏舉鞭遙指，說：「悟空，真是好地方啊！」行者說：「師父，你在那假境界假佛像面前，強要下拜；今天到了這真境界真佛像地方，怎麼還不下馬，這是怎麼說？」三藏聽了，慌得翻身跳下馬來，來到那樓閣門前。一個道童，斜立山門前，叫：「來的是不是東土取經的人啊？」長老見他身披錦衣，手搖玉麈。孫大聖認得他，叫：「師父，這是靈山腳下玉真觀金頂大仙，他來接我們了。」三藏醒悟，進前施禮。大仙笑著說：「聖僧今年才到，我被觀音菩薩哄了。觀音十年前領佛金旨，到東土尋找取經人，原來說二、三年就到我這裡。我年年等候，一直沒有消息，沒想到今年才得以相逢。」

三藏合掌，說：「有勞大仙盛意，感激！感激！」四人一同進入觀裡，看茶擺齋，小童燒了香湯讓聖僧沐浴，好登佛地。師徒們沐浴後，天色已晚，就在玉真觀安歇下來。

第二天一早，唐僧換了衣服，披上錦袈裟，戴了毗盧帽，手持錫杖，登堂拜辭大仙。大仙笑著說：「昨天襤褸，今日鮮明，你現在的樣子是真佛子了。」三藏拜別，大仙說：「等一等，我送你。」行者說：「不必送了，老孫認得路。」大仙說：「你認得雲路。聖僧還沒有登雲路，還需要從大路前行。」行者說：「說得是，老孫雖然走了幾次，只是雲來雲去，確實沒有踏著這裡的土地。既然有大路，還麻煩你送一送。」那大仙笑吟吟，攙著唐僧手，這條路不出山門，從觀宇中堂穿出後門便是。大仙指著靈山，說：「聖僧，你看那半天中有祥光五色，就是靈鷲高峰，佛祖聖境。」唐僧見了就拜，行者笑著說：「師父，還不到下拜地方呢。常言說，望山跑死馬，這裡離那裡還遠著呢，如果拜到頂上，得磕多少個頭？」大仙說：「聖僧，你和大聖、天蓬、捲簾四位，已經到了福地，望見靈山，我回去了。」三藏拜辭。

大聖帶著唐僧等，慢慢前行，登上靈山，又走了不到五、六里，見到一道活水，大約有八、九里寬，浪花飛濺。三藏心驚，說：「悟空，這路走錯了，是不是大仙指錯路了？這股水這麼寬闊，這麼洶湧，又不見渡船，怎麼過去？」這時，忽然見到有個人撐著一隻船前來，叫：「上來渡河！」長老大喜，說：「徒弟，那裡有隻渡船過來了。」他們三個跳起來觀看，那隻船過來，原來是一隻沒底的船。行者火眼金睛，早已經認得是接引佛祖，又稱為南無寶幢光王佛。行者沒有說破，只管叫：「這裡來！」撐近岸邊，又叫：「上去！上去！」三藏見了，心驚，問：「你這沒底的破船，怎麼渡人？」孫大聖合掌稱謝，說：「感承盛意接引我師父。師父，上船，他這隻船雖然無底，卻穩；即使有風浪，也不會翻。」長老驚疑，行者叉著胳膊，往上一推。那師父踏不住腳，跌在水裡，早被撐船人一把拉住，站在船上。師父抱怨行者。行者早已經帶著沙僧、八戒，牽馬挑擔，也上了船，都站船邊。那佛祖用力撐開船，只見上流漂下一個死屍。長老大驚，行者笑著說：「師父不要害怕，那個原來是你。」八戒也說：「是你是你！」沙僧拍著手也說：「是你是你！」那撐船的打著號子也說：「那是你！可賀可賀！」這隻船不一會兒穩穩當當地過了凌雲仙渡。三藏轉身，輕輕地跳上彼岸，脫卻凡胎骨肉身。四人上岸回頭，無底船已經不知去向，行者這才說出是接引佛祖。三藏省悟，急忙轉身，謝了三個徒弟。行者說：「不必謝。我們虧了師父解脫，借門路修功，成了正果；師父也依賴我們保護，脫了凡胎。」

三藏稱謝不已。一個個健步登上靈山，雷音古剎已經出現在面前。師徒們走上靈山頂峰，又見青松林排列著優婆，翠柏叢裡站著善士。長老施禮，慌得那優婆塞、優婆夷、比丘、比丘尼合掌說：「聖僧先別行禮，等到見了牟尼，再來相敘。」行者笑著說：「早呢！早呢！先去見如來。」

長老手舞足蹈，跟著行者，來到雷音寺山門外。四大金剛迎住，說：「聖僧來了？」三藏鞠躬，說：「弟子玄奘到了。」金剛說：「聖僧稍微等一會兒，我們去稟告。」那金剛叫一個轉山門報給二門，說唐僧到了；二門上又傳入三門上，說唐僧到了；三山門內原是打供的神僧，聽得唐僧到時，急忙來到大雄殿下，報告如來至尊釋迦牟尼文佛，說：「唐朝聖僧到寶山取經來了。」佛爺爺大喜，召聚八菩薩、四金剛、五百阿羅漢、三千揭諦、十一大曜、十八伽藍，兩行排列，傳下金旨，召唐僧進去。唐僧循規蹈矩，同悟空、悟能、悟淨，牽馬挑擔，走入山門。

四人到了大雄寶殿殿前，在如來面前倒身下拜。拜過，又向左右再拜。接著，在佛祖面前長跪，把通關文牒奉上，如來一一看了，重新遞給三藏。三藏作禮，啟上：「弟子玄奘，奉東土大唐皇帝旨意，遙詣寶山，拜求真經，以濟眾生。望我佛祖垂恩，早賜回國。」如來開憐憫之口，大發慈悲之心，對三藏說：「你那東土南贍部洲，只因為天高地厚，物廣人稠，多貪多殺，多淫多誑，多欺多詐；不遵佛教，不遵善緣，不敬三光，不重五穀；不忠不孝，不義不仁，瞞心昧己，大斗小秤，害命殺牲，造下無邊之孽，罪盈惡滿，致有地獄之災，所以永墮幽冥，受那許多錐搗磨舂的苦難，變化畜類。有那許多披毛頂角之形，將身還債，將肉飼人。雖然有孔氏立下仁義禮智，帝王相繼，治有徒流絞斬之刑，愚昧不明！我這裡有經三藏，可以超脫苦惱，解釋災愆。三藏：有法一藏，談天；有論一藏，說地；有經一藏，渡鬼。共計三十五部，一萬五千一百四十四卷，是修真、正善的門路。凡天下四大部洲天文、地理、人物、鳥獸、花木、器用、人事，都有刊載。你們遠來，本要全部給你取去，只是你那裡的人，譭謗真言，不知我沙門的奧旨。」叫：「阿難、伽葉，你兩個帶著他們四人到珍樓下，先去吃齋。吃完齋，打開寶閣，把我那三藏經中三十五部，各挑幾卷給他，叫他傳播東土，永注洪恩。」二尊者接受佛旨，把他四人領到樓下，只見奇珍異寶擺放無數。那設供的各位神仙，安排齋宴，都是仙品、仙餚、仙茶、仙果，珍饈百味，和凡世不同。師徒們頂禮謝了佛恩，隨心享用。二尊者陪奉四人吃過，來到寶閣，那裡霞光瑞氣，籠罩千重。經櫃上，寶篋外，都貼了紅籤，楷書寫著經卷名目。是：《涅槃經》、《菩薩經》、《虛空藏經》、《首楞嚴經》、《恩意經大集》、《決定經》、《寶藏經》、《華嚴經》、《禮真如經》、《大般若經》、《大光明經》、《未曾有經》、《維摩經》、《三論別經》、《金剛經》、《正法論經》、《佛本行經》、《五龍經》、《菩薩戒經》、《大集經》、《摩竭經》、《法華經》、《瑜伽經》、《寶常經》、《西天論經》、《僧祇經》、《佛國雜經》、《起信論經》、《大智度經》、《寶威經》、《本閣經》、《正律文經》、《大孔雀經》、《維識論經》、《具捨論經》。阿難、伽葉帶著唐僧看遍經名。阿難說：「到這邊來接經。」八戒、沙僧轉身來接。一卷卷收在包裡，馱在馬上，又捆了兩擔，八戒和沙僧挑著，一同來到寶座前叩頭，謝了如來，一直出門。遇一位佛祖，拜兩拜；見一尊菩薩，拜兩拜。又到大門，拜了比丘僧、尼，優婆夷、塞，一一相辭，下山去了。

卻說那寶閣上有一尊燃燈古佛，他在閣上，暗暗地聽著那傳經的事，心裡明白，原來是阿難、伽葉把無字經傳去，心想：「東土眾和尚愚迷，不知是無字經，這豈不白費了聖僧這場跋涉？」便問：「有誰在這裡？」只見白雄尊者閃出。古佛吩咐：「你發起神威，趕上唐僧，把那無字經奪了，叫他們再來求取有字真經。」白雄尊者，駕著狂風，滾離了雷音寺山門，大作神威。唐長老正走著，看到香風襲來，沒有防備。只聽得一聲響，半空中伸下一隻手來，把馬上馱的經輕輕地搶去，嚇得三藏捶胸叫喚，八戒滾地來追，沙和尚守著經擔，孫行者也一同急趕。那白雄尊者，見行者趕過來，怕他棍頭上沒眼，不分好歹，打傷身體，便把經包摔碎，拋落在塵埃。行者見經包破落，又被香風吹得飄零，馬上按下雲頭，一心顧著經，不再去追趕。那白雄尊者收風斂霧，回去報告古佛。

八戒見經本落下，和行者收拾了背著，來見唐僧。

唐僧滿眼垂淚，說：「徒弟呀！這個極樂世界，也還有凶魔呢！」沙僧接了抱著的散經，打開看時，原來雪白，沒有半點字跡，慌忙遞給三藏，說：「師父，這一卷沒字。」行者又打開一卷看時，也沒字。八戒打開一卷，也沒字。三藏叫：「都打開來看看。」卷卷都是白紙。

長老長吁短嘆，說：「我東土人真是沒福！這樣無字的空本，取去有什麼用？怎麼敢見唐王！誑君之罪啊！」行者心中明白，對唐僧說：「師父，不用說了，這是阿難、伽葉作怪，故意把白紙本子給我們。快回去告訴如來，問他們的罪。」八戒嚷著：「正是！正是！告他去！」四人急急忙忙回山，轉上雷音。不久，到了山門外，眾金剛拱手相迎，笑著說：「聖僧是換經來的？」三藏點頭稱謝。眾金剛也不阻擋，讓他進去，來到大雄殿前，行者叫嚷：「如來！我師徒們受了千辛萬苦，從東土拜到這裡，蒙如來吩咐傳經，被阿難、伽葉作弊，故意把無字的白紙本子叫我們拿去，我們拿這個有什麼用！望如來明斷！」佛祖笑著說：「你先別嚷，不必怪他們兩個了。經不可輕傳，也不可以空取，當年眾比丘聖僧下山，曾經把這個經在舍衛國趙長者家誦了一遍，保他家活著的人平安，死了的人超脫，但只討得他三斗三升米粒黃金回來，我還說他們賣賤了，讓後代兒孫沒錢使用。你們如今空手來取，所以傳了白本。白本，是無字真經，倒也是好的。只因你那東土眾生，愚迷不悟，所以只傳這白本。」即叫：「阿難、伽葉，快把有字的真經，每部各挑幾卷給他們。」

二尊者再次帶著四人，到珍樓寶閣，向唐僧要禮物。三藏無物奉承，命沙僧取出紫金鉢盂，雙手奉上，說：「弟子這個鉢盂是唐王親手所賜，叫弟子拿著，沿路化齋。今天奉上，聊表寸心，萬望尊者收下，等回朝奏上唐王，一定有厚謝。只是請把有字真經賜下。」那阿難接了，笑了笑。那些管珍樓的力士，管香積的庖丁，看閣的尊者，你抹他臉，我撲他背，一個個笑著說：「沒羞！沒羞！要取經的禮物！」阿難臉皮都被羞皺了，只是拿著鉢盂不放。伽葉這才進閣挑經，一一給了三藏，三藏卻叫：「徒弟們，你們都認真看看，不要和上次一樣。」他三人接一卷，看一卷，都是有字的。傳了五千零四十八卷，是一藏之數，收拾齊整馱在馬上，剩下的還裝了一擔，八戒挑著。自己的行囊，沙僧挑著。行者牽了馬，唐僧拿了錫杖，按一按毗盧帽，喜喜歡歡，阿難、伽葉領著唐僧來見如來，如來高升蓮座，諸佛會集，參見了如來。如來問：「阿難、伽葉，傳了多少經卷給他？一一報數。」二尊者開報：「現付去唐朝《涅槃經》四百卷，《菩薩經》三百六十卷，《虛空藏經》二十卷，《首楞嚴經》三十卷，《恩意經大集》四十卷，《決定經》四十卷，《寶藏經》二十卷，《華嚴經》八十一卷，《禮真如經》三十卷，《大般若經》六百卷，《金光明品經》五十卷，《未曾有經》五百五十卷，《維摩經》三十卷，《三論別經》四十二卷，《金剛經》一卷，《正法論經》二十卷，《佛本行經》一百一十六卷，《五龍經》二十卷，《菩薩戒經》六十卷，《大集經》三十卷，《摩竭經》一百四十卷，《法華經》十卷，《瑜伽經》三十卷，《寶常經》一百七十卷，《西天論經》三十卷，《僧祇經》一百一十卷，《佛國雜經》一千六百三十八卷，《起信論經》五十卷，《大智度經》九十卷，《寶威經》一百四十卷，《本閣經》五十六卷，《正律文經》十卷，《大孔雀經》十四卷，《維識論經》十卷，《具捨論經》十卷。在藏總經，共三十五部，各部中挑出五千零四十八卷，給東土聖僧傳留在唐。現都收拾整頓好，專等謝恩。」

三藏四人拴了馬，放下擔子，一個個合掌躬身，朝上禮拜。如來打發唐僧去後，才散了傳經之會。一旁又閃出觀世音菩薩，合掌對佛祖說：「弟子當年領金旨到東土尋找取經人，現已成功，經歷一十四年，是五千零四十天，還少八天，不合藏數。還望我世尊，早賜聖僧回到東方送經，然後領他們再回來，須在八天之內，湊足藏數，准弟子繳還金旨。」如來大喜，說：「說得好，准繳金旨。」又叫來八大金剛，吩咐：「你們快使出神威，駕送聖僧回到東土，把真經傳留，再帶著聖僧西回，必須在八天內，以湊一藏之數，不得遲違。」

金剛隨後趕上唐僧，叫：「取經的，跟我來！」唐僧等都身輕體健，蕩蕩飄飄，隨著金剛，駕雲而起。

究竟回東土怎麼傳授，且聽下回分解。

第六十回　雷音寺取回真經　長安城朝見太宗

話說八金剛送唐僧回國。那三層門下，有五方揭諦、四值功曹、六丁六甲、護教伽藍，走到觀音菩薩面前，說：「弟子等遵菩薩法旨，暗中保護聖僧，今日聖僧行滿，菩薩繳了佛祖金旨，我們望菩薩准繳法旨。」菩薩高興地說：「准繳、准繳。」又問：「那唐僧四人，一路上取經的心思可誠？」諸神說：「確實心虔志誠，估計不能逃出菩薩的洞察。只是唐僧受的苦一言難盡。他一路上經歷的災愆患難，弟子已經記在這裡，這是他災難的簿子。」菩薩從頭看了一遍。上面寫著：「蒙差揭諦皈依法旨，謹記唐僧難數清單：金蟬遭貶第一難，出胎幾殺第二難，滿月拋江第三難，尋親報冤第四難，出城逢虎第五難，落坑折從第六難，雙叉嶺上第七難，兩界山頭第八難，陡澗換馬第九難，夜被火燒第十難，失卻袈裟十一難，收降八戒十二難，黃風怪阻十三難，請求靈吉十四難，流沙難渡十五難，收得沙僧十六難，四聖顯化十七難，五莊觀中十八難，難活人參十九難，貶退心猿二十難，黑松林失散二十一難，寶象國捎書二十二難，金鑾殿變虎二十三難，平頂山逢魔二十四難，蓮花洞高懸二十五難，烏雞國救主二十六難，被魔化身二十七難，號山逢怪二十八難，風攝聖僧二十九難，心猿遭害三十難，請聖降妖三十一難，黑河沉沒三十二難，搬運車遲三十三難，大賭輸贏三十四難，祛道興僧三十五難，路逢大水三十六難，身落天河三十七難，魚籃現身三十八難，金山遇怪三十九難，普天神難伏四十難，問佛根源四十一難，吃水遭毒四十二難，西梁國留婚四十三難，琵琶洞受苦四十四難，再貶心猿四十五難，難辨獮猴四十六難，路阻火焰山四十七難，求取芭蕉扇四十八難，收縛魔王四十九難，賽城掃塔五十難，取寶救僧五十一難，棘林吟詠五十二難，小雷音遇難五十三難，諸天神遭困五十四難，稀柿衕阻五十五難，朱紫國行醫五十六難，拯救疲癃五十七難，降妖取後五十八難，七情迷沒五十九難，多目遭傷六十難，路阻獅駝六十一難，怪分三色六十二難，城裡遇災六十三難，請佛收魔六十四難，比丘救子六十五難，辨認真邪六十六難，松林救怪六十七難，僧房臥病六十八難，無底洞遭困六十九難，滅法國難行七十難，隱霧山遇魔七十一難，鳳仙郡求雨七十二難，失落兵器七十三難，會慶釘鈀七十四難，竹節山遭難七十五難，玄英洞受苦七十六難，趕捉犀牛七十七難，天竺招婚七十八難，銅台府監禁七十九難，凌雲渡脫胎八十難，路經十萬八千里，聖僧歷難簿分明。」菩薩將受難簿目看過一遍，急忙傳：「佛門中九九歸真，聖僧受過八十難，還少一難。」即令揭諦：「趕上金剛，再生一難。」揭諦得令，飛雲一駕向東來。一晝夜趕上八大金剛，附耳低言：「如此如此，謹遵菩薩法旨，不得違誤。」八金剛聽了，把風按下，他們四人，連馬帶經，墜落在地。

三藏腳踏凡地，自覺心驚。八戒呵呵大笑，說：「好！好！好！正好歇歇。」沙僧也說：「好！好！好！想必是我們走快了些，叫我們在這裡歇歇呢。」大聖說：「俗語說，十日灘頭坐，一日行九灘。」三藏說：「你們三個先不要鬥嘴，認認方向，看看這是什麼地方。」行者縱身跳起，用手搭眼上仔細看了，下來說：「師父，這裡是通天河西岸。」三藏說：「我記起來了，東岸邊原有一個陳家莊。那一年到這裡，虧你救了他的兒女，他感激我們，要造船相送，幸好白鼉伏渡。我記得西岸上沒有人煙，這可怎麼是好？」八戒說：「只聽說凡人會作弊，原來這佛面前的金剛也會作弊。他們奉佛旨，送我們東回，怎麼到半路上就丟下我們？如今進退兩難！怎麼過去！」沙僧說：「二哥先不要抱怨。我們師父已得了道，在凌雲渡脫了凡胎，這一次肯定不會落水。讓師兄同你我都作起法來，把師父駕過去就是了。」行者暗笑：「駕不去！駕不去！」怎麼就說駕不去？如果使出神通，說破飛昇的奧妙，師徒們就是一千個河也過去了。只是行者心裡明白，知道唐僧九九之數未完，還該有一難，所以羈留在這裡。師徒們一邊說著一邊走著，來到水邊，忽然聽到有人叫：「唐聖僧，唐聖僧！這裡來，這裡來！」四人都吃了一驚。舉頭觀看，沒有人跡，又沒舟船，卻是一個大白癩頭黿在岸邊探著頭叫：「老師父，我等了你好幾年，這才回來？」行者笑著說：「老黿，那一年麻煩你了，今年又再次相逢。」三藏和八戒、沙僧都歡喜不盡。行者說：「老黿，你如果還有接待的心思，上岸來。」那黿縱身爬上來。行者把馬牽到他的身上，八戒蹲在馬尾後邊，唐僧站在馬脖子左邊，沙僧站在右邊，行者一腳踏著老黿的項，一腳踏著老黿的頭，叫：「老黿，走穩點。」那老黿蹬開四足，踏水面如行平地，把他們師徒四人，連馬五口，馱在身上，返回東岸而來。看看天晚，接近東岸，忽然問：「老師父，我那年曾經托付你到西方見我佛如來，替我問聲還有多少年壽，問了嗎？」長老自到西天玉真觀沐浴，凌雲渡脫胎，走上靈山，專心拜佛，一心只在取經，其他事情沒有留心，所以沒有問得老黿年壽，無話可說，又不敢欺，沉吟半晌，沒有答應。老黿知道沒有幫助問，他就身子一晃，呼喇鑽進水裡，把他們四人連馬帶經，都落在水裡。這時，唐僧已經脫了胎，成了道，又幸好白馬是龍，八戒、沙僧會水，行者顯大神通，把唐僧扶駕出水，登到東岸。只是經包、衣服、鞍轡都溼了。

師徒登岸整理，忽然又有一陣狂風，天色昏暗，走石飛沙。嚇得三藏按住了經包，沙僧壓住了經擔，八戒牽住了白馬，行者雙手掄起鐵棒。原來那風、霧、雷、閃是一些陰魔作怪，想奪經，折騰了一夜，一直到天明，這才止息。長老一身水衣，戰戰兢兢地問：「悟空，這是怎麼說？」行者氣呼呼地說：「師父，我們保護你取獲這個經，是奪天地造化之功，可以和乾坤並久，日月同明，壽享長春，法身不朽，所以為天地不容，鬼神所忌，想暗中奪取經本。這經被水溼透了，又被你的正法身壓住，雷不能轟，電不能照，霧不能迷，加上老孫掄著鐵棒，保護住了，到了天明，陽氣正盛，所以不能奪去。」三藏、八戒、沙僧這才省悟。一會兒，太陽高照，四人移經在高崖上，開包晒晾，至今這裡晒經石還在。他們又把衣鞋都晒在崖旁，站的站，坐的坐，跳的跳。

四人挑看經本，一一晒晾，早就見到幾個打魚人，來到河邊，抬頭看見四人，裡面有認得的，說：「老師父可是前年經過這條河到西天取經的？」八戒說：「正是，正是，你們是哪裡人？怎麼認得我們？」漁人回答：「我們是陳家莊人。」八戒問：「陳家莊離這裡還有多遠？」漁人說：「這裡往南二十里，就是了。」八戒說：「師父，我們把經搬到陳家莊上晒去。他那裡有住有吃，就讓他家替我們洗洗衣服，好不好？」三藏說：「不去了吧，在這裡晒乾了，就收拾了找路回去呢。」那幾個漁人在回去的路上，正好遇著陳澄，叫：「二老官，前年在你家替祭你兒子的師父回來了。」陳澄問：「你們在哪裡看見？」漁人回頭一指，說：「都在那邊石上晒經呢。」陳澄帶了幾個佃戶，跑過來，跪下，說：「老爺取經回來，功成行滿，怎麼不到舍下，卻在這裡？快請，快請。」行者說：「等晒乾了經，和你去。」陳澄又問：「老爺的經典、衣物，怎麼溼了？」三藏說：「當年虧白黿馱渡河西，今年又蒙他馱渡河東。快到岸邊時，他問當年托問佛祖壽年的事，我沒有問，他就鑽到水裡，我們落了水，所以溼了。」接著，又把前後事細說了一遍。陳澄懇請，三藏只好讓收拾了經卷，準備前往陳家。沒想到石頭把《佛本行經》沾住了幾卷，把經尾沾破了，所以至今這本經不全，晒經石上還有字跡呢。

三藏懊悔，說：「是我們不對了，沒有照顧好！」行者笑著說：「不是這樣！不是這樣！是因為本身天地不全，這經原是全全的，今被沾破了，是應那不全的奧妙，和我們無關啊！」師徒們收拾好，同陳澄一起赴莊。

莊上人家，一個傳十，十個傳百，百個傳千，大家都來看望。陳清聽說，擺香案在門前迎接，又安排鼓樂吹打。不一會兒，迎到，陳清領著全家人出來拜見，拜謝當年救女之恩，然後看茶擺齋。三藏自從受了佛祖的仙品仙肴，脫了凡胎成佛，已經不思念凡間的食物。二老苦勸，沒奈何，吃了一點。大聖本身不吃煙火食，也說：「夠了。」沙僧也不怎麼吃，八戒也不像上次，吃了一些就放下了碗。行者問：「呆子也不吃了？」八戒說：「不知怎麼了，脾胃一時就弱了。」於是收了齋宴，又問起取經的事。三藏又把先到玉真觀沐浴，凌雲渡脫胎，以及到雷音寺參如來，蒙珍樓賜宴，寶閣傳經，得授一藏之數，以及白鼉淬水，陰魔暗奪事，細細說了一遍。

時已深夜，三藏守定真經，不敢離開，就在樓下打坐看守。已經深夜，三藏悄悄地叫：「悟空，這裡人家，知道我們道成事完了。自古講，真人不露相，露相不真人。恐怕在這裡耽誤久了，壞了大事。」行者說：「師父說得有理，我們趁這深夜，悄悄地去吧。」八戒、沙僧，都起了身，輕輕地把經本抬上馱垛，挑著擔，從廡廊馱出。到了山門，只見門上有鎖。行者又使出解鎖法，開了二門、大門，找大路望東而去。這時，只聽得半空中有八大金剛在叫：「逃走的，跟我來！」那長老聞得香風蕩蕩，起在空中。

天一亮，陳家莊救生寺內多人就拿著果肴來獻，不見了唐僧，望空念佛不已。

這裡，八大金剛使第二陣香風，把他四人，沒用一天就送到了東土，漸漸地望見長安。太宗自貞觀十三年九月望前三日送唐僧出城，到十六年，派出工部官在西安關外起建了望經樓接經，太宗年年親自來到這裡。恰好那一日出駕又來到樓上，忽然見正西方滿天瑞靄，陣陣香風，金剛停在空中叫：「聖僧，這裡就是長安城了。我們不好下去，恐洩漏形像。孫大聖三位也不必去，你去傳了經給你的主人，然後馬上回來。我們在霄漢裡等你，和你一同回去繳旨。」大聖說：「尊者的話說得是，但我的師父怎麼能挑得經擔？牽得這馬？還得我們送一送。」金剛說：「前天觀音菩薩啟過如來，往來只有八天，方完藏數。現在已經有四天多了，只怕八戒貪圖富貴，誤了期限。」八戒笑了，說：「師父成佛，我也望成佛，哪裡有貪圖之理！都在這裡等我，等交了經，就來和你們一同去。」呆子挑著擔，沙僧牽著馬，行者領著聖僧，按下雲頭，落在望經樓邊。太宗和眾官一齊見了，下樓相迎，問：「御弟來了？」唐僧倒身下拜，太宗攙起，又問：「這三位是什麼人？」唐僧回答：「是途中收的徒弟。」太宗大喜，命侍官：「把朕御車馬拉過來，請御弟上馬，同朕回朝。」

唐僧謝了恩，騎上馬，大聖掄著金箍棒緊隨，八戒、沙僧扶馬挑擔，隨駕後共入長安。

卻說那長安唐僧原來住的洪福寺大小和尚，看見幾株松樹一棵棵頭都朝向東，驚訝地說：「怪了！今天夜裡沒有颳風，怎麼這樹頭都扭過來了？」其中有三藏的舊徒，說：「快拿衣服來！取經的老師父來了！」眾和尚問：「你怎麼知道的？」舊徒說：「當年師父去的時候，曾經說過：『我去後，或者三、五年，或者六、七年，只要看到松樹枝頭東向，就是我回來了。』我師父佛口聖言，所以知道。」大家忙披衣出去，到了西街，聽到有人傳播：「取經的人剛才到了，萬歲爺爺接到城裡來了。」眾和尚聽說，又急急忙忙跑來，正好遇著，一見大駕，不敢近前，跟在後面，來到朝門外。唐僧下馬，進朝。行者、八戒、沙僧站在玉階下。

太宗傳宣：「御弟上殿。」賜坐，唐僧謝恩坐了，便叫把經卷抬來。行者等取出，近侍官傳到上面。太宗問：「取來多少經數？」三藏回答：「共計五千零四十八卷，此數合為一藏。」太宗大喜，叫：「光祿寺設宴，開東閣酬謝。」又見他三個徒弟站在階下，容貌異常，便問明了出身。太宗聽說，稱讚不已，又問：「前往西方，路程一共有多少？」三藏回答：「記得菩薩所說，有十萬八千里。途中沒有記數，只知道歷經一十四個寒暑。還經過幾個國，都有照驗印信。」叫：「徒弟，把通關文牒取上來，向主公繳納。」當時遞上。太宗看了，是貞觀一十三年九月望前三日給發。太宗笑著說：「如此遠去，今天已經是貞觀二十七年了。」牒文上有寶象國印、烏雞國印、車遲國印、西梁女國印、祭賽國印、朱紫國印、獅駝國印、比丘國印、滅法國印；又有鳳仙郡印、玉華州印、金平府印。太宗看過，收了。

早有當駕官請宴，當時下殿攜手一同前去，師徒四人和文武眾官都侍列左右，太宗皇帝仍坐當中，歌舞吹彈，整齊嚴肅，盡歡了一天。當天天晚，謝恩宴散。太宗回宮，眾官回宅，唐僧等來到洪福寺，寺裡的和尚磕頭迎接。進了山門，眾和尚說：「師父，這樹頭今天早上都忽然向東。我們記得師父的話，於是出城來接，果然到了！」長老喜之不禁，進入方丈。這個時候，八戒也不再叫嚷茶飯，行者、沙僧個個穩重。只因為道果完成，自然安靜。當晚睡了。

第二天一早，太宗升朝，對長老說：「御弟把真經演誦，好不好？」長老說：「主公，如果演誦真經，要在佛地，寶殿這裡不可以。」太宗心喜，問當駕官：「長安城裡，哪座寺院潔淨？」班中閃上大學士蕭瑀啟奏：「城中雁塔寺潔淨。」太宗令眾官：「把真經各虔誠捧上幾卷，和朕一起到雁塔寺，請御弟談經去。」眾官於是各自捧著，跟著太宗駕幸寺中，搭起高臺，鋪設齊整。長老說：「八戒、沙僧牽龍馬，拿行囊，行者在我身邊。」又向太宗說：「主公要把真經流傳天下，應當謄錄副本，才可以發送下去。原本還當珍藏，不可輕褻。」太宗又笑著說：「御弟說得對！」當時令翰林院及中書科各官謄寫真經。又要建一寺，在城東面，名叫謄黃寺。

長老捧著幾卷經登臺，正要朗誦，忽然香風繚繞，半空中八大金剛現身高叫：「誦經的，放下經卷，跟我們回西去。」底下行者三人，連白馬平地而起，長老也把經卷丟下，從臺上起到九霄，相隨騰空而去，慌得太宗和眾官望空下拜。太宗和眾官拜過，另選高僧，就在雁塔寺裡，修建水陸大會，看誦《大藏真經》，超脫幽冥孽鬼，普施善慶，將謄錄過的經文，傳布天下。

卻說八大金剛，駕著香風，帶著長老四人，連馬五口，轉回靈山，連去帶回，剛好在八天之內。這時靈山各路神仙，都在佛前聽講。

八金剛帶著他們師徒進去，對如來說：「弟子奉金旨，駕送聖僧等，已經到了唐國，把經交納，今天特為繳旨。」如來於是叫唐僧等近前受職。如來說：「聖僧，你前世原是我的第二個徒弟，名叫金蟬子。因為你不聽說法，輕慢我大教，所以貶你的真靈，轉生東土。今天幸喜皈依，取去真經，頗有功果，加升你大職正果，為旃檀功德佛。孫悟空，你因為大鬧天宮，我用法力把你壓在五行山下，幸好天災滿足，歸於釋教，你能隱惡揚善，在途中煉魔降怪有功，全始全終，加升你大職正果，為鬥戰勝佛。豬悟能，你本是天河水神、天蓬元帥，因為你在蟠桃會上酗酒戲了仙娥，貶你下界投胎，身如畜類，幸好你喜歸大教，保聖僧在路，因你挑擔有功，加升你大職正果，做淨壇使者。」八戒大嚷：「他們都成佛，為什麼讓我當個淨壇使者？」如來說：「因為你嘴壯身慵，食腸寬大。天下四大部洲，瞻仰我教的人很多，凡是各種佛事，叫你淨壇，是個享用不盡的品級，怎麼不好！沙悟淨，你本是捲簾大將，因為蟠桃會上打碎玻璃盞，貶你下界，你落在流沙河，傷生吃人造孽，幸皈我教，保護聖僧，登山牽馬有功，加升你大職正果，為金身羅漢。」又叫那白馬：「你本是西洋大海廣晉龍王之子，因你違逆父命，犯了不孝之罪，幸得皈身皈法，每天虧你馱負聖僧來西，又虧你馱負聖經東去，加升你職正果，為八部天龍。」長老四人，都紛紛叩頭謝恩。馬也謝恩，然後仍命揭諦把馬帶到靈山後崖化龍池邊，推入池中。片刻，那馬退了毛皮，換了頭角，渾身上長起金鱗，腮頷下生出銀鬚，一身瑞氣，四爪祥雲，飛出化龍池，盤繞在山門裡擎天華表柱上，諸佛讚揚如來的大法。

孫行者這時又對唐僧說：「師父，我現在已經成佛，和你一樣，難道還讓我戴著這金箍，你還念什麼緊箍咒？趁早念個鬆箍咒，脫下來，打得粉碎，千萬別叫什麼菩薩再去捉弄他人。」唐僧說：「當時只因為你難管，所以用這個辦法管你。今天你已經成佛，自然該去掉，哪裡還在你頭上的道理！你現在摸摸看。」行者舉手摸一摸，果然沒有了。從此，旃檀功德佛、鬥戰勝佛、淨壇使者、金身羅漢，都正果了本位，八部天龍也歸了真。

正是：

願以此功德，下濟眾生苦。同生極樂國，盡報此一身。

GOBOOKS
& SITAK
GROUP ©